出来損ないのオメガは貴公子アルファに愛され尽くす

エデンの王子様

シェリー
レオンが幼少期に出会った少女
レオン（幼少期）
ジェラルド・エース・クイン
クイン家の次男で、近衛騎士のアルファ。いつも無愛想な表情をしているが、何やら理由があるようで……
レオン・アイディール
アイディール侯爵家の令息で、オメガの青年。オメガではあるが、見た目はアルファの男性のように男らしく、王子という愛称まである。

CHARACTERS
モーリス・シンク・マグス
ジェラルドの上級学校からの親友。アルファであり、優秀な魔法師。
リック
レオンの幼馴染。ベータのような見た目ではあるが、オメガの性を持つ。
エヴァシーン・ケイター・ロア
筆頭五家の中で序列四位に位置し、医術の家系であるロア家の当主。
ノア・スカーレット
レオンがジェラルドと婚約したあとに護衛としてついた、レオンのエデン時代の先輩。

Ⅰ

「踊ってください、私の王子様」

黒髪の美丈夫が優雅に跪《ひざまず》き、壁の花と化していたレオンの手を取った。男の表情は無機質で彫像のようだが、オニキスを思わせる瞳の奥に、焔《ほのお》が籠《こも》ったような情熱を見せていた。

春は出会いの季節だ。

ここフランメル王国では、春シーズンを皮切りに年四回のお見合いダンスパーティーが開催されている。その舞台となる王城のパーティー会場に、ざわめきが波のように広がるのをレオンは感じ取り、顔をしかめた。

(随分古い作法でダンスの申し込みをしたものだ。悪目立ちしているじゃないか)

魔導で車が走る現代に、馬車が主力だった時代の騎士が迷い込んだかのような時代錯誤。

普通は踊りませんかと声をかける程度と聞いていたし、実際会場内を二時間観察していても、みな軽いやり取りで踊り始めていた。

少し居心地が悪くなるが、せっかく申し込んでくれた相手を無碍《むげ》にするのも申し訳ない。男は若干引いているレオンの様子を感じたのか、戸惑うように瞳が揺れている。

（それはこちらも同じだと叫びたくなるな……）

レオンはええいままよ、と取られた手を握り返し、立ち上がるよう手を引いた。そして引き寄せた彼とごく近い距離で視線を合わせ、圧の籠《こも》った声で返答する。

「踊りましょう、私のお姫様」

オメガであるレオンは、アルファである黒髪の男を〝お姫様〟呼ばわりした。

（王子様と呼ばれる〝出来損ないオメガ〟に関心を持ってくれる変わり者のアルファだ。関心を持たせ、私を引き取ってもらわなければならない）

この見合い会場で、相手《アルファ》を確保しなければ自分《オメガ》に自由はないのだ。

◇◇◇

――この世界には男女の性とは別に、アルファ・ベータ・オメガという第二性が存在している。

人口のほとんどを占めるベータは普通の人間であり、特筆すべきは、一割にも満たないアルファとオメガという存在だ。

アルファは強靭な肉体と優れた頭脳を持っているため、多くの貴族家は当主にアルファを据えている。

そして、その支配階級に君臨するアルファと〝番《つがい》〟という唯一無二の関係になれるのが、オメガだ。

オメガは産む性という性質を持っており、男であっても妊娠できる。

三か月に一度訪れる発情期《ヒート》におけるオメガの妊娠率は他の性と比べてはるかに高い。しかも、アルファとの間に生まれた子供は、必ずアルファかオメガになるのだ。半々の確率でアルファを産めるということが、オメガに最も価値を見出されている点である。

だが、発情期《ヒート》を過ごすオメガは大変だ。

この特定の期間中、オメガは生殖本能に支配され、文字通りの発情状態となる。その程度は、一週間にわたる発情期《ヒート》の、開始三日間の記憶が飛ぶほどの強烈な興奮状態となることからも理解できるだろう。

当然、これは生殖のために起こるので、オメガの意志は無関係に、身体はアルファの精を求めるように反応する。アルファにとって発情期《ヒート》のオメガとの交接は、至高の快楽と言えるのだ。

しかし、オメガのすべてがアルファにとって都合がいい訳ではない。

オメガは常にアルファを惹きつけるフェロモンを発しているのだ。特に発情期《ヒート》になると、そのフェロモンはアルファの理性を奪うほど多量に分泌される。

貴族社会において、性的なトラブルは名誉を汚し、時に致命的な結果を招く。そのため、オメガのフェロモン事故を忌避するようになるのは当たり前のことだった。

要するに、この強力な誘引力を持つフェロモンこそが、オメガ性が社会的地位を確立できず、疎《うと》まれてしまう原因となっていたのである。

（こういったダンスパーティーができるのも〝フェロモン抑制剤〟があればこそだ）

半世紀以上前に開発されたフェロモン抑制剤によって、発情トラブルは防げるようになり、オメガの地位は表面上は向上した。

しかし、あとになって〝成長期にフェロモン抑制剤を使用すると、性成熟が妨げられ、妊娠率の低下や出産時の死亡事故が増加する〟という恐ろしい副作用が判明する。

この副作用が分かった時点で、国はオメガを収容する〝楽園《エデン》〟を作った。

エデンはオメガと診断された子供たちを集め、抑制剤を使用せずに育てる全寮制の学園だ。成人し、性成熟に問題がなければ卒業となり、その後一年以内に番《つがい》を作る決まりになっている。

国がこの制度を強引に押し進めているのは、薬の副作用によって減少したオメガの人口回復を促すためだ。

子を産み、増やせという政策は人権意識の高い現代社会では反発を呼びそうだが〝フェロモン抑制剤の使用を短期間に抑え、オメガの健康に生きる権利を守る〟というのが表面上の理由となっているため、反対の声は聞こえない。

アルファとオメガが番《つがい》になれば、放たれるフェロモンは番《つがい》相手にのみ効果を発揮するようになるので、オメガの生活は確かに楽になる。社会に出て、働く道も開かれるのだ。

だが別の視点から見ると外出するにも番《つがい》を、少なくとも婚約者を持つ必要があり、それができないのなら自由が制限されるとも言える。

――まるで籠の鳥のように。

そういった背景から、ダンスパーティーは婚約者を見つけるための見合いの場として開催されている。

◇◇◇

学園を卒業したレオンは、初回のパーティーに挑んだものの、予想以上に誰からも相手にされず、すっかり壁の花となっていた。

(やはり〝オメガ〟らしい愛らしさがないせいだろうな……)

レオンは決してナルシストではないが、自身の容姿が整っていることは自覚している。

柔らかな金色の髪は艶《つや》やかで、天使の輪を形づくっているし、澄んだ青色の目は周囲からサファイアにたとえられることが多い。白磁のような肌は滑らかで、頬は健康的なバラ色。ふっくらとした唇はキスをすれば大層気持ちいいだろう……と、口づけ未経験者でありながら思うほどだ。

難があるといえば、背が高く、肩幅もあり、腕っぷしが強いという辺りだろうか。

オメガしかいないエデンで、アルファのような見た目であるレオンは、モテにモテた。

何か問題が起きれば頼りにされることも多く、それに喜びを感じて、進んで解決に取り組んでいた。その結果、いつの間にやらエデンでは〝王子様〟というキャラクターに祀《まつ》り上げられていた。

しかし王子様ともてはやされてオメガたちからの人気はあったものの、アルファから見ればオメガの魅力に欠ける出来損ないに過ぎなかった。

加えて、レオンはまだ一度も発情期《ヒート》を迎えたことがなく、身体機能的にも、オメガとしては不完全と言えるだろう。フェロモンも薄く、フェロモン抑制剤を使えばほとんど香らない。

オメガとしての魅力が無い無い尽くしだから、この現状に陥っている。

そんな中、手が差し伸べられた。

レオンは誰であろうとも受け入れるほどには自暴自棄になっていないが、それでも彼は救世主のように思えた。たとえ初手のアプローチが奇抜であっても目をつぶる。

レオンは立ち上がった男をじっと観察した。彼の身長は高身長のレオンを超えており、目を合わせるためには視線を少し上げる必要がある。

印象的なのは、夜の闇よりなお深いと思わせる黒い瞳だ。

その双眸《そうぼう》は鋭さがあるものの、甘さを感じるのは長いまつ毛に彩られているからだろうか。目元に影を落とす彫りの深い顔立ちはアルファ性を殊更主張していた。

整髪料で整えた短い黒髪も、仕立てのよい黒のドレススーツも、慌てて会場にやってきたのか少し乱れている。それが彼の完璧さをわずかに崩し、色香を感じさせる隙を作っていた。

（綺麗だ……）

周囲から注目もされないレオンに声をかけてくるには、上等すぎる男だった。

そのためレオンは、たまたま暇そうにしていた自身に、戯れに声をかけたのだ、と推測した。

彼がレオンの次に誰を誘うか分からないが、おとぎ話に出てきそうな古《いにしえ》の騎士しぐさで他のオメガが気まずい思いをするのは可哀想だ。早めに理解してもらうのが彼自身のためにもなるはずだ、とレオンはアドバイスを口にした。

「悪目立ちする申し込みはやめたほうがいい。私はともかく、オメガは気の弱い者も多いから困らせてしまうだろう」

男はレオンの言葉によって青ざめた。すぐさま姿勢を正し、強い口調で訴える。

「あなた以外を誘うつもりはない」

「それは光栄だが……いや、名乗らず話を進めるのはよろしくない。私はレオン・アイディール。きみの名を聞いても？」

レオンは男の勢いに狼狽《うろた》えつつも、軽く受け流した。

彼はその対応にグッと唇を噛む。しかし、ダンスを誘う前にまず名を名乗り、挨拶するのが礼儀だと分かっている様子だ。なぜ奇妙なアプローチをしてきたのか分からないが、理解しているのであれば問題ない。

「変な誘い方をして申し訳なかった。はじめまして、レオン。私はジェラルド・エース・クイン。近衛《このえ》騎士をしている」

「クイン……クイン家の」

レオンは思わぬ家名に目を瞬かせた。

フランメル王国には王家が存在するが、実務は筆頭五家と呼ばれる旧家によって行われている。軍事・宗教・経済・医術・魔術という各分野がそれぞれの家に割り振られていて、クイン家はその中で軍事を取り仕切っている。

家名の前に冠された〝エース〟はそのまま五家の序列一位であることを表していて、政治的発言力はとても強い。

「家名は気にしなくていい。私は次男だし、家も出ている。ただの騎士だ」

「なるほど。……安心した。大きな家名を背負うなど、私では力不足だからな」

「そんなことはない。あなたは……」

ジェラルドの言葉尻は、会場に流れるワルツ曲の盛り上がりにかき消され、上手く聞き取れなかった。しかし、赤く染まった頬を見る限り、悪いことを言われた訳ではなさそうだ。

初対面にもかかわらず、奇妙なほど好意的な様子を見せる彼に引っかかりを覚えるが、好条件の相手が自分を強く求めてくれるなら、その好機を逃す訳にはいかない。

今度はレオンから誘いをかける。

「次の曲が始まる。踊ろうか、ええと」

「ジェラルドでいい。敬称もいらない。レオン」

「分かった、ジェラルド」

そう言って、レオンはジェラルドの手を取り、ダンスホールの中央へと躍り出た。


ジェラルドはレオンを王子様と呼んだだけあって、自然に女性パートに収まってリードを求めた。レオンは男性パートでの踊りに慣れており、自分よりも背の高いジェラルドとも問題なく合わせられる。

この場合の男女パートの役割はベータ基準で呼ばれており、アルファとオメガが踊る時はアルファが男性パート、オメガが女性パートを踊るのが通例だ。

アルファであり、さらには他の貴族をも引っ張る筆頭五家の男性がオメガのリードを受ける姿は、滑稽に見えるかもしれない……という、レオンの抱いていた危惧は杞憂だったようだ。しなやかで華のある彼の姿は、会場中から感嘆のため息を引き出していた。

「きみ、かなり上手いな」

「レオンのリードがいいからだろう。それに、ダンスは数少ない趣味だ」

確かにダンスの善し悪しを決めるのはリードする側の腕ではあるが、ジェラルドはまるでレオンの動きの先を読むかのように動いてくれるので、踊っていてストレスがない。気を配ることなく踊れるのがレオンは純粋に楽しかった。

「こうして踊っていると、子供の頃を思い出すよ」

レオンは性分化前の時期――ただのレオンだった頃を思い出す。

こちらを見つめるジェラルドが、幼年学校の裏庭でよく一緒に踊っていた少女――シェリーと、髪や瞳の色合いが同じだからだろうか。

「エデンに入る前……幼年学校時代に出会った女の子がいてね。ダンスを教えてあげてたんだ。ああそういえば、先ほどきみが口にした誘い文句の『踊ってください、私の王子様』って、もしかして絵本からの引用じゃないか？」

「……そうだ」

「やっぱり。何度も読んであげたからセリフを覚えてる。懐かしいな」

レオンは話しながら微笑んだ。

シェリーは絵本に描かれた金髪の王子様の絵がレオンに似ていると言っていたし、思い返すとレオンを王子様と呼んだのはシェリーが最初だったかもしれない。

レオンも彼女をお姫様扱いし、痛ましい姿の彼女を回復させようと、食べ物を与え、身なりを整え、そして絵本を読み聞かせるなど、少女が喜びそうな夢を与えた。

シェリーの瞳が日に日に輝きを増していく様子に、レオンは未知の種類の喜びを感じたのだ。

(あれが私の初恋だったな)

記憶の中の少女を追っていたレオンは、ハッとして言葉を止める。

今、ダンスを踊っている相手はジェラルドだというのに、関係のない初恋の話を始めてしまった。見合いの場である以上、過去の他の人への恋心について話すのは無粋だろう。

しかし、顔をしかめられると思いきや、ジェラルドは寂しそうに目を細めるだけだった。

「そうか」

「すまないジェラルド。関係ない話を……」

「いや、あなたのことはなんでも知りたいから構わない」

気まずくて謝罪するレオンに対し、ジェラルドは特に気にした様子を見せない。その時、踊っていたワルツが終盤にさしかかり、曲が静かにフィナーレを迎え、二人の時間は終わりを告げた。

レオンは自己アピールを上手く行えず、悔しさに打ちひしがれた。気の利いた話もできなかったのだ。普段は王子様としてのキャラクターを駆使して、要領よく立ち回るレオンだが、アルファ相手だとどうも上手くいかない。

(このざまでは、婚約者に選んでもらえそうもないな)

レオンは落ち込みながら礼の姿勢をとり、それから顔を上げた。目の前に立っているジェラルドは再び右手を差し出してくる。今度は跪《ひざまず》くことなく、スマートだ。

「レオンは女性パートを踊れるか?」

ジェラルドの問いかけに、レオンは軽く頷き返す。

「ああ。エデンできちんと教育を受けている」

「ならば、次はあなたをリードして踊りたい」

「え」

思わぬ言葉にレオンは目を瞠《みは》る。

「ダメだろうか? 三曲目も誘うつもりだから、三度目はより楽しかったほうで踊ろう」

誘いをかけるジェラルドの表情は硬いものの、視線は穏やかだった。

(私を三曲目に誘うのか。本当に?)

このパーティーでダンスを共にする曲数には意味がある。

一曲目で〝相性の見極め〟。

二曲目で〝番《つがい》の相手として考えているというアプローチ〟。

三曲目で〝婚約成立〟。

ここで言う婚約に法的拘束力はないものの、アルファは概ね執着心が強い傾向にあり、選んだ相手を手放さないので、人的拘束力という意味合いだ。

したがって、ジェラルドが三曲目を誘うという宣言は、レオンを〝番《つがい》〟にしたいという意思表示である。

「この手を選んでほしい、レオン」

ジェラルドのアプローチは真っ直ぐだった。アルファから貰えると思っていなかった、自身を求める言葉と仕草に、気持ちがグッと掴まれる。

(嬉しいものなんだな……打算含みで彼とダンスを共にしたのに)

レオンはジェラルドの右手に、そっと自身の左手を重ね、戸惑いながらも婚約を受け入れた。

◇◇◇

ダンスパーティーは滞りなく終了した。今回のイベントでは、九割方婚約が成立したという素晴らしい結果だったようだ。

国は王城の客室棟を開放しており、婚約したカップルは閉会後、そちらに移動し、同じ部屋で宿泊することになっている。

アルファもオメガもフェロモン抑制剤を使用しているため、発情は起こらないものの、フェロモンの相性がよいカップルが一緒に寝ることは、アルファがオメガに対する執着……愛情を深めるきっかけとなるらしい。まさに人的拘束力による婚約が成立する時間なのである。

レオンとジェラルドは割り当てられた客室に移動し、一緒に入室した。すると扉が閉まると同時に、後ろからジェラルドに抱きすくめられる。

ふわりと包み込むように香る彼のフェロモンは、抑制剤を使っているにもかかわらず、はっきりと感じ取れた。どことなく懐かしさを覚える花の香りだ。

「ジェラルド?」

「すまない。少しこうさせてほしい。会場ではあまりフェロモンを感じられなかったから」

「……それは」

レオンは肉体的な欠陥を指摘されたように感じて身を固くした。

本来、フェロモンの相性は会場にいるうちに確認する。ジェラルドのフェロモンはもとから強いのか、人の多いパーティー会場でも彼の近くにいれば感じ取れた。レオンはそれを好ましい匂いだと思えたので、相性は悪くないだろう。

しかし、ジェラルドはレオンの匂いを感じ取れなかったというのだ。

その事実を知ると、急激に不安が襲ってくる。

(ジェラルドは……私が不出来だと分かっても、それでも求めてくれるだろうか)

レオンは〝出来損ないオメガ〟としての欠陥をジェラルドに明かしていない。それが後ろめたさの原因だった。黙って彼に引き取られ、レオンという負債を背負わせるつもりだったのだ。

自己嫌悪に陥るレオンの心の片隅では『卑怯で結構、黙っていればすべて上手くいく』と悪魔の声が囁《ささや》いていた。

しかし、長年にわたり王子様キャラとして振る舞ってきた正義感が、その行為を許さない。レオンは深く考え込み、長いため息をついた。

（きちんと話そう。いらないと言われたら、次に切り替えればいい。年内のパーティーはあと三度開催されるのだから）

強がるように考えをまとめ、それを内心で何度も繰り返し言い、沈みゆく感情を取り払った。

（それに、傷は浅いほうがいい。二人きりの今、打ち明けるべきことだ）

レオンはジェラルドの腕に自身の手を置き、語りかけた。

「話しておきたいことがあるんだ、ジェラルド」

「なんだろう」

「大事な話だ。向かい合って、きちんと話したい」


玄関からすぐの扉を開けると、王城の客室に相応《ふさわ》しい品のあるリビングルームが広がっていた。

その中心には、優雅な猫脚のソファーセットが配置されている。歴史を感じさせる美しい調度品の数々の中に、便利な魔導具も置かれていた。

魔導具とは、魔石をエネルギー源とし、刻印された魔術式で稼働する便利な道具だ。

レオンは魔導ポットを用いて湯を沸かし、その隣に置かれたティーセットでお茶を淹《い》れた。

湯気を立てるカップをソファーのローテーブルに静かに置き、ジェラルドの対面に座ると、深呼吸をして話を始めた。

「きみは先ほど私のフェロモンをどう感じた？」

「とてもいい香りだった」

「……そうか。その、香りが薄いとは思わなかったか？」

「確かにもっと嗅ぎたいとは思ったが」

ジェラルドのさらりとした言葉に、レオンは思わず頬を赤らめた。しかし、これから真剣な話をしなければいけない、とレオンは気持ちを切り替える。

「私は、体質的にフェロモンが薄いんだ。発情期《ヒート》もこれから起こるかどうか分からない」

ジェラルドは話の内容を理解した様子だった。真っ直ぐレオンを見つめる彼に頷き、続けた。

「卒業時の身体検査はクリアしている。肉体的にはオメガとして成熟しているそうだ」

しかし、レオンは卒業まで一度も発情しなかった。それは、成熟したオメガとしては非常に珍しいという。レオンはティーカップに視線を落とす。

「エデンにいた頃、検査の一環として、発情誘発剤を飲んだことがある」

発情誘発剤というと恐ろしく聞こえるが、実際には効果のあるハーブティーのようなものだ。薬効の強さを感じさせるような、濃い緑色をしていた。

「確かに、身体が少しは反応した。ポカポカと温まる程度には熱っぽくなったし、その……勃ちもした。しかし、教科書通りに処置し、一度の排出で熱が引いてしまった。医師に報告したが、少しでも熱が出たなら、それは発情する可能性があると判断していいと」

そう言い、レオンは眉根を寄せた。

同じように発情期《ヒート》の遅い生徒たち数人も、誘発剤を使った検査を経験していた。その話を聞くと、全員が通常の発情反応を示したという。

なぜかレオンだけが、誘発剤を使っても大した反応がなかったのだ。

番《つがい》になるためには、オメガが発情期《ヒート》に入り、交接した状態でアルファがオメガの首筋に噛みつく必要がある。しかし、オメガが発情しなければその過程に進むことはできない。

「発情しない身体では、きみの番《つがい》になれないかもしれない。この欠陥を伝えずに、きみに私を押し付けるのは不誠実だと思った。申し訳ない」

レオンは座ったまま、頭を深く下げた。

ジェラルドの反応が怖くて、顔を上げられない。

わずかな時間が過ぎた後、ジェラルドが軽く咳《せき》をして、静かな声で語り始めた。

「顔を上げてくれ、レオン」

レオンは言葉を交わさず、ただゆっくりと顔を上げる。ジェラルドの表情が、感情が抜け落ちた人形のように見え、レオンは冷や汗をかいた。やはり、彼を怒らせてしまったのだろうか。

すると、ジェラルドはその表情のまま口を開いた。

「そうだな、私の欠陥も伝えておこう」

「ジェラルドの？」

「私は昔受けた投薬の後遺症で、上手く表情が作れない。特に口元が」

ジェラルドは指で口角を持ち上げてみせたが、離すと直ぐに元の形に戻った。

レオンは彼が不機嫌な訳ではないと理解し、そして彼の状態を心から心配する。表情が乏しいとは感じていたが、そこまで気になることだとは思わなかった。

「顔の上半分は問題ないので、怒りは伝わるのだが、笑顔は下手だ。笑っても口元が歪むだけで、含みがあるように勘違いされてしまう。だから、私と婚約するなら、笑いもしない厳めしい顔の男との生活になることを覚悟しておいてほしい」

ジェラルドは眉間に指を当て、眉根を寄せた。確かに、眉は動かせるようだ。

ジェラルドはダンス会場で顔色が頻繁に変わったり、レオンに熱い視線を向けたり、表情以外の部分が彼の気持ちを雄弁に語っていた。おそらく自由に表情を動かせたなら、彼は豊かに心情を表して見せたのかもしれない。

今、ジェラルドが彼自身の〝欠陥〟を必死にアピールしてくるのは、レオンが気後れすることがないよう、配慮しているのだろう。

そう考えると、レオンの緊張は自然と解け、声を出して笑ってしまった。

「笑い事ではない。笑顔のない相手との生活はかなりのストレスだと思うぞ」

「いや、すまない。ジェラルドは優しいんだな」

「あまり言われたことはないが」

「私が、そう感じたんだ」

レオンはティーカップに口をつける。緊張してたせいか、喉が渇いていた。

ジェラルドは目を細めてレオンを見つめている。その顔に笑みは浮かんでいなかったが、眼差しは温かい。声もまた穏やかに彼はレオンへ語りかけた。

「レオン、私はあなたがいいんだ。発情しなくても、それで構わない」

「ジェラルド……」

レオンが彼の名を呼ぶ声には、感謝と安堵が混ざっていた。

◇◇◇

もう少しフェロモンを感じたいというジェラルドの要望に応え、彼が満足するまで寄り添ったあと、レオンはジェラルドに「ティールームへ行く」と告げ、客室を後にした。

ダンスパーティーの晩に限り、王城客室棟にあるサロンは、特設ティールームとして開放されている。このティールームは王城で働くオメガたちが、ダンスパーティーに参加した後輩たちの、不幸な番契約《つがい》を防ぐために始めた場所だ。

婚約成立したオメガはこのサロンに集い、現状を報告し合う。級友たちと婚約者ができた喜びを分かち合いたいと言えば、これを阻むアルファはおそらくいないだろう。そして、問題行動をするアルファがいた場合、相手のオメガをここで匿って、婚約解消へ持っていくのだ。

要するにこの場所は、オメガ同士が助け合うための秘密のサロンとして機能している。

この取り組みが始まってかなりの年数が経っているため〝ティールーム〟という言葉自体が、すでにオメガたちにとって〝内密の情報を共有する場〟を意味するという認識となっている。

美麗な装飾が施された大扉を開けて広間に入ると、級友たちの賑やかな声がレオンを迎えてくれた。かけられる言葉に王子様スマイルで応えながら、ムードランプの照らす室内を悠々と歩いていく。一番奥の座席に目をやると、そこに幼馴染《おさななじ》みのリックが座っていた。

「やぁ、リック」

レオンが声をかけると、リックはグラスから口を離して軽く頷き、挨拶の意味で片手を上げた。それに応じて、レオンも苦笑いしつつ片手を上げ、彼の向かいに座る。

リックは〝ベータから生まれた失敗作オメガ〟と自称している。

レオンはリックを愛らしい容姿だと思っているが、彼自身、一般的で地味な茶色の髪と目と、顔に広がったそばかすを見苦しいと感じているようだ。背が高いのも、孤児という出自も、ベータの平均より低い魔力量も、すべてがオメガだと思えないと。そんな自己評価を低く見積もる彼だが、観察眼は鋭く対人関係の構築が上手い。

リックが変なアルファに捕まるとは思っていなかったが、レオンは挨拶代わりに彼の婚約者の印象を尋ねた。

「婚約者はいい人だったかい？」

「紳士的ではありました」

「含みのある言い方だね」

「相手は魔術師なんですけど、何を考えているのかよく分からなくて」

リックはそう言って唇を尖らせた。

リックは言いたいことをストレートに伝える性格だ。そんな彼だからこそ、相手に理不尽に押し切られたということはないだろう。彼が婚約を承諾したのであれば、レオンと同様に何かしらのメリットがあったに違いない。

「レオン様のほうはどうです？」

「うん、そうだな……」

レオンは問い返されて、目を泳がせた。今のところ婚約者に対しては特に不満もなく、むしろ好感を抱いている。だが、その感情を素直に口にするのは照れくさくて、言葉に詰まってしまった。

続きを語ろうと口を開くと口元は自然に緩んでしまう。

「想像していたよりいいやつで困惑している。私という負債を押し付けるのが申し訳なくなるほどだ」

「よかったじゃないですか」

「よかった……うん、よかったんだが、彼が私によくしてくれる理由が分からない」

「なんですか、それ。ノロケですか」

非難するように目を細めるリックに、レオンは苦笑する。出会ってすぐの相手から、理由の分からない好意や優しさを向けられるのは据わりが悪いものだ。魅惑的なフェロモンを持っていれば納得できるが、レオンにそういった武器はない。

リックはレオンの戸惑いに肩をすくめ、それからやれやれと息を吐いた。

「どのみちレオン様と過ごしていれば、好きになってしまいますよ。どんなアルファも」

「慰めてくれるのはありがたいが……二時間会場で壁と友達だった私を見ているだろう」

「気後れするんじゃないですか？　その辺のアルファより、カッコいいですし」

「モテないことには変わりないじゃないか」

リックとの気軽な会話で、レオンは普段通りの平静さを取り戻していった。

そんな中、近づいてくる足音に二人は言葉を止める。足音の主は、レオンの親衛隊の隊長だった。

レオンはエデン時代、王子様扱いされていてファンが多かった。そんなファンたちが問題を起こさないよう、ファンをまとめ上げる役割を果たす親衛隊が存在していたのだ。

レオンは座席に座ったまま、やってきた隊長を見上げて声をかけた。

「皆の状況はどうかな」

「コーディー以外は確認が終わりました。レオン様」

隊長は優雅に頭を下げた後、レオンに詳細を報告する。確認が取れたオメガたちの婚約関係には問題がないようだった。この場にまだ現れていないコーディーが懸念事項か。コーディーは気が弱く泣き虫で、アルファに強く出られたら間違いなく抵抗できないタイプだ。エデンの教師からも、パーティー会場で気にかけてあげてほしいと頼まれていた。

「コーディーの相手は最初にダンスホールに連れ出した優男だろうか。人がよさそうに見えたが」

「そいつです。かなり強引でしたよ。僕、ちょうど隣にいたのでやり取りの一部始終を聞きましたけど」

リックは眉間に深い皺《しわ》を刻んでアルファを非難した。彼の表情から、問題がある婚約が結ばれたのだと理解する。親衛隊長もまた、渋い顔をして重々しく口を開いた。

「アルファに引き留められて、客室から出られないのかもしれません」

オメガはアルファに比べて圧倒的に非力だ。力任せに抑え込まれ、行動が制限されれば、自由は容易に奪われてしまうだろう。

しかし、そんな理不尽から身を護るため、秘密のサロン《ティールーム》は存在する。オメガ同士が手を取り合い、互いを守ってきた場所。そして、今、ここには力の強いレオンがいる。アルファに立ち向かうならば、発情期《ヒート》の心配もないレオンが、率先して行動すべきなのだ。

「ならば迎えに行こうか。我々はコーディーの友人なのだから、何もおかしいことはない」

レオンは力強く宣言し、立ち上がった。


レオンとリックは、ティールームを隊長に託し、静かな廊下へと歩み出る。

レオンはティールームへ向かう前に、ジェラルドからペンダントを受け取っていた。それは通信具と呼ばれる魔導具で、触れて魔力を流し、念じれば離れていてもメッセージを伝えられる、というものだ。

これを用いてジェラルドに事情を伝えることも考えたが、レオンがジェラルドに顔を見せることなく、他のアルファがいる客室に向かい、状況によってはその客室に足を踏み入れるかもしれないとなれば、あとで問題が起こる可能性もあるだろう。

そういったことをリックに説明し、まずは各々の婚約者から許可を得ようという話になった。二人の客室は逆方向にあったが、ティールームとは同じフロアにあるため、さほど時間がかからずに合流できるはずだ。

レオンはジェラルドの待つ客室へ駆け足で向かいたい衝動に駆られつつも、マナーに反するだろうと考えて競歩のような速さで歩を進める。廊下には誰もおらず、そのような歩き方でも事故は起こらないだろうと思っていた。

「……っ!?」

レオンは突然足が縛られたように動かなくなり、競歩の勢いのまま廊下を転がった。

当然、ずっと前を向いていたため、足元に何もなかったことは分かる。

(な……魔術……『拘束《バインド》』か!?)

魔術とは、人間の体内に存在する魔力を〝術式〟というルールに従って形づくり、外部に放出して、世界に影響を与える技術だ。魔導具が、動力源である魔石に含まれる魔力を、道具内に記された術式によって動作させるのと仕組みは同様であり、こちらも広義では魔術と呼ばれている。しかし人が使う魔術は、術式を頭で思い描くので、より動的であり難しい。

近づいてくる足音の主を確認する間もなく、背後から白手袋をはめた手がレオンの口を塞いだ。

身体に腕を回され、引きずられてどこかへ運ばれていく。手の大きさや力強さから判断すると、犯人はおそらくアルファか。

真っ直ぐに伸びる立派な装飾の廊下とは別に、目立たないように作られた通路が右側に伸びていた。連れ込まれたエリアは、ドアもなく、客室とは異なる簡素な空間。掃除用具やダストホールがあり、客室の洗い物を一時的に収納するための大型の籠が並んでいることから、家事区画だと察せられる。犯人の存在に気がつかなかったのは、この目立たない家事区画行きの通路に潜んでいたからだろう。

レオンはその場で無造作に床へ投げ出された。身体を打ちつけられ、解放された口からは、うめき声が漏れる。

「貴様……」

レオンの糾弾する声は、問題なく発せられた。『拘束《バインド》』の術式で縛ったにもかかわらず、声を封じないのは片手落ちもいいところだ。扉がないのだから大声を出せば助けを呼べてしまう。

「叫んでも無駄ですよ、防音結界を張りましたので」

床に転がされたレオンの前に、カツカツと靴音を鳴らして男が立ち止まった。視線を上げると彼の手には小型結界用の魔導具が握られている。

そして顔を確認しようと身体をひねると、こちらを見下ろす、泣きぼくろのあるたれ目の優男——ダンスパーティーでコーディーと一緒にいたアルファと目が合った。うすら笑いを浮かべる彼に、一気に緊張感が増してくる。

「……コーディーはどうした？」

レオンが低い声で問いかけると、優男は不思議そうに首を傾げた。

「おや、あなたはコーディーの行方を知っているのですか？」

「な……」

「部屋から逃げ出してしまったんです。子ウサギを追い詰めるのも楽しいのですが……。ふふ、狩りやすい位置に獅子がいたもので、つい」

ハンティングに例える男の口ぶりに、レオンは言葉を失った。今の言葉だけで、男の性格が最低なことが分かる。泣き虫コーディーは、おそらく勇気を振り絞り、決死の覚悟で男から逃げ出したのだ。

（ティールームに来ていないということは、逃走経路が分からなかったのか……）

レオンは胸に手を当てる。腕は問題なく動くし、拘束されたのは脚だけだ。おそらく、優男は魔術の素養が低く、部分的にしか縛れないのだろう。

魔術の素養は、術式を扱えるということだけではない。保持できる魔力量というのもある。

体内の魔力の量は、魔力を生み出す臓器である〝魔力生成器官《マギポエティック・オルガン》〟と、魔力を貯蔵する器である〝魔臓《マギ・ベイス》〟によって決まる。

第二性の性質として魔臓が大きいオメガは、魔力を貯め込めるため持続力があり、職業として魔術師になる者も多い。

ではアルファは魔術師にならないのか、というとそうではない。臓器には個人差があり魔臓が大きなアルファも存在するからだ。アルファは魔力生成器官が発達しているため、器が大きければ、持続力、回復力ともに優れた魔術師となる。

優男は『拘束《バインド》』を部分的にしか使えない点から、明らかに魔術師ではない。体格もレオンと大差ないので騎士や軍人でもないだろう。

彼が頭脳職であるなら、脚が使えなくても問題なく対処できるとレオンは判断した。

「おや、胸を隠すなど獅子であってもオメガがどういうものか分かっているようだ」

優男の性的な揶揄《やゆ》にレオンは顔をしかめる。胸に置いていた手をどけて、威嚇するように彼を睨《にら》んだ。

「気持ちが悪いことを言うな」

「気持ち悪い？　はは、気持ちよくなる側のくせに。すぐにそんな口を利けなくなりますよ」

優男は懐を探り、細長い薬瓶を取り出した。中を満たすエメラルドグリーンの薬液は美しい色合いながらも毒々しく、一見してまともな薬ではないことが分かる。

「なんだそれは」

「ご存じないですか？　オメガだというのにそれはいけない。これは〝発情促進剤〟ですよ」

「発情促進剤は知っている。グリーンティーのような渋い色合いだということもな」

「あんな薬草茶と一緒にされては困る。これは研究所で魔術加工された特別製です」

「魔術加工だと」

「発する魔力光が美しいでしょう？」

男が薬瓶を揺らすと、エメラルドグリーンの薬液が同色の光を淡くまとった。

魔力を含有した薬は〝魔術加工薬〟と呼ばれている。自然界に存在する薬用成分を魔術加工――要するに魔術式を使って歪め、効能の変化を促した薬だ。

加工の過程で使用した魔力が残留し、薬は魔力の光を放つ。国が認可した治癒薬《ポーション》などがそれに当たり、放つ魔力光は清らかな白色をしている。したがって、優男の手にある薬のように不気味な色を発するのは、違法な加工が施されたものだ。

（違法な魔術加工薬……か）

おそらくそれは強力な効果がある発情促進剤なのだろう。普通の発情促進剤で反応しないレオンに対しても、効果を発揮するかもしれない。

頭をよぎった考えに、レオンは震えた。

優男を誘い込み、薬を投与され、効果が現れるまでに彼を打ちのめす。その後に抱いてくれとジェラルドに縋《すが》れば、レオンはちゃんとしたオメガになれるのではないか。それは長く出来損ないのオメガであるコンプレックスを払拭できるという、抗いがたい誘惑だった。

（誘う、のか。この気持ち悪い男を）

触れさせる気など微塵《みじん》もないから、男を倒した後に薬だけ奪いたい。そのためには、ある程度の演技が必要だ。レオンは周囲を確認したあと、スッと目を細めて妖《あや》しい笑みを浮かべた。

「なぁ、そんなつまらないものを使わなくても……普通に楽しめばいいだろう？」

レオンは婀娜《あだ》っぽい仕草でシャツの第一ボタンを外し、喉元を見せた。首はネックガードで隠れているものの、鎖骨の窪みが優男の目に晒される。

アルファは喉元に対する執着心が強いので、首まわりは目を引くという知識は正しかったらしい。ネックガードで隠れていてもそそるのか、思惑通り優男の喉が上下した。

アルファ受けがよくない容姿なのでどうかと思ったが、拘束されて動けない状態というスパイスが加われば、嗜虐《しぎゃく》を好む彼にとって餌として通用するようだ。

「私は嫌がる獲物を狩るのが好きなんだがね」

「ふふ、自意識過剰なんだな。貴様が嫌悪の対象であることは変わらないよ。発情促進剤で正気の飛んだ状態より、今の私のほうが貴様にとってはそそるだろう？」

優男が顔をしかめる様子に、レオンは内心で〝かかった〟とほくそ笑んだ。優男が加虐によって興奮する性質なら、まずは正気の状態で辱《はずかし》めてやろうという気になるだろう。

口端を歪《いびつ》に吊り上げて笑う様子は、彼の内面の醜悪さを露呈しており、優男の仮面は完全に剥がれ落ちていた。

「ダンスパーティーの時からもったいないと思っていたのです。事前通達であなたへの手出しは禁じられていましたが、番《つが》う前であればいくらでもやりようがある。あなたが傷物になれば卿も手放す気になるでしょう」

優男は血走った目をレオンの首筋から動かさず、引き寄せられるように覆い被さってきて――

「がっ――!!」

レオンは彼の顎に力強く掌底を打ち込んだ。

横たわっていたせいで体重の乗らない打撃ではあったが、身体強化の魔術を使えば十分なダメージを与えられる。意識を奪うつもりの一撃は見事に決まり『拘束《バインド》』されていた足は自由になった。

意識を失った優男の重い身体を脇にどけて、レオンは達成感に息を吐く。

(さて、薬を頂戴しよう)

優男はレオンに襲いかかる前、薬瓶を慎重に懐にしまっていた。内ポケットがあるのだろうと推測し、ジャケットの内側に手を突っ込む。

「レオン」

「ヒッ!」

急に声をかけられ、レオンは手を引っ込めると同時に不審な悲鳴を上げてしまった。振り返るとすぐそこに、眉間に深い皺《しわ》を刻み込んだジェラルドが立っていた。

(しまった。我欲に駆られてジェラルドを呼んだことを忘れていた)

レオンは優男との会話中、胸に手を当てながら通信具に魔力を流し、ジェラルドにメッセージを送っていた。それは万が一、自身が対処に失敗した時のための安全策であり、加えて優男の蛮行を証人となるジェラルドに目撃してもらい、それをもとに優男を収監する手立てになればいいと考えていたのだ。

「ジェラルド、早かったな」

「当たり前だ。あんな通信を送ってきて……」

「きみが一部始終を目撃してくれてよかったよ。手出しせずにいてくれてありがとう。近衛《このえ》騎士だし、証人として信用度は高いだろう」

ただもう少し、目撃者として控えていてくれたら、もっとよかった。そんな願望は口に出すことなく、心の中に留めておく。

レオンはチラリと優男のスーツへ目を向ける。薬瓶をそっと引き抜き、入手しようと考えたが、ジェラルドがすぐ側に寄ってきたため難しい。レオンは内心で呻《うめ》いた。

「あの薬……」

ジェラルドが薬の存在を口に出した瞬間、レオンの肩は微かに跳ねた。後ろ暗い欲望が読み解かれてしまったのかと、恐る恐る彼と視線を合わせる。

しかしその瞳は、レオンの予想と違い、心配そうに揺れていた。

「レオンに使われなくてよかった」

「ジェラルド……」

「私に後遺症をもたらした薬も、違法な魔術加工薬だった。あなたの身に何かあったらと……」

レオンはジェラルドの言葉に胸が痛み、同時に鼻の奥がツンと痛んだ。

レオンは欲に駆られ、冷静に物事を考えられなくなっていた。

もし副作用があり、悪影響が身体に残った場合、ジェラルドがどんな気持ちになるのか考えていなかった。彼は自身の後遺症を不幸なことだと言わなかったが、きっと悩みはしたはずだ。たとえ、違法薬により番《つがい》になれたとしても、レオンが後遺症に苦しむことになったら、彼は深く悲しむだろう。

（バカだ、私は……）

レオンは反省し、未だ残る欲望を抑えて立ち上がる。そして気絶した優男を軽く蹴って身体を仰向けにひっくり返した。

「彼を知っているか？」

「男爵家の三男だな。取るに足らない男だから名すらレオンの耳に入れたくない。素行が悪いと噂で聞いたことがある」

「そうか。人は見かけによらないものだ」

足元の優男を眺めると、やはり顔だけは穏やかで、むしろジェラルドのほうが鋭い目元のせいで悪そうに見える。しかし、内面は二人とも真逆だった。

考え事に耽《ふけ》り、衣服を乱したまま直す気配もないレオンを見て、ジェラルドは目を細めて手を伸ばす。そして開きっぱなしのシャツのボタンを手早く留めた。

「見られてしまったと思うだけで忌ま忌ましい」

「鎖骨だけだぞ」

「……オメガはデコルテを晒すものではない」

嫉妬だろうか。ジェラルドの苛立ちを隠さない口調に対して、レオンはこんな状況にもかかわらず、胸がくすぐったくなってしまった。

だが、心配をかけ、やきもきさせ、彼の感情をいたずらに揺さぶったことには違いない。レオンは素直に謝罪を口にした。

「すまなかった」

「分かってくれればいい。あなたの友人もそこにいるし、証人になってくれる。このままこいつは収監してしまおう」

ジェラルドが顔を向けて廊下を指し示すと、向こうからリックと眼鏡の男性が現れた。二人の距離から察するに、眼鏡の男性はリックの婚約者だろう。

「リック」

「レオン様、無事で何よりです」

言葉とは裏腹に、大して心配していない様子でリックは笑う。幼い頃から一緒にやんちゃをしてきたリックは、レオンが大丈夫だと確信していたようだ。

「コーディーはこの男のもとから逃げ出したらしい」

「なるほど。でもティールームには来ていない、と」

「どこかに隠れているのかもしれない」

「分かりました。親衛隊長に連絡を入れます」

「ああ、頼む……――っ!!」

刹那、レオンの視線はリックから足元へ変わった。

勢いよく立ち上がった優男はレオンたちを襲う訳でもなく、明後日の方向に腕を振りかぶる。その手にはあの薬瓶があり、どこかに投げようとしていた。

(ダストホール!!)

この家事区画にはダストホールがあり、内部にはゴミを分解するためのスライムが飼われている。

それらはなんとガラスまでも溶かしてしまうのだ。

（証拠の隠滅か⁉）

レオンは即座に反応し、優男の手首を蹴り上げ、薬瓶の軌道を変えた。彼の手を覆う白手袋から薬瓶が滑るように飛び上がり、空中で回転する。

ジェラルドが優男を取り押さえると同時に、薬瓶は落下してきてレオンに当たり、中身の液体がぶちまかれた。

「あ……」

頭からポタポタ滴るエメラルドグリーンの液体がなんなのかを思い出して、レオンは硬直してしまう。

ハッと我に返り、慌てて術式を思い描いて『浄化《クリーン》』を発動すると、周囲に現れた淡い光が定められた指向に従って、身体に付着した薬液を消し去ってくれた。

しかし、体内に吸収された成分までは消せない。飲み込んではいないが、目に入ってしまったため、ジンと痛む。

「レオン！　大丈夫か⁉」

ジェラルドが声を荒らげる。それを聞いて、リックの後ろにいた眼鏡の男がやけに驚いていた。

「ジェラルド、それは私が処理しておくから」

「……頼んだ、モーリス」

リックの婚約者――モーリスはジェラルドと知り合いのようだ。

彼は若木を思わせる緑色の長い髪と、大地を連想させるような茶交じりの緑目をしている。それを縁《ふち》取るのは神経質にも見えるスクエア型の眼鏡だった。黒いドレススーツ越しに分かる体格はアルファとしては細身であり、身長もレオンと同程度。耳を飾る大ぶりな魔石のイヤリングが、まさに魔術師という印象だ。

モーリスが手をかざすと、瞬時に手のひらから魔法陣が現れた。その中心からは、何本もの光の紐が溢れ出てきて、優男の全身を隙間なく埋め尽くしていく。最初こそ人の形であると分かったが、紐が折り重なるうちに、楕円形に整った光の繭《まゆ》に変わっていった。

(これは……紐の一本一本に魔力が通っているのか?)

これまでに見たことのない鮮やかな魔術を目の当たりにして、レオンは驚く。しかも、モーリスは魔術を無詠唱で発現させた。

魔術には発動命令《コマンド》がある。例えば、『浄化《クリーン》』なら、『――浄化《クリーン》――』と発声することで、発動の精度が高まり、難易度が低くなるのだ。レオンが使う身体強化の魔術は発動命令を必要としないが、それは力を体外に出さないために可能なことで、世界に影響を及ぼすなら、発動命令なし、つまり無詠唱は非常に難しい。

アルファでありながら魔術師の職につくモーリスは、相当に優秀なのだろう。

「呼吸はできているから死なないよ。〝触糸《しょくし》〟は魔力紐《まりょくひも》だから、物質として顕現しているけど物理法則は反映されない」

「魔力紐……」

レオンが呟くと、モーリスは解説したそうに口を開く。しかしジェラルドがそれを遮るようにレオンを抱き上げた。

「語り出すと長くなるので行こう。医務室は下の階だ」

「あ、ああ」

確かに、未知の魔術に興味が湧くが、レオンの体調を優先するべきだろう。レオンが身を預けると、ジェラルドは足早に目的地へ向かった。

◇◇◇

医務室で医者に身体を診てもらった結果、目に薬液が入っていた場合、影響が早く現れるだろうということだった。すでにだるさを感じていたため、レオンもそれには同意だった。

ジェラルドはすぐにレオンを抱き上げて客間に戻り、そのまま寝室へ運んでくれた。レオンは力なくベッドサイドに腰かけて、項垂《うなだ》れる。

「はぁ……」

口から漏れるため息が妙に熱っぽい。水差しとコップを運んできたジェラルドが、心配そうに声をかけてきた。

「大丈夫か？　水を持ってきたが」

「ありがとう」

レオンはコップを受け取り、彼に水を注いでもらってからごくごくと飲む。やけに喉ごしが冷たく感じて、美味しかった。

（発情するのか。ジェラルドと番《つがい》に……）

結果的にレオンが望んでいた形になったとはいえ、現実として初めての発情がやってくると思うと不安が襲ってくる。心の準備が済んでいないのだ。

「……あ」

レオンは痛みを感じて、原因となる部分に目をやった。トラウザーズの股間部分が、はっきりと膨らんでいる。オメガ性のレオンにとって、性器がこのような状態になる経験はほとんどない。エデンで検査のために発情促進剤を飲んだ時だけだ。

「どうした」

「その、下半身が……」

レオンが状況を正直に伝えると、ジェラルドはレオンの股間に視線をやり、すぐに目を逸らした。耳が赤いのでおそらく恥ずかしがっているのだろう。緊急事態とはいえ、下半身の変化を見せつけるのは王子様らしくなかったと、レオンは反省する。

「痛むのか？」

「ん……寛《くつろ》げないと、痛い」

レオンは眉根を寄せながら、敏感な部分を押さえつける股間のボタンに触れた。

今着用しているのは一般的なトラウザーズよりも細身なデザインのため、ゆとりがない。ベルトとボタンを外しただけでも、かなり楽になるだろう。

「見苦しいかもしれないが、寛《くつろ》げても構わないか？」

一応エチケットとして尋ねると、ジェラルドはどこか遠くを見ながら、小さな声で「ああ」と答えてくれた。彼の言葉に甘えることにして、レオンはベルトを外そうとしたが、薬のせいか手元が覚束ない。

レオンがカチャカチャと音を鳴らしながら苦戦していると、その様子を察したらしいジェラルドがこちらに向き直った。

「手伝おう」

「……っ！」

「私たちは番《つがい》になるのだから、あなたがつらい時は助けたい」

ジェラルドはそう言って、レオンの前に跪《ひざまず》いた姿勢をとり、ベルトに手をかけた。

他人から脱がされると考えただけで、レオンの背にゾワリとした寒気とも高揚感ともつかない感覚が這《は》い上がってくる。重だるさが増していく腰に、ズクンズクンと血が集まるような脈動を覚えた。

（これは……興奮しているのか？）

エデン時代に一度だけ経験した性的な高揚とは比べ物にならないくらい、激しい感覚だった。

ジェラルドが金具を外す音や、ボタンを開放する動作一つ一つに胸が高鳴り、性器が突っ張っていく。

やがてすべてのボタンが外れ、下着が空気に触れた時、レオンはひんやりとした感覚に心地よさを感じた。

「ああ、濡れている。こんなにして……苦しいな」

ジェラルドの言葉を受けて、レオンは自身の下半身に視線を落とす。

アイディール侯爵家のメイドから渡されたダンスパーティー用の下着は、レースで縁《ふち》取られた薄い布地だった。股間をかろうじて覆い隠しているそれは、濡れて、性器の色まで分かるほど透けてしまっている。脱いだ状態よりも卑猥に見える有様に、レオンは顔に血が上って耳まで熱くなった。

オメガは性器だけでなく、後孔も濡れる。

通常時でも性的に興奮すれば潤うそこは、発情期《ヒート》になるとアルファの雄を受け入れるために多量のとろりとした体液が分泌されるのだ。身体をずらした時に聞こえた粘り気のある水音は、まさに発情期《ヒート》に分泌されるものではないか。

(トラウザーズまで汚してしまったかもしれない……)

ジェラルドがレオンの王子様のような姿を気に入っているなら、オメガでしかあり得ない秘部を目の前にしてガッカリしていないだろうか。レオンからはジェラルドのつむじしか見えないため、彼の表情は読み取れない。

レオンが不安や心配で落ち着かないでいると、ジェラルドはゆっくりと顔を上げる。そこには真剣な眼差しがあり、レオンが想像していたどんな表情とも違っていた。

「もしかしたら発情が起こるかもしれない。ネックガードを外してもらえないか？」

「……」

「あなたを大切にする。どうか……」

懇願するような、求愛の言葉だった。

彼の手がレオンの手を優しく握りしめ、レオンは身体だけでなく心まで高揚してしまう。それは薬が引き起こしたものかもしれないが、オメガとしてはこれ以上ないほどの幸せだった。

（ちゃんとしたオメガになれる……）

レオンは幼い頃、自分はアルファになるものだと思っていた。

侯爵であるアルファの父、そしてオメガの母。母は便宜上母と呼んでいるがオメガ男性だ。二人は子供が当てられるくらい仲がよく、子だくさんで、レオンは男ばかりの五人兄弟の末っ子として生まれた。兄たちは次々アルファと判定され、ついにレオンと年子である四男もアルファと判定。四男はレオンより背が低く、体格も細身で、兄弟げんかをすれば、いつもレオンが圧勝だった。だからこその思い込みだ。

第二性検査でオメガ判定が出た時の、性自認が揺らいだ衝撃を言葉で表すのは難しい。

オメガらしく成長すれば、長い時間かけて第二性を受け入れられたのかもしれないが、発情が起こることもなく、身体はアルファのような見た目に成長してしまった。

幼年学校時代に健康上の問題を抱えて家族に心配をかけたし、その後の成長でも気を揉ませている。そんな自分の、ちゃんとしたオメガになりたいという思いは、家族を心配させたくないということから来ているのではなかったか。

今感じている戸惑いは、自分が本当はアルファであり、女神さまの間違いでオメガになってしまったという子供じみた考えが心の奥底にあるからだ。それはジェラルドに対する感情とは全く関係がない。ジェラルドとは出会って間もないし、知らないことのほうが多い。しかし、彼は悪い人間ではないと、レオンの人を見る目は確信している。

（……聞きたいこともあるが、今は置いておこう）

レオンは跪《ひざまず》いたままのジェラルドの頬にそっと手のひらで触れた。

「ジェラルド、私を、頼む」

ジェラルドは目を瞠《みは》り、そして大事そうにレオンの手に手を重ね、目を細めた。

「ああ」

レオンはすべての着衣を脱ぎ、ネックガードの留め具に触れた。これは、留め具部分に魔力を流し、設定されたパスコードを念じれば外れる仕組みの魔導具だ。カチャリという軽い金属音とともに、首まわりが軽くなった。サイドテーブルにネックガードを置いてベッドに寝転がり、ジェラルドのほうを向く。

一糸まとわぬ姿であるレオンに対し、ジェラルドはシャツとトラウザーズを着たままベッドへと上がった。軽装にはなっているが、番《つが》うかもしれないというのに肌を見せないというのが気になる。一方だけが裸で行為に及ぶというのは、熱を共有できないと感じて、嫌だった。

「ジェラルドは脱がないのか？」

「……身体に傷がある」

「それは……」

「私にとっては大事なものだが、あなたは怖がるかもしれない」

レオンはジェラルドの告白に驚き、一瞬固まった。

（ジェラルドにも事情があったのか……）

貴族は、傷を醜いものとして嫌う傾向があるので、ジェラルドはレオンも同じような傾向があるのではないかと気遣ってくれたのだろう。

レオンの父、アイディール侯爵は公務の一環として子供たちを連れて視察を行うことがあり、レオンたちは傭兵と接する機会があった。彼らには傷が多く、見慣れているので気にならない。

レオンは、身体の変調で頭がまわりにくいとはいえ、自分の気持ちばかりを優先させたことを恥じた。

「私は気にしない。きみが大事だと言うなら知っておきたい」

レオンの言葉に、ジェラルドは視線を左右にうろうろさせて、それから思い切ったようにシャツのボタンを外し始めた。頬を赤らめながら脱ぐ様子が、色っぽく見えるのは、彼の戸惑いやためらいを感じるからか。

徐々に露わになる身体はシャツ越しに想像していた通り逞《たくま》しいが、その見事さよりも先に目を引いたのは、右肩にある大きな古傷だった。

「これは訓練中に受けた傷か？」

痕跡から察するに、魔物か何かの爪で引き裂かれたのだろう。剣による傷とは異なり、引き攣《つ》れたような痛々しい痕が三本残っている。近衛《このえ》騎士であるジェラルドは、上級学校で騎士科に在籍していたはず。そして魔物の討伐訓練を受けていたはずだ。

国が認可した治癒薬《ポーション》は魔術加工薬で非常に高価だが、傷を受けてすぐに使用すればほぼ完全に治癒する。時間が経過した傷であっても、治癒師による『治癒《ヒール》』で、皮膚を元の状態に近づけることが可能だ。ジェラルドは名家のアルファとして、これらの治癒手段を利用できる立場にあるはずだが、なぜそのような状態になっているのか。

「……傷を負った時に、回復手段がなかった。残したのはその時に起こったことを忘れないためだ」

「そうか。痛かったな」

「ああ」

ジェラルドは、おそらく負傷した際に自戒すべきことがあり、それを身に刻んで忘れない……などの誓いを立てたのかもしれない。彼の性格を少しだけ知ったレオンにとって、それは彼らしいと思えた。

それから、ジェラルドは仰向けになっているレオンの上に覆い被さった。レオンは普段、自身がアルファと大差ない見た目だと口にしているが、こうして本物のアルファに圧倒されると、自分は細身なのだと自覚させられる。

レオンがジェラルドの傷跡を優しく撫でると、彼はくすぐったそうに目を細めた。

「今はレオンのことだ」

「そ……そうだな」

「発情するなら挑もうと思うが、まずは熱を解放しなくては」

ジェラルドは焦らすことなく性器の愛撫から入るつもりのようで、サイドチェストの収納から香油の小瓶を取り出したあと、レオンの脚を広げて座った。

いざ本番と思えば鼓動が速くなって苦しく、レオンは枕の端をギュッと握りしめる。ジェラルドはその頼りなさげな仕草に気づき、レオンの膝を優しく抱き寄せ、内腿《うちもも》へ熱の籠《こも》ったキスを落とした。

「んっ……」

彫像のように美しいアルファが、こちらに流し目を送りながらキスをする様は、淫靡そのものだ。その光景に刺激され、レオンは全身を震わせる。

そこからジェラルドの行動は迅速だった。生活魔術である『温化《ウォーミング》』を使って、人肌に温めた香油を自分の手とレオンの性器に塗《まぶ》していく。ジェラルドの硬く大きな手が、繊細な屹立を優しく包み込むと、その感触だけでレオンの腰は跳ね上がった。

「あ、あっ……」

思わず上擦った声が漏れてしまい、レオンは狼狽《うろた》えて口を引き結んだ。普段は涼やかで凛々しいと評される声とは一変、その声は甘く官能的だった。

（ダメだ……こんな……イメージを壊す声を聞かせては……）

しかし、レオンの内心をジェラルドは知らない。ただひたすらにレオンを快感へ誘うため、巧みな手技を駆使していた。

ジェラルドは香油で滑りがよくなったレオンの性器を、先端から根元へと引き下ろすように優しく擦っていく。未開発な部分は、固い蕾といってもいい。楚々《そそ》とした淡い色合いの先端部は皮がピンと張り詰めた膨らみがあり、ジェラルドはレオンに痛みを与えないように、細心の注意を払いながら包皮を剥がしていった。

「綺麗だ」

ジェラルドの囁《ささや》くような声に目を向けると、彼の手の中に濃い桃色が露わとなっていた。熟れた果実のように艶《つや》めくそこに、ジェラルドはためらうことなく口を寄せる。先端に唇を押し当てたあと、舌先で鈴口を広げるように舐《ねぶ》り、そして、大きく口を開けて咥えた。

「あっ、いや……」

敏感な部分が温かい口腔に包まれるという感覚にレオンは混乱し、涙を浮かべた。まるで肉食獣に獲物として見られているかのような感覚は、控えめに触れる歯と、味わうように動く肉厚の舌の感触から生じたものだ。レオンをすべて味わい尽くそうという欲求を隠すことなく、彼の舌は剥きたての果実を這《は》いまわる。

「う……うっ」

レオンは何度も息を止め、唇を引き締めた。興奮で張り詰めた性器は、与えられる刺激をすべて快楽として受け止める。本能か、断続的に後孔は締まるように動いて、そのたびに蜜がトロトロと滴るのを感じた。

(恥ずかしい……濡れ、て……)

柔らかな舌の刺激は痛みを伴わないが、なかなか絶頂へ辿り着けない。気持ちいいのは確かだが、一度しか射精を経験したことのないレオンは、上手く絶頂へと踏み込めないのだ。

(ああ、もしこのまま達したら……ジェラルドの口に)

その遠慮が、身を固くする原因だった。

「ジェラルド、お願いだ……口を、離してっ、くれ……達《い》けない……」

レオンの懇願に応えて、ジェラルドは最後に名残惜しそうにチュッと吸い上げ、口を離した。見上げてくる彼の目には妖艶な光が宿り、形のよい唇からは、濡れた舌がちらりと覗《のぞ》いている。

「……っ!」

ジェラルドの雄めいた視線に、レオンの背筋はゾクリと震えた。

アルファもオメガも体液にはフェロモンが含まれる。その含有量は場所によって異なり、生殖に関わる性器や後孔から分泌される体液は、特に濃度が高い。もしかしたら、ジェラルドはレオンの性器から漏れ出る体液を口にし、性的な興奮状態に陥ったのかもしれない。

「ジェラルド、きみは……わっ」

レオンの言葉が途切れた。それはジェラルドがレオンの性器をグッと握り込んだからだ。口での刺激よりも強烈なその感触に、レオンは抑えていた射精感が再び湧き上がるのを感じた。

「まだつらいだろう？　少しも治まっていない」

「それは……そうだが」

「発情するなら別だが、そうでなければあなたに無体は働かない。怖いことは何もないから、力を抜いて」

ジェラルドの言葉はいつものように穏やかだったが、その目、その手つきには、捕食者としての欲望が滲《にじ》んでいた。

（力を抜けと言われても……）

熱を放出したいという衝動が湧き上がるが、彼の前で射精するという恥ずかしさに勝てない。レオンの性器はジェラルドの口内でも、これほど蜜を零していたのかと驚くレベルで、ジェラルドの手のうちでぬかるみ、卑猥な水音をグチャグチャと響かせている。

「……っ‼」

思わず声を押し殺すが、突如襲ってきた新たな快感に、レオンの腰は反射的に跳ね上がる。ジェラルドは指の背を使い、後孔を優しくノックした。そこも性器と同様濡れているのが、彼の指の粘ついた感触でありありと分かる。

未知の快感に驚いたレオンは、慌てて止めようと声をかけた。

「ダメ、だ……そこは」

「大丈夫だ。オメガのここは発情期《ヒート》でなくても柔らかいから、指を入れても痛まない」

そうではなく、気持ちよすぎるのが問題なのだ、というレオンの反論は息を呑むほどの快感に打ち消され、言葉にならない。顔を左右に振って抵抗するも、陰部に目をやるジェラルドはこちらを見ていなかった。

ジェラルドの指はまるで蜜を塗り広げるように動き、その後、ゆっくりとレオンの内部に侵入した。

確かに後孔は、彼の硬い指でも痛みはなかった。それどころか、性器に触れられるよりもしっくりくるのは、オメガ性ゆえなのかもしれない。

「ひっ!!」

レオンは一際強い刺激に悲鳴を上げた。ジェラルドはレオンの内部で指を曲げ、腹側を押し上げている。その場所は何か特別なのか、むず痒く、排泄を促されるような感覚に襲われた。

「いや、ジェラルド、いや、だ……あっ」

「怖くない。それを、そのまま受け入れてくれ」

ジェラルドはレオンの内部を圧迫し続け、反対の手で性器を扱き上げた。極限まで高まった感覚に頭が痺れ、思考はさらに鈍くなっていく。レオンは荒い呼吸の中で言葉にならない上擦った声を何度も発した。

「あっ、あ……あ、あぁ」

「レオン、達《い》くんだ」

ジェラルドの言葉がレオンの心に深く響いた。

オメガとして、アルファに従うのは当然のことだ。自分を求めるアルファが「達《い》け」と言うのだから、それに従わなければならない――このような意識の変化は、理性が溶けきり、〝集団の支配者であるアルファに従う〟というオメガの本能が優位になったことを示している。

これまで必死に抑え込んでいたものが、命じられるままに解放され、緩んだ身体は次の瞬間、激しい収縮とともに快感の澱《おり》を噴き上げる。

「ひ、あぁぁ!!」

レオンは高まった感情を声に出し、すべてを解き放った。腰が浮き、熱い精液が鎖骨や胸辺りまで勢いよく飛び散っていく。

ジェラルドは、レオンを頑なにしていた箍《たが》が外れたと判断したらしく、後孔から指を引き抜き、そして排出が終わるまで優しく性器を扱った。

「あ……あぁ……」

レオンは弱々しくも、快感に満ちた声を漏らし、腰を揺らし続けた。あれだけ羞恥心から遠慮していたのに、精液を出し切りたくて、ジェラルドの手に性器を擦りつけている。

そしてすべての熱が解放され、力尽きてベッドに沈んだレオンの身体は、絶頂の余韻がなかなか消えず、心地よい痙攣《けいれん》が続いた。

「レオン……」

ジェラルドがこちらを呼ぶ声が甘く聞こえるのは、快感に酔っているからだろうか。彼はレオンの隣に横たわり、奮闘を労うように抱きしめてくれる。そして心配そうに眉尻を下げて尋ねてきた。

「落ち着いたか?」

「……ああ」

ジェラルドに問われ、レオンは照れくささを感じ、視線を逸らしながらも素直に答えた。これまでに経験したことのないほどの、強烈な快感だった。そして同時に熱は冷めてしまったので、発情は起こらないだろう。

目に入った発情促進剤はすぐに『浄化《クリーン》』を施したことで、わずかしか吸収されていない。しかし、それが強力な違法薬物であるにもかかわらず、発情しなかったという事実は、レオンにとって重いものだった。

（我ながら卑しいが『浄化《クリーン》』をかけなければ、このまま……）

そこまで考えてレオンは首を振る。

ジェラルドの言葉を聞いて反省し、自分の意思で決めた行動だ。それに、優男から秘密裏に違法薬物を手に入れ、服用した……となれば、長年王子様として振る舞い、培ってきた正義感が、その行いを許さないだろう。

（ああ、そうだ。続けざまに色々起こったせいで聞いていないことがあったな）

優男が言っていたことを、まだジェラルドに問い質していなかったと、レオンは冷静になりつつある頭で思い出す。

レオンは考えるよりも行動だと身体を起こし、静かなトーンで問いかけた。

「ジェラルド、聞きたいことがある」

その声に、ジェラルドは目を見開く。レオンの声色から、睦言のような甘美な話ではないと察知したのだろう。彼の顔は一変し、眼には真剣さが増した。

「先ほどの男爵家三男の言葉だ。あいつは私に〝事前通達であなたへの手出しは禁じられていました〟と言った。どういう意味だ？」

レオンの問いに、ジェラルドは目を逸らす。その態度は彼が初めて見せる何かを避けるかのような態度だ。沈黙が流れる中、ジェラルドは深い息を吐き出し、答えた。

「あなたを確実に私のものにしたかったから、〝レオン・アイディールは私の番《つがい》となる者だ〟と通達していた」

「なんだそれは。そんなことができるなら、あの見合いの場はなんだったんだ」

レオンの表情からは隠しきれない不快感が漏れ出していた。事前通達でダンスパーティーの前に婚約者が決められるというなら、参加する意味はなかったのだ。誰からも声をかけられず、ただただ壁の花として過ごし、情けない気持ちになった二時間を返せと叫びたくなる。

ダンスパーティーでは、アルファからオメガに声をかける決まりとなっている。アルファはフェロモンの相性が合わなければ、愛情が湧かないという第二性の特性があるために定められたもので、オメガは断ることは許されているが、誘うことは許されていなかった。

(事前にアルファたちの間で取り決めがなされるなど、あってはならないことだ。オメガが合わないと思った相手のアプローチを断っても、他に受け入れ先がないだなんて)

レオンはあの時の選択肢が実質的に存在しなかったことに驚愕する。確かにジェラルドはその会場で最も高位であり、魅力的な容姿を持ち、今までの接触から好ましい性格だと感じているが、それは全く別の問題だった。

（滑稽な寸劇に参加させられていたと思えば気分が悪い）

レオンの怒りが伝わったのか、ジェラルドの顔色はみるみる青ざめていく。彼は焦ったように、レオンの腕を掴んだ。

「私はどうしてもあなたでなければダメだった。だから――」

レオンはジェラルドの必死に懇願する様子に驚き、硬直した。強い意志を感じさせる視線から目を逸らせない。レオンが脱力して息を吐くと、ジェラルドはレオンが離れていかないと判断したのか、掴んでいた手を緩めた。そして、釈明を続ける。

「筆頭五家のみ許可されている手段をとった」

「手段？」

「五家は未だ当主の正妻にアルファ女性を据える。だから生まれた子供は概ねアルファの本能が強く、番《つがい》に対しこだわりが強い。なので、事前に決めた相手がいる場合、指定することが特権として許されている。〝五家特権〟と呼ばれるものだ」

レオンは、そうしたルールが存在することに驚いた。

筆頭五家の当主が伝統としてアルファ同士で婚姻することはレオンも知っている。しかし、アルファ女性は〝孕ませる性《アルファ》〟の影響が強いため、妊娠率は非常に低い。そのため、当主は第二、第三……とオメガを夫人として迎え入れるのだ。なお、この場合の〝夫人〟という呼称は女性に限らず、男性オメガに対しても用いられる。

ジェラルドもアルファ同士の婚姻で生まれたのかと、レオンは彼の男らしい顔を見つめた。

「ジェラルドの母君はアルファなのか」

「……いや。兄は正妻の子だが、私の母はオメガだ」

オメガから生まれたなら、ジェラルドは範疇外なのではないか、と疑問に思う。しかし、面々と続いた濃厚なアルファ因子は、わずかなことでは薄まらないのかもしれない。その欲求は本人にしか分からないものなので、説明されても完全に理解することは難しいだろう。五家特権は、五家のアルファであれば母親の第二性に関係なく使えると、ジェラルドは教えてくれた。

「なぜ、特権を使ってまで私を？」

レオンが最も知りたかったことを尋ねると、ジェラルドは切なげに目を細めた。

「私はあなたに……恋していた」

レオンは彼の言葉の意味が理解できなかった。まさか、先ほど出会ったばかりというのは誤認だったのか。思い返しても心当たりはなく、レオンは首を傾げながら答えた。

「私はジェラルドを知らないが」

その言葉にジェラルドはグッと眉根を寄せた。

分かりにくいが、何か強い感情を抑え込んでいるようにも見える。

やはり、どこかでジェラルドと出会っていて、レオンが忘れているだけなのだろうか。そうであれば失礼だし、確認しておくべきだろう。レオンが尋ねようと口を開いたところで、ジェラルドによって話は遮られた。

「……あなたは有名人だろう。写真はよく見ていた」

彼の口ぶりは先ほどの告白に比べれば、あっさりとしたものだった。しかし、それでレオンは理解できた。

「なるほど。〝エデン画報〟か」

エデン画報は季刊誌で、エデンに入学した子供たちの成長を伝えるために、エデンが監修して発行している写真集だ。魔導写真機で撮影された写真は美しく、親だけでなく写真愛好家や、単に美しいオメガを愛《め》でる層にも人気だという。

つまり、ジェラルドはエデン画報に掲載されていた王子様キャラクターであるレオンを見て、親衛隊の面々やファンたちと同じく、好きになってくれたのだ。

「気が抜けた。よほど大事なことを忘れているのかと思ったが、それなら一方的に知られていたのも納得だ」

「別に姿だけで恋い焦がれた訳じゃない。レオンの内面も、とても素敵だと思っている」

「インタビュー記事か？」

「……ああ」

「あれは綺麗にまとめられたもので、実際の私は大したものではないよ」

「そんなことはない。今日だけでも、何度も恋に落ちた」

ジェラルドは熱を帯びた声で語った。彼のファンとしての情熱が強すぎるのかもしれない。

しかし、理想化されすぎると困る。

なぜなら、現実のレオンは肉体も出来損ないだし、内面も俗な部分がある。王子様という役割を演じ続けることで、確かに正義感は強くなったが、その美しい部分だけがすべてではない。

「その恋が冷めないことを祈るよ」

「冷めない。決して」

ジェラルドの誓いのような言葉に、レオンは居心地が悪くなり、苦笑いを浮かべる。

数々の疑問が晴れ、安心したのか、レオンの瞼《まぶた》は重くなり、あくびが出た。大きな口を開けていたことに気づいて慌てて口を閉じる。ジェラルドは穏やかな目でレオンを見つめ、ベッドに横たわるよう優しく誘った。

「レオン、もう遅いから休もう。疲れただろう？」

「いや、リックに連絡しないと」

レオンは、コーディーの件が無事に解決したのかどうかが気がかりだ。重たく感じる身体を持ち上げ、ベッドから立ち上がろうとした時、椅子にかけてあったジェラルドのジャケットから一際明るい魔力光が見えた。それは、通信具から発せられている。

ジェラルドも光に気づいたようで、素早くそこへ向かい、通信具を確認した。

「レオンの心配事は解消されたそうだ」

「コーディーが見つかったのか？」

「ああ」

「そうか、よかった」

安堵の息をついて、レオンは再びベッドに体を預けた。

「しかし、誰からの通信だったんだ？　まさかきみとリックが知り合いということはないだろう？」

「友人からだ。モーリス・シンク・マグス……あなたの友人、リックの婚約者であり、このペンダントの制作者だ」

レオンはリックの婚約者である、先ほど見かけた眼鏡の男、モーリスを思い出す。

マグスという家名から、彼が魔術師の家系であることが分かる。シンクは筆頭五家の序列五位という意味だ。あの優男を拘束した魔術は見事で、さらに魔導具も作るのかと多才さにも驚く。

レオンはまた、ふわと大きなあくびをした。

とにかく、コーディーは見つかって無事だというなら安心していいのだ。そう考えたら一気に疲労が襲ってきて、レオンの身体は重くなり、早く休めとばかりに眠気がやってくる。

寝間着に着替え、ベッドに戻ってきたジェラルドは自然にレオンの隣に横たわった。うとうとするレオンの背中に、ジェラルドの大きな手がそっと置かれる。

「おやすみ、レオン」

◇◇◇

翌朝、身支度を調《ととの》えたレオンが客間のリビングスペースに向かうと、ジェラルド、リック、モーリスの三人がテーブルに着いて待っていた。そこにはすでに朝食が用意されており、焼けたパンや香ばしいコーヒーの香りが漂《ただよ》っている。

「おはようございます、モーリス卿。リック」

レオンが二人に挨拶すると、モーリスは涼しい顔で、リックは朝なのに疲れた様子で挨拶を返してくれた。

コーディーが無事見つかったとのことだが、捜索はやはり大変だったのだろうか。レオンは自分が手助けできなかったことを申し訳なく思いながら、ジェラルドの隣の席に座った。

「それで、コーディーは……」

レオンは早速本題に入った。その問いにモーリスが答える。

「結論から言うと、コーディーさんは現在発情して、部屋に籠《こも》っている」

「えっ」

「もうすでに番《つがい》関係が成立したけれど、発情期《ヒート》は三日ほど続くからしばらく会えないよ」

「な……!!」

レオンは音を立てて椅子から立ち上がった。

なぜ、抑制剤を使用しているにもかかわらず発情期《ヒート》に入ってしまったのか。なぜ、拘束されているはずのあのアルファと番《つがい》契約が成立したのか。

様々な疑問を抱きつつ、レオンは噛みつかんばかりの険しい表情でモーリスを睨《にら》みつけた。

「ストップ」

リックの制止の声に、レオンは顔をしかめたまま彼に向き直る。しかし、リックの顔に緊張感はない。信頼する彼が冷静であるなら、おそらく深刻な事態ではないだろうと判断し、大人しく座り直した。

ジェラルドはレオンが何に対して立腹したのか察したらしい。まずその点に関して補足してくれた。

「相手は、あの男爵家の三男ではない。奴は拘束され、取り調べのために騎士団に引き渡されている」

「ジェラルド……」

「番《つが》ったアルファは、私の先輩騎士だ」

「先輩？」

ジェラルドとモーリス、そしてリックが説明する話をまとめると、次のような内容だ。

ダンスパーティーのあと、客室に連れ込まれたコーディーは、優男から魔術加工された発情誘発剤入りの紅茶を渡された。コーディーは、一口飲んだだけでおかしいと思うほど苦味が強い紅茶に危機感を抱き、それ以上飲まずに部屋から逃げ出したらしい。

そして走った廊下の先で、警備任務に就いていた近衛《このえ》騎士と出会い、助けを求めた。

コーディーの事情を聞いた先輩は、近衛《このえ》詰め所の空き室に彼を匿い、状況を周囲に伝え、必要なものを揃えて、護衛のために扉の前に立ち……とテキパキ動いてくれたのだとか。コーディーは先輩の紳士的な振る舞いに感銘を受け、恋に落ちてしまった。自覚してすぐ、恋情と発情誘発剤の影響で発情期《ヒート》に入り、それから合意のもとで交接に至ったという。

この一連の流れはコーディーが会話可能だった時点で伝えられたものであり、現在は先輩も発情を起こしていて面会は不可能だそうだ。

「ジェラルド、先輩に番《つがい》はいないのか？」

「今は、いない」

では過去にはいたのか、という疑問にも、ジェラルドはすぐ答えてくれた。

「彼には生まれつき身体の弱い幼馴染《おさなな じ》みがいて、その子がオメガだった。生きる気力を与えたいと番《つがい》になった……が、やはりダメでな」

先輩と幼馴染《おさなな じ》みは番《つがい》になったが、幸せも束の間で、翌月には永遠の別れを迎えることとなった。

それから五年、誰とも番《つが》おうとしない彼は、今年もダンスパーティーを欠席して警備任務に就いていたようだ。

「いい先輩なんだ。お人好しで。……しかし、これも運命かもしれない。彼は困っているコーディーを助けたいと思ったのだろう」

レオンはジェラルドの語る先輩のエピソードに、初恋だったシェリーを思い出した。

ゴーストに見間違えるほど、痩せ細り、ボロボロだった女の子。励ますことしかできなかった幼い頃の苦い記憶で、先輩の心情に共感してしまった。守ってあげたかった番《つがい》を失って、それから長らく操《みさお》を立てていたようなアルファなら、泣き虫コーディーのことを大事にしてくれそうだ。

レオンはホッとして息を吐いた。

「そうか。安心した」

「でしょ。僕もコーディーに合っていると思う。あと、ふふ」

「なんだい？　リック」

「コーディーが詰め所にいるって分かるまで、オメガとアルファ総出で探索したんですけど、みんな番《つがい》予定の相手と距離が近くなったみたいで」

共同作業って大事だね、と言ってリックは笑った。


朝食を終えたレオンはリックたちを見送り、それからジェラルドとともに客室を後にする。

退出の際、レオンが冗談めかして、物語の王子様らしい仕草で手を差し出すと、ジェラルドは頬を赤らめてその手を取った。客室棟から出てもその手は離されることなく、二人は手を繋いだまま、王城の駐車場へ歩いていく。

魔導車とその運転手が、主と婚約者の到着を待っているのだ。

無事に婚約成立したアルファとオメガはこれから帰宅することとなるが、向かう先は決まりがなくケースバイケース。とはいえアルファは番《つがい》に対する執着が強いので、大半がオメガを自邸に連れて帰る。レオンたちも、真っ直ぐジェラルド邸に向かう予定だ。

(婚約が成立……したんだな)

レオンは横目で隣を歩くジェラルドを見つめた。彼の顔は人形のようで感情を探ることは難しいが、耳は未だに赤い。可愛らしい男だと、レオンはくすぐったい気持ちになった。

「レオン？」

無意識に笑い声でも出ていただろうか。ジェラルドが不思議そうに声をかけてきた。

「やはり、惜しかったな」

「惜しい？」

「私もコーディーのように発情できたらよかったと考えてしまった」

「それは……」

「薬によるものでも、番《つがい》になれたかもしれないのに、と。……すまない。ジェラルドは薬を被った私を心配してくれたのに」

未練がましいが、素直な感想だ。

隣を歩く優しい男の、昨夜見せた獣のような視線と、繊細な場所を包み込んだ男らしい手が、生々しく脳裏によみがえる。発情し、彼を身体の奥深くまで受け入れ、本能のままにうなじを噛まれたら、どれほどの幸せを感じられただろうか。ただ手を繋いでいるだけでも胸が温かくなるのだから、番《つがい》としての繋がりを得られたなら、それは今の感情を遥かに超えるものに違いない。

そう思案していると、ジェラルドが繋いでいるレオンの手をギュッと握った。

レオンが驚いて視線をあげると、彼が愛しげにこちらを見ていた。

「焦らなくていい。私はレオンが側にいてくれるだけで嬉しいのだから」

ジェラルドの声は熱狂的な王子様ファンにしては静かで、それでいて深みのある響きだった。レオンはジェラルドを気に入ってしまったが、彼が恋い慕《した》っているのはエデン画報に掲載されていた王子様キャラのレオンだ。ありのままのレオンも好きでいてもらえるのかは、まだ分からない。

(好きになってもらいたい……)

発情できず、身体で繋がることができなくても、せめて心は繋がりたい。その思いを込めて、レオンはジェラルドの手を強く握りしめた。

Ⅱ

お見合いダンスパーティーから一か月が経った。

レオンはあの日、魔導車に乗せられて真っ直ぐジェラルド邸に連れてこられ、それ以来敷地外に出ることなく過ごしている。外出する用事がなかったというのもあるが、新しい環境に慣れるために時間が必要だった。

王都はフランメル王国のほぼ中心に位置している。古フランメル王国の城は山城だったが、現在は大規模な戦争も起こらないため、利便性が高い場所に王都が移されているのだ。そんな都市の構造は計画的に整備され、美しい。

中心にある城から山側に向かうと、一戸建ての住宅地が形成されており、その中の森と接するような目立たない位置にジェラルド邸は建てられていた。また、森も区画として所有しており、とにかく広い。

(敷地外に出なくても、運動不足にはならないな)

邸内を覚えるために散歩と称して歩き回ったり、今までできなかった趣味に没頭したりと、楽しんではいるが、さすがに一か月も経てば新しい刺激が欲しくなるものだ。

今現在、レオンは庭のベンチに座り、見事に咲いた美しい白バラを描くべく、バラとスケッチブックの交互に視線を走らせながら、鉛筆を動かしていた。

「うーん、やはり私に画才はないな」

レオンは鉛筆を置き、スケッチブックを突き出すように持って絵のバランスを確認して、ため息をついた。絵は好きだが、だからといって描くのが上手い訳ではない。

「どれどれ」

そう言って、ジェラルド邸で住み込み画家をしているエミールが、レオンのスケッチブックを覗《のぞ》き込んできた。

彼は初老を迎えたベータ男性だが、まだ腕も太く逞《たくま》しい。白髪が交じった髪をキッチリと後ろにまとめ、絵の具で汚れたエプロンを着ている。目尻に刻まれた笑い皺《じわ》は、人生を楽しんできた印象が漂《ただよ》っていて好ましい。

「随分上達したじゃないですか。花に萼《がく》もあるし、葉に葉脈もある」

「それは……全く褒められている気がしない」

レオンは冗談めかして肩をすくめる。なんとなしにエミールが手にしているクロッキー帳を覗《のぞ》き込むと、木炭で描かれたレオンの姿があった。見せてほしいと頼んで、クロッキー帳を受け取り、パラパラとめくる。

そこには、自分はこんな風に姿勢を変えながら絵を描いていたのかと、まるで映像を見ているように感じるほどの描線が躍っていた。

「生き生きとしているな。クロッキーでも私だと分かる」

「はは。動きを写し取るためのものなので最高の誉め言葉です。ジェラルド坊ちゃんは、レオン様の日中の様子を知りたがるので」

エミールの語るジェラルドに、レオンはくすぐったい気持ちになった。

「本人以外の口から、関心を持たれていると聞くと真実味が増すよ」

「ええっ⁉」

「いや、真摯に気持ちを寄せられているとはいえ、出会ってまだ一か月だからな」

ジェラルドが虚像ではなく、本当のレオンを知りたいと思ってくれているのは、とても嬉しいことだ。その事実を噛みしめているレオンは、エミールが何か言いたげにしている様子には気づかない。

レオンは手元のスケッチブックに視線を落とした。拙いながらも日中のスケッチの時間が続くのは、ジェラルドが喜んでくれるからだ。

ジェラルドの部屋は寒々しい。

レオンの部屋は住み始めてすぐに、エデン時代の写真や卒業後に友人から送られてきた絵ハガキで賑やかになったというのに、彼の部屋にはそういった装飾は見当たらないのだ。気になって、絵の一枚でも飾ったらどうかと提案したら『あなたの描いた絵が欲しい』と告げられ、指導役にエミールを紹介された。

正直、画家であるエミールに、好きなモチーフで描いてもらったらいいのでは、という思いは拭えないが、ジェラルドが譲らなかったので、ヘタクソなスケッチを描くたびに渡している。

稚拙な絵が立派な額装に収められているのはシュールとしか言いようがないが、寂しい部屋が賑わったのでいいだろう。

「そろそろ部屋に戻らないといけないな」

「そうですかい。ああ、側仕えが決まったんでしたっけ」

「今日から就いてくれるらしい」

レオンは鉛筆をスケッチ箱にしまい、立ち上がった。エミールに今日の指導の礼を伝えてから、屋敷に向かって歩いていく。

(これで自由に動き回れる)

レオンはこの屋敷にやってきてすぐに、ジェラルドと交わした約束を思い返した。


ダンスパーティーの翌日。ジェラルド邸に到着したレオンは彼に邸《やしき》を案内された。

一階は玄関ホールが広くとられており、応接間や執務室等、外部に開かれたフロアらしい。二階は主人と番《つがい》の寝室を中心とした生活区画。そして三階はほとんど使用されることのない客室と、宝物庫があるのだそうだ。外から見た三階部分に堅牢《けんろう》な鎧戸《よろいど》で閉ざされた窓が並んでいたので、そこが宝物庫なのかもしれない。

「ここがレオンの部屋だ」

邸内の紹介が一通り終わった後、レオンのために用意された部屋に通された。

ジェラルドの説明によると、この部屋は〝番《つがい》の間〟としては一般的な形式で、寝室を中心に左右にアルファとオメガの部屋が設けられ、それらは内扉で繋がっているという。

レオンは美しく整えられた部屋を見た瞬間、落ち着いた色合いに自然と心が引かれた。部屋の色調は、エデンの寮で選んでいた自身の部屋の色によく似ている。

「ファブリックの色がいいな。好みだ」

「内装は、エデン画報に載っていたあなたの自室を参考に整えた」

「なるほど」

レオンは納得し、頷いた。寮は狭いながらも、好みの小物で揃えていたから巣として落ち着く場所だったのだ。

居心地のいい巣を好むのはオメガの本能だとエデンで習った。おそらくジェラルドは、そのことまで考慮して部屋を準備してくれたのだろう。

レオンは部屋を見回しながら、窓辺へ歩いていった。

「いい景色だ。下がちょうどバラ園なのか」

「番《つがい》に捧げるための庭園なのだと庭師から聞いた」

「そうか。ならば庭師に感謝の言葉を伝えなければいけないな」

窓の下に広がる美しいバラ園は一朝一夕で作り上げられるものではない。これは主がいつか迎える番《つがい》に喜んでもらうため、長年にわたって手間暇をかけて造られたものに違いない。

歓迎されているのだと思うと温かい気持ちになるが、同時にその期待はジェラルドと番《つがい》になることを前提としているのだと、心に圧《の》しかかった。

「レオン、こちらが私たちの寝室だ」

ジェラルドはレオンに声をかけ、内扉を開けた。レオンも彼の声に導かれるように部屋を覗《のぞ》き込む。寝室としては広い部屋の中心に、体格のいい男二人が寝そべっても問題ない大きさの天蓋つきベッドが鎮座していた。これからこのベッドで毎夜ジェラルドと共に眠るのだと思うと、レオンの頬は微かに熱を帯びた。

「レオンの気持ちが追い付くまでは、何もしないから安心してほしい」

ジェラルドはベッドを見つめるレオンの様子に、紳士的な配慮を示した。出会ってからまだ一日しか経っていないが、それでも把握した彼の性格的に『何もしない』と宣言するならその通りになるのだろう。しかし、発情しない可能性があるならば、彼に自分自身をもっと好きになってもらうしか執着を得られる手立てはない。

「何もしないのか?」

ジェラルドを見上げ、悪戯《いたずら》っぽく誘いをかけると、彼の喉が上下するのが見えた。

「……許されるなら、おやすみの口づけはしたい」

「ささやかだな」

「そうでもない。毎晩あなたに唇で触れる許可を求めているのだから」

距離を縮め、親密な関係を築くためには、挨拶が大切だ。それはおやすみの言葉だけに留まらない。挨拶のたびに触れ合いを繰り返せば、より早く関係は深まるだろう。レオンは己の導き出した合理的な考えに頷き、ジェラルドの首に手を回した。そして、彼が反応するよりも早く、スマートに唇を彼の頬に寄せる。

これは『これからよろしく』という挨拶だ。

レオンはジェラルドからゆっくりと身を引き、目を瞬かせる彼に微笑みを向けた。

「おはようも、おかえりも、口づけをしよう。ジェラルド」

これがジェラルドと交わした最初の約束だった。

共に生きていく上で必要な約束事は数多くある。レオンは婚約者としてジェラルドとの生活を始めるにあたり〝行動の自由〟を確保したかった。ジェラルドもそれは考えていたらしい。

ジェラルドが提示した自由を認める条件の一つ目は、特製のネックガードを身につけること。

モーリスの手によって作られたそのネックガードは、登録したアルファとオメガが共に魔力を流さない限り、解錠できない仕組みになっているという。つまり、外出中に不埒《ふらち》なアルファに襲われ、ネックガードを外すよう脅迫されても、レオンとジェラルドが揃わなければ外すことはできない。脅迫に屈する自分の姿を想像できないが、ジェラルドにとってはそれが心配なのだろう。

そして条件の二つ目は、護衛をつけることだ。

婚約者を守るために護衛をつけるのは当たり前のことだから、ジェラルドが出してきた条件はごく常識的な要求だった。

「分かった」

レオンはこの二つの条件に納得し、頷いた。

（約束したものの、護衛の選定にここまで時間がかかると思わなかったな。側仕えも兼ねると聞いたが）

庭から自室に戻ってきたレオンは、スケッチブックとスケッチ箱を棚に戻した。

約束の時間を気にして振り子時計を見つめながら、思考を巡らせる。番契《つがい》約前のオメガの側に置いていて問題ない、さらに護衛もできる人材とはどんな人物なのか。時計の振り子音が普段よりもやけに耳につく。

そして約束の時間ピッタリに扉をノックする音が響いた。許可を出すと扉が開いて、レオンよりも背の低い男が部屋に入ってくる。思わず、驚いて目を瞠《みは》った。

（オメガ……？）

男は小柄で華奢だった。しかも甘いたれ目が色っぽいとびきりの美人で、スマートな体型を引き立てるような黒いスーツを着ている。ポニーテールの燃えるような赤い髪は、サイドに凝った編み込みが施されていてオシャレだ。

「護衛……できるのか？」

レオンは思わずそう口にしてしまった。冷静に考えると失礼な発言だと分かるが、やってきた男性が〝守られる〟側の容姿をしていたため、仕方のないことだと思う。

刹那、男性は踏み込んだかと思うと素早く近づき、彼が胸にさしていた筆記具をレオンの喉元にひたりと当てた。これがナイフであったならレオンは殺されていたのではないかと思うと、たじろいで一歩下がる。

男が筆記具を胸ポケットに戻した後、レオンは素直に謝罪した。

「すまない。失礼なもの言いだった」

「いえ。相変わらずだなぁと思いましたが」

「え……」

レオンははて、と首を傾げる。男の口ぶりから察するに、面識はあるようだが、一度見たら忘れられないぐらいの美人でありながら、心当たりがない。オメガということはエデンで会ったことがあるのだろうか。すでに働いているということは、上の学年だろう。

男は蠱惑《こわく》的に微笑んだ後、スッと上品な礼の仕草を取った。

「私はノア・スカーレット。お久しぶりです、レオン様」

「あ……ああ！　先輩!?」

ノアの自己紹介に、レオンはらしくなく素《す》っ頓狂《とんきょう》な声を上げてしまった。

ノアは、レオンがエデンに入学した年に最高学年だった先輩だ。肩で風を切って歩く目つきの悪い不良生徒で、化粧が濃かった。ふしだらに着崩した制服が、彼自身の持ち味である艶《つや》を品なく見せていて、もったいないと思っていたのだ。当時は見上げていた視線も、今は見下ろすばかりで、レオンは印象の違いに愕然とする。

「先輩、小さくなりました？」

「第一声がそれですか。レオン様が大きくなったんですよ」

「……やはりちゃんとした服装のほうが綺麗だ。あの頃散々そう言ったのに、聞いてくれなかったね」

そう言って王子様らしく微笑めば、ノアは勢いよく手で目元を押さえた。何事かと驚いたレオンの前で彼は何かを抑えるようにしていたが、やがて諦めたように手を下ろし、恨めしげな視線をこちらに向けてくる。エデン時代には見たことのない、真っ赤な顔が新鮮だ。

「……そういう質《たち》の悪いことをオメガに対して言うから、私が従者に内定していたのに、ジェラルド様が渋られたんですよ」

「ジェラルドが？」

「そうですよ。私はレオン様と面識がありますし、オメガですから従者としてどこまでもお付き合いできる。戦闘能力も申し分ない。非の打ち所がない、完璧な人材です。だというのに、ベータで人材を探してくれって一か月も粘られて！」

ノアはよほどイライラしていたのか、早口で捲《まく》し立てた。確かになかなか決まらないことを不思議に思っていたが裏でそんな事情があったとは。

「嫉妬するほど先輩が魅力的だったってことだよ」

「……まぁ、そういうことなのでジェラルド様の目の前で、エデンの時のように接してくるのはやめてください」

「了解」

レオンはコクコクと頷き、そして視線を壁際の机へ向ける。机の前の壁にはピンで留められた写真があり、幼い自分とノアが写っているものもあった。それをじっと見ていると、ノアもレオンの視線の先を追い、写真を見つける。彼は顔を真っ赤にして、速攻でそこに向かって歩き、写真を取り外してしまった。

「私の写真だが」

「ダメです。この部屋にあると思っただけで、業務に支障が出ます」

「ううん、先輩の目に入らないようしまっておくから返してくれないか」

「……管理には気をつけてください」

ノアは胡乱《うろん》げに目を細めて、写真を返してくれた。管理に気をつけろ、というのは次にノアの目に入ることがあったら処分するということだろう。レオンにとって大切な思い出の記録であるが、ノアにとっては羞恥を煽るものらしい。

「あと、私のことは先輩でなく、ノアと」

ノアの表情は冗談めかしたものから一変した。彼は真剣な眼差しでレオンを見つめる。

「レオン様、私はあなたに恩があります」

「ノア」

「私はそれを返したい」

エデンでは荒れる子供も多かった。

様々な事情があるが、エデンに入学する時期は反抗期と重なるので、親と離れた分、反抗のエネルギーは学園や教師に向けられる。そのような問題のある子供たちはノアのグループに所属し、孤独から身を守っていた。

しかし、教師からはどうしても、ガラが悪い集団という目で見られてしまう。〝グループの解散〟を求められたのも、集団が大きくなれば制御が利かなくなると、大人が恐れたからだった。

(恩、か……)

レオンはガラが悪くて一々絡んでくる厄介なノアを、世話焼きの構いたがりだと思っていた。一方的に友人のような存在だと思っていたので、彼のために動いたのだ。

この時、ノアの卒業の一か月前。レオンはすでに親衛隊が形成され、学校内でニューカマーながらも大きな勢力を持っていた。ノアたちとの違いは、圧倒的にクリーンなイメージだ。

レオンは学園側とノアのグループとの間に立って、両者の意見の調整役を果たした。学園側には、問題のある子供たちが抱える背景や心情、そしてグループが彼らにとってどれだけ大切な支えであるかを説明し、同時に、ノアたちにも学校側の要求やルールを理解し、協力することの重要性を伝えた。

短い期間でグループ存続の許可をもぎ取れたのは、レオンがグループの監督役を引き受けることを宣言したからだ。しかし、その決定はノアの卒業式の翌日になってしまい、一番喜ぶであろう彼に、おめでとうの言葉もかけられなかった。

「恩だなんて思わなくていい。友人への手助けはノアがいつもしていたことだろう?」

「……私はレオン様のことを、生意気なガキだと思っていましたし、いつかシメてやろうと思っていました」

「ひどいな、知り合い以下じゃないか」

レオンは手にした写真を見る。これはノアが卒業する前日に、無理矢理隣に立ってもらって撮影したものだ。厚化粧の彼がそっぽを向いているが、横向きの耳は赤い。化粧で顔色も分からなかったが、その仮面の下で色々な表情を隠していたのだろう。

取り上げられても困るので、レオンは写真を胸ポケットにしまった。

「レオン様」

「なんだい？」

「私の本職は軍部の……クイン家の間諜《かんちょう》です。好きにお使いください」

懐かしいやり取りに、レオンは気が抜けていたのかもしれない。ノアが唐突にとんでもないことを口にするから、必要以上に驚きを顔に出してしまった。間諜《かんちょう》とはスパイのことで、通常その役職は伏せられる。軍と関わりのない者が聞いてはいけない情報だ。

「それは……明かしていいものなのか。私はまだ番《つがい》になれていないからクイン家の人間とは言い難いが」

レオンが発情せず、番《つがい》になれなければ、ジェラルドの心変わりでこの屋敷から放り出される可能性だってゼロではないのだ。その際にノアを通じ、クイン家の秘密を知っていると思われたらどうなるか。

さらに、オメガであるノアが軍内でどのような立場にいるのか分からないため、それも心配だ。

罰せられたり、秘密裏に消されたりしたら……などと、小説の読みすぎかもしれないが、よくない想像が浮かんでしまう。

動揺するレオンとは対照的に、ノアは妖《あや》しい笑みを浮かべた。

「レオン様は必ず番《つがい》になります。それをジェラルド様がお望みになっているので」

◇◇◇

ノアが屋敷に来て一週間が経ち、レオンは久しぶりに外出する機会を得た。しかし、この外出は遊び歩くためではなく〝婚家への挨拶〟という緊張感がつきまとうものだ。

ジェラルドの実家は、筆頭五家の序列一位であるクイン家で、挨拶する相手は当主夫妻と、次代当主である異母兄ということになる。国の中枢に君臨する存在と対面する訳で、挨拶一つとっても相当なプレッシャーだ。そのように身構えていたが、ジェラルドはレオンをクイン家に連れていくことを渋った。

彼自身がレオンを望んでいるとはいえ、発情できるか怪しい、出来損ないのオメガは家族に紹介できないということだろうか。

そのような思考が頭をよぎり、打ちのめされていたが、ノアはレオンの心情を敏感に察知し『クイン家は強いアルファ性を持っている方が多いので、レオン様が取られないかって心配しているだけですよ』とすかさずフォローしてくれた。知己《ちき》の側仕えというのは本当に心強い。

そのような事情で、まずはレオン側の親族に挨拶することになったのだ。

（クイン家への挨拶は保留か。いっそ早く済ませられたほうが心情的には楽なのだが）

自室で着替えるレオンは、ノアが準備してくれたスーツのタイを締め、鏡を覗《のぞ》き込む。スタンダードなスーツではあるが、ノアが選んだネクタイは、派手ではないのに色の合わせ方が洒落《しゃれ》ていた。彼のセンスのよさが小物一つで伝わってくる。

（装いは四人であまり差をつけないように、とのことだったが。まぁいいだろう）

この挨拶には、レオンだけでなくリックとモーリスも同行する。

というのも、アイディール侯爵家が、孤児でありながらエデンに入学するリックの後見人となっていたからだ。『自分のために挨拶の場を設けてもらうのは申し訳ない』というリックに対し、レオンが四人での訪問を持ちかけたのだが、それを聞いたジェラルドも、明らかに安堵していた。

レオンも婚家に向かうということに緊張していたが、彼もそうなのか。

出かける支度を終えてジェラルドの部屋に入室すると、彼は挨拶時の定番デザインとして仕立屋がまず提示するような堅いスーツ姿でいた。それでも華やいで見えるのはただただ彼自身の容貌によるものだろう。

「ジェラルドほどのアルファでも、挨拶は緊張するものなんだな」

「当たり前だ。レオンの家族なのだから。それに……」

「なんだ？」

「いや、あなたは家族仲がいいようだから、その輪に上手く馴染《なじ》めるだろうかと。あまり家族らしい家族と時間を共にしたことがないんだ」

困ったように眉根を寄せるジェラルドに、レオンの表情は硬くなる。彼の家族のことをレオンはほとんど教えてもらっていない。さり気なく聞いても、言いづらそうに言葉を濁されることが多く、あまり踏み込めていないのだ。

「それは、私をクイン家に連れていきたがらないことと関係しているのか?」

「……そうだな。一番会わせたくない人は本邸にいないから、そこは安心しているのだが」

わずかに影が落ちたように見える顔は、血色が悪かった。レオンはその様子に胸がざわついて仕方ない。彼に残る古傷や、薬の後遺症が頭をよぎる。それらは彼の家族と関係ないかもしれないが、どうしても思考の中で結びついてしまう。アルファらしい嫉妬心でレオンのクイン家訪問を嫌がるというほうが、可愛らしい話だと安心できるのに。

「今日は気を抜いていい。私の家族は、きみを歓迎するよ。絶対に」

レオンはジェラルドの不安を打ち消すよう、力強く言った。


ノアが運転する魔導車は、レオンとジェラルドを後部座席に乗せ、王都の滑らかに舗装された道路を静かに走行する。レオンは車窓に流れる風景を眺めながら、ふと呟いた。

「領地に戻るのは久しぶりだよ」

レオンたちは、侯爵家への挨拶に向かう前に、リックが育った孤児院へ挨拶に訪れることにした。

孤児院はレオンがたびたび慰問に訪れた場所で、世話になった人たちも多い。しかし、同時に苦い記憶が伴う場所でもある。レオンはエデンを卒業し、自由を手に入れたら、真っ先に孤児院へ向かいたかった。

アイディール侯爵領の領地は、隣国と一部国境を接しているものの、越境不可と呼ばれるロシュモア山脈沿いであるため、他国からの防衛はほとんど不要だ。

しかし、自然に恵まれた辺境地帯は、魔物や害獣の存在により討伐任務が存在する。そのために冒険者や傭兵が集まり、自然と街が形成されていったのだ。

リックが育った孤児院は、その辺境の街のはずれにあった。

「エデンを卒業した後、領地には戻っていなかったのか？」

ジェラルドに問われ、レオンの意識は彼へ引き寄せられた。

「春のダンスパーティーは卒業式の一か月後だからね。タウンハウスで過ごしていたんだ」

「ずっと王都にいたのか」

「王都どころかタウンハウスからは出ていないよ。家族が『ダンスパーティーの前に万一があってはいけない』って。過保護だろう？」

レオンは苦笑いし、それからすぐに真顔に戻った。

ジェラルドにすべてを打ち明けるべきだろうか。それをしてしまえば余計な心配をかけてしまうだろうか。

そんな思いが頭をよぎるも、これから孤児院に向かうことを考えると、少なくとも概要だけでも説明しておくべきだと決断し、言葉を続ける。

「子供の頃、誘拐されたことがあってね。その時、孤児院の子供たちを巻きこんでしまったんだ」

「それは……」

「彼らに謝罪したい。エデンから出たら、すぐに孤児院へ行きたかったんだ。そういう事情があるから、家族は皆、過敏になっていて……婚約者が決まるまでは向かうことを許されなかった」

レオンは事件の被害者だった。しかも侯爵家の子供であるから、過剰なほど無事を喜ばれ、責められはしない。レオンを責め続けていたのは、今も昔も自分自身だ。

「ジェラルドがいてくれてよかった。実は今日、私も緊張していたんだ」

自嘲気味に笑うと、気遣わしげなジェラルドの手が、レオンの手に重なった。

「つらくなったら私に寄りかかればいい」

「……互いに、そうありたいと思うよ」

この返しは意地悪だったろうか。ジェラルド自身の事情を口にしないことに、レオンが不満を抱いていると伝わっただろう。急ぐ必要はない。しかし、ジェラルドが抱える重荷を少しずつ解きほぐし、彼の負担を軽減したいという意志は強くあった。

「十分すぎるほど、私はレオンに寄りかかっていた。あなたのことを考えるだけで生きていられたから」

「ジェラルド？」

どこか遠くを見つめるようにして言うジェラルドに、レオンは首を傾げた。レオンに対するファン心理で、元気でいられたということだろうか。

やがて、車は速度を落とし、待ち合わせ場所にリックとモーリスの姿が見えた。

「あ、リックたちだ。先に着いていたようだな」

待ち合わせ場所は〝転移ゲート場〟入り口だった。

転移ゲートは地脈に流れる膨大な魔力を利用し、魔術式を使って、出発地の転移板から移動先の転移板へと瞬間的に移動できる便利な手段だ。

レオンとジェラルドは乗降場で降ろしてもらい、ノアに礼を言った後、二人のもとへ向かった。

「レオン様、こっちこっち！」

リックは、レオンたちが歩いてくるのを見つけ、手を振って呼びかけた。

甘えるようにリックの背中に貼りついたまま離れないモーリスの様子に、レオンは目を丸くする。

リックのほうはというと顔では笑顔を作りながら、抱きしめてくる腕を解こうとしているので、うざったいと思っているようだ。一か月で何があったか分からないが、ここまでの変化を与えたのは人間関係の構築が上手い彼らしい。

「モーリス卿は……あんな感じだっただろうか」

「いや、私も驚いている」

レオンは隣を歩くジェラルドを見上げた。

「ジェラルドは友人だと言っていたな。付き合いは長いのか？」

「上級学校で、騎士科と魔術科との合同訓練があるのだが、私とモーリスが常にペアだった。彼はアルファ性だけでなく魔力も強く、他のアルファを無意識に威圧してしまうんだ。私は影響がないからそのような形になった」

五家のアルファ同士、パワーバランスがとれるのだと納得する。

(リックは嫌そうにしているが、関係が進展するというのは羨ましい)

約束を違えず、ジェラルドは毎夜同じベッドで眠っても手を出してこない。二人の関係は挨拶のキスどまりという健全ぶりだ。

レオンは発情促進剤の使用も視野に入れたほうがいいのではないか、と提案したが、彼はレオンの身体にかかる負担が大きいと主張し、一年は様子を見ようと言ってくれた。なんでも、アルファが近くにいることによって、フェロモンが安定し、オメガとしての生体リズムが整うという学説があるのだそうだ。

(大事にされている……というのは分かるが、ファン対象に欲求を抱けないという話だったら問題だな)

ジェラルドがダンスパーティーの晩に見せた反応から、オメガとして興味を持ってくれていると判断しているが、ファン心理が邪魔をして奥手になっている可能性もある。

レオンは空っぽの手を二度三度握るように動かし、それからエスコートするようにジェラルドの手を取った。人目があるところで手を繋ぐのは初めてだ。彼はこちらを驚いたように見た後、ほんのり頬を赤く染める。その様子が可愛らしくて、レオンは積極的にアプローチするのも悪くないな、と思った。

四人は合流し、それぞれ挨拶を交わした後、転移場へ向かった。

孤児院に一番近い転移場から送迎の魔導車に揺られることしばし、目的地へ到着した。

ここは領内で最も収容可能人数が多く、地域の孤児院に入れなかった子供たちの受け皿となっている。周辺には何もないため、広大な敷地を人材育成に活用しているのだ。

笑顔で迎えてくれた院長に挨拶し、母親代わりである彼女と話したいというリックたちを部屋に残して、レオンとジェラルドは院長室を後にした。

ジェラルドは不思議そうにレオンに問いかける。

「レオンは院長とゆっくり話さなくていいのか？」

「親子水入らずの時間は大事だからな。それに、謝罪したいと言ったろう？　私が悔いる姿を見ると、リックはつらそうな顔をするんだ」

「レオン……」

「きみが隣にいてくれるのだから、大丈夫。行こう」

そう言って、二人は院内にある教会へ向かった。

教会は女神信仰が篤いこの国らしく、優美な建築様式が確立されている。

教会のシンボルである鐘塔《しょうとう》は、鐘を高い位置で鳴らすために、見上げるほど背が高い。塔の屋根は女神の美しさを表すよう丸みを帯びており、鐘が顔を出す部分や本堂の入り口もアーチ型で、その丸みを感じさせる。

「立派な教会だ。かなり大きいな」

「土地が余っているからね。それに治癒師が常駐しているから、いざという時は簡易治療院に早変わりするよ」

レオンは懐かしさと恐怖が交錯する複雑な感情を抱きながら、教会の重厚な扉をゆっくりと開けた。過去の記憶によるものだろうか。天高く広がる聖堂の内部は開放的でありながら、どこか身を縮こませるような雰囲気をまとっていて苦しい。

しかし、ジェラルドが支えるよう、側にいてくれる。その存在を確認したレオンは、決意を固めて一歩、また一歩と足を進めた。祭壇に向かって絨毯《じゅうたん》の上を力強く歩き、ステンドグラスから差し込む神秘的な光の中で膝を折り、深く頭を下げる。

（女神よ……）

目を閉じると、過去の記憶による幻聴か、苦しげな呻《うめ》き声があちこちから聞こえてきた。その音が重なり合って大きくなり、レオンはぎゅうぎゅうと圧迫されるように苦しくなっていく。心臓が締め付けられるように痛い。

（女神よ、どうか彼らに安寧を）

しばらく祈り続けるも、息苦しさが増し、血の気が引いていく。そして、倒れそうになったその時、額に布が触れた。

「あ……」

レオンはよほど精神的に余裕がなくなっていたのか、ジェラルドの存在を意識の外へ追い出していた。

ジェラルドはハンカチでレオンの顔を拭ってくれる。そうしてもらって初めて、自分がビッシリと汗をかいていることに気づいた。

「大丈夫か？　座ったほうがいい」

心配そうに尋ねるジェラルドに、レオンは疲弊した表情で頷き、絨毯《じゅうたん》の脇に並ぶ木製のベンチに力なく座った。祭壇の後ろに立つ女神像が柔和《にゅうわ》に微笑んでいて、一気にレオンの張り詰めた心が緩んでいく。

しばらくの沈黙の後、ジェラルドはレオンの隣に座り、再び口を開いた。

「様子がおかしかったが……理由を聞いてもいいか？」

レオンは一瞬、言葉を返すことを躊躇《ちゅうちょ》した。しかし、語る決意はすでに固まっていたので、心の奥底から勇気を引き出すように深呼吸をする。そして、ゆっくりと語り始めた。

「……私の子供の頃の話だ」

レオンは思い返す過去の出来事で、その時の緊張感に再び包み込まれていくのを感じた。

幼かった頃のレオンは、自身の希望で定期的に孤児院に泊まりに行くことがあった。父であるアイディール侯爵は、民衆との交流が〝よい学び〟となると認めており、公務で孤児院に立ち寄る際にはいつもレオンを数日間預けていた。同年代の子供たちと公務ではなく交流することは楽しく、レオンは次の公務が待ちきれずに父におねだりをして困らせたこともよく覚えている。

あの運命の日。院長の指導のもと、レオンとリックを含む同年代の子供たち十人でピクニックランチを楽しむことになった。護衛はつけられたものの、子供たちだけでどこかに行く経験は初めてで、レオンは楽しみに胸を躍らせていた。

しかし子供たちは、人気のないピクニックロードでならず者に襲われてしまう。院長は皆を守るために先頭に立って身を挺し、背後では護衛が抵抗した。それでも、誘拐されてしまったということは、襲撃者が手練《てだ》れだったのだろう。

――そして目が覚めたら〝白い部屋〟にいた。

ただ〝白い〟という印象が強く残っているが、子供の記憶なので細部ははっきりとは覚えていない。周囲にはリックと八人の子供たちがおり、さらに彼らを囲んで見知らぬ白い大人たちが立っていた。レオンは最初に薬のようなものを打たれ、そこで記憶が途切れてしまったのだ。

(――――あ……)

レオンが意識を取り戻すと、目の前に女神がいた。

死んでしまったのかと思ったが、すぐに違うと気がつく。高い天井も、降り注ぐステンドグラスの光も、微笑む女神像も、それらはすべて記憶にあるものだ。

(ここは……孤児院の教会だ)

レオンは身体を起こし、周囲を確認する。普段並んでいるベンチは片づけられており、代わりに並べられた寝台には子供たちが横たわっていた。ここにいるのはレオン以外に六人だけだ。誘拐された人数よりも三人少ない。

「レオン様、気づかれたのですね」

悲愴な顔をして声をかけてきたのは院長だ。レオンは事件に巻き込まれた院長が無事であることにひとまず安心する。

「みんなは……」

レオンが尋ねると、院長は悲しげに目を伏せ、ゆっくりと首を振った。

「意識が戻ったのはあなただけです、レオン様。天に召された子は女神のもとへ送りました」

「……っ、そう……ですか」

院長の説明にレオンは拳を握り締めた。女神のもとへ送るというのは弔いの祈りを捧げ、きちんとした形で埋葬するということ。要するに、亡くなっているのだ。

レオンは寝台から起き上がった。床に足をつけると立ちくらみが起きて、へたりと座り込む。

「レオン様、あなたは半月眠り続けていました。まずは水をゆっくり飲みましょう。それから、重《おも》湯《ゆ》を」

院長の声が遠くなっていく。レオンは必死で首を回し、リックの姿を探した。彼の茶色の髪は他の子供たちと似たような色で、レオンの位置からは分からない。水分の足りない身体なのに、絞り出すように涙が滲《にじ》んだ。

院長は賊による誘拐事件だったと教えてくれた。痛めつけられながらも放置された院長と護衛はなんとしてでも状況を伝えるべく、身体を引きずるようにして孤児院に戻って事件を知らせたのだ。

アイディール侯爵は国に連絡したのち、彼らが根城にしていた山小屋を特定。山狩りをして犯人を全員捕獲し、山小屋で意識なく横たわる子供たちを全員保護したという。

子供たちが教会で看護されているのは、保護した時点で高熱を出していたからだ。長距離を移動させる危険性と、伝染性の病の可能性も鑑みて、ここへ隔離されていたらしい。

それから、一人、また一人と天に召され、女神のもとへ送られていった。

レオンは重湯《おもゆ》から麦がゆ、そして徐々に固形度を増して、パンが食べられるくらい回復したが、それで元気いっぱいになれるかというと、そうではない。感染性の病原体を持っていたらと疑われ、教会から出ることは許されなかった。何度も友人の死を見送り、夜は死の間際の呼吸を聞いて夢にうなされ、次第にどこまでが悪夢か分からなくなっていく。

(女神は……)

見上げれば女神像は優しく微笑むばかりだ。送られた子供たちを腕に抱き、彼らの苦しみを取り去ってくれるのだろうか。リックも……

そこまで考えて、レオンは首を横に振った。

(嫌だ！　リックを女神に渡したくない)

レオンは綿とポーション瓶を手に、リックの横たわるベッドの脇に座る。この時、リックが孤児院の子供で唯一の生存者だった。アイディール侯爵家は子供たちの治療のために高価なポーションを惜しげもなく提供していたらしい。綿にポーションを含ませ、唇に当てるようにして薬液を摂取させるのだそうだ。この看病をレオンは回復後、積極的に手伝っていた。

「リック、薬だよ。早くよくなるといいね」

レオンはポーションを含ませた綿をリックの唇に当てる。事件から一か月が経ち、リックは熱が下がったものの、目を覚ますことはなかった。その間摂取しているのはポーションと水だけ。どちらもこうして地道に含ませている状態だ。

リックの肌はポーションのおかげで綺麗に保たれているが、食事がとれていないので痩せてしまっている。このままだといずれ衰弱死してしまうだろう。

院長は覚悟を決めた目をしていたが、レオンはあきらめたくなかった。リックが意識を取り戻すようにと、ケアをしながら、彼との思い出を毎日枕元で語っている。

「リック、覚えているかい？　初めて出会った時、木の上からきみが落ちてきて本当にびっくりしたよ。怪我をしてないか心配して何度も大丈夫か、って聞いたのに、きみってば、狙ってたセミの大きさとか、色とか、そんな話ばっかりしてさ。おかしくて」

リックとの思い出はたくさんあった。やんちゃな悪ガキ二人でたくさん冒険をしたのだ。侯爵家では得られなかった子供らしい悪ふざけは数えたらキリがない。

度を超した時は、院長が大人としてきちんと叱ってくれた。反省部屋で二人が反省文を書いている最中、窓の外で変わった蝶が飛んでいて、リックが『新種発見！』なんて言って鍵開けをして外へ飛び出していった時は面食らってしまった。針金で鍵開けだなんて、絵本に出てくる怪盗がやることだ。

そんな話をしていたら、後ろで院長が啜《すす》り泣きを始め、部屋を出ていってしまった。

二人きりになってもレオンは話を止めない。内容はどんどん最近の体験に近づいていく。

「――で、二人で走って逃げたけど、ロシュモア鳥は鳥のくせに足が速くて。たくさん蹴られちゃったの、痛かったよね」

これはリックが大きなパンケーキが食べたいと言って、ロシュモア鳥の巣から卵を採ろうとした話だ。ロシュモア鳥は肉が美味で、この辺では食肉として食べられる。卵は滋養強壮によく、何よりレオンの好物だった。

「そうしたらリックが……」

「こんどは、うまく、やります」

「そう、諦めないんだ。……え」

かすれた声で入った合いの手に、レオンは目を見開いた。閉じていたリックの瞼《まぶた》が、ゆっくり持ち上がる。

「リック……！」

「あきらめが、わるいのは、おたがいさ……ゲホッゲホッ」

「リック、水を持ってくる！　ちょっと、待ってて！　院長先生、リックが!!」

レオンは走って院長を呼びに行った。こうして、誘拐事件でレオンとリックだけが生存したのだ。

レオンが女神とジェラルドに懺悔《ざんげ》し終えたところで、リックたちと合流した。リックは子供たちをぞろぞろと引き連れていて、無邪気な「遊んで！」攻撃を受けている。孤児院出身でオメガというのは珍しく、彼らの興味を引いたのだろう。

子供たちは最初こそジェラルドとモーリスを怖がっていたが、最終的には慣れたようだ。「王さまごっこしよう！」なんて提案して全員で花畑に向かい、花冠を編んで、それを使った〝戴冠式ごっこ〟を始めた。

ジェラルドが司祭長でモーリスが宰相という配役になったのは、参加している最年長の女の子が「宰相様は眼鏡でないと！」という強いこだわりを見せたからだ。

逞《たくま》しい司祭長は、ごっこ遊びというには厳かな言葉を授けながら〝王冠〟という名の花冠を子供たちの頭に載せていき、眼鏡宰相は舞台効果として魔術による光の粒をまき散らしている。

（意外にも馴染《なじ》んでいるな……）

ジェラルドは無に近い表情だが、目元は柔らかさを感じるので、おそらく笑顔なのだろう。花冠作りも手慣れており、モーリスに編み方を教えていた。

子供好きなのかと、意外な一面にレオンは感心してしまう。子供たちの歓声に囲まれた五家のアルファというのは、面白い絵面に見えてしまって笑いを誘うが、レオンはそれを堪えた。

そんな彼らに「すぐ戻るから」と言ってレオンとリックは遊びの輪を抜けてきた。

本日の主目的である丘の上にある墓石の前で二人、それぞれが編んだ花冠を一本ずつ持って立っている。綺麗に手入れされた墓石がエデン入学前に見た時よりも小さく感じて、レオンの胸はグッり強かった。

レオンは先ほどジェラルドに過去を語ったばかりなので、墓を前にして込み上げてくる感情がよ

「うん」

「やっと……会いに来られたね」

と詰まった。

墓の下で眠る八人の友人たち。彼らとピクニックの道すがら話したくだらないやり取りが、今となってはどれだけ尊いものだったかと胸を締めつける。リックを看病していた時、後ろで啜《すす》り泣いていた院長の気持ちが、今になって実感を伴うのだ。

「巻き込んでしまって、ごめん。必ず、あの時何があったのかを明らかにするから……トマス、ミリニア、ケイン、デビッド、エミリー、ニカ、レベッカ、ジル」

レオンが彼ら一人ひとりに呼びかけると、背後でリックの泣く声が聞こえた。レオンは友人だが、リックにとっては兄弟だ。彼の中には、レオンよりもなお深い悲しみがある。

墓石に花冠を捧げようとしたところで、聞き慣れた声が聞こえた。

「レオン」

レオンは驚き、慌てて後ろを振り返る。そこにはいつの間にやってきたのか、たくさんの花冠を手にしたジェラルドとモーリスが立っていた。

「ジェラルド……」

「花冠の本数がそれでは合わないだろう」

「あ……」

「足りないと子供たちは喧嘩になる。今日は〝戴冠式〟なのだから」

ジェラルドの手には六本の花冠が握られている。レオンたちが手にしているものと合わせて八本だ。彼は堂々とした歩みでレオンたちの側までやってきて、手にした花冠を墓石に恭《うやうや》しく差し出した。

「私、ジェラルド・エース・クインが宣誓する。そなたたちは罪を知らぬ正しき者。穢れを知らぬ清らかなる者。女神の御許《みもと》でその証しとするべく、この王冠を与える」

低く厳かな声で響く〝戴冠の祝い〟と〝鎮魂の祈り〟。

先ほど子供たちと行っていた司祭長ごっこの続きであっても、ジェラルドは〝役〟ではなく、名を使うという誠意をもって、宣誓を八人の友人に捧げてくれた。

それを彩るように眼鏡宰相役のモーリスが空に光の粒を散らしていく。祈りか、御霊《みたま》か。揺れ動く光は風に乗って、空に吸い込まれた。

墓石に載せられた八本の花冠。それを見ていると、なぜか先ほどまで聞いていた子供たちの〝戴冠式ごっこ〟の歓声が、もういない友人たちの笑い声と重なった。

「……っ」

レオンの目に涙が滲《にじ》んだ。泣いてはいけないと手で目を擦ると、ジェラルドはすぐに気づいてレオンの姿を覆い隠すように抱きしめてくれた。鼻がジンと痛んで、本来なら香りそうな彼の匂いも分からない。

（……ああ。そんなに優しくされたら泣いてしまうじゃないか）

ジェラルドは慰めるようにレオンの頭を撫でてくれる。フェロモンなど関係なく、彼の広い胸は安心感があり、レオンは静かに涙した。

◇◇◇

アイディール侯爵家は、建国から続く名家だ。侯爵邸は歴史ある古城と呼ぶに相応《ふさわ》しい外観を持っているが、中は改装されており、それなりに過ごしやすくなっている。

レオンたち四人はアイディール侯爵と挨拶を交わし、家族との親睦を図るための晩餐会を行った。

アイディール侯爵は末子であり、生死の境を彷徨《さまよ》った上に、一年もの間隔離生活を送ったレオンをことさら可愛がっていた。さらに、兄弟の中で唯一のオメガであるという事実も、彼の庇護欲を刺激するポイントなのだろう。きちんと子離れできるか心配だったが、笑顔で送り出してくれそうで安心する。泣き笑いに見えたが、オメガを番《つがい》に出す親というのはそんなものだとノアも言っていた。

最終的には号泣し出したアイディール侯爵を宥《なだ》めることで、晩餐会は終わり、四人はそれぞれの客室に戻った。婚約者同士が相部屋になっているので、レオンはジェラルドと同室だ。

実家の客間というのは慣れないが、ベッドのサイズを考えれば仕方がないだろう。この部屋のベッドはジェラルド邸のベッドと同程度の広さがある。番《つがい》に出したくないと泣き喚いた割に、父はちゃんと息子のことを考えてくれているのだと感じ、胸が温かくなった。

レオンがベッドに腰かけると、ジェラルドは自然にその隣に腰かける。

「レオン、先ほどの晩餐会でも、侯爵が誘拐事件の話をしていたが」

「ああ。父の英雄譚みたいなものだ。客が泊まりに来ると大体話す」

アイディール侯爵は子供を誘拐した犯人を許さなかった。護衛と院長の証言にあった者たちを一人残らず捕らえ、取り調べをし、裁判を経て処刑まで持っていったのだ。

「侯爵の語るアジトの山小屋は、ログハウスのようだが、あなたの話に出てきた部屋と、イメージが違うな」

「そうなんだ。あの部屋は病院か、研究室か……そういった場所だったと思う」

レオンの中には、白い部屋だったというイメージだけが鮮明に残っている。アイディール侯爵にも話したが、高熱の時に見る悪い夢、という扱いにされてしまった。

確かに、誘拐犯は捕らえられ、彼らのアジトに子供たちがいたのだから、白い部屋の情報を除けば綺麗に収まるのだ。レオンも夢だっただろうか、と自身を疑いかけたが、リックも同じ光景を覚えていた。

「誘拐犯と別に、薬を使った犯人がいるはずなんだ。あの薬の正体は分からないけれど……私が〝発情しないオメガ〟である原因がそこにあるかもしれないと考えている」

熱病に苦しむも、奇跡的に生き残ったレオンとリックは、その後、オメガという第二性判定を受けた。オメガだから助かったのか、それとも――

(リックは投薬によりオメガ化したのではないかという仮説を立てていた)

ベータ同士から生まれた子が突然変異でアルファやオメガとなることは稀だが、起こり得る。しかし、その場合、子供は両親の容姿から逸脱した美しい容貌で生まれてくるのだ。リックは自身の容姿を例に挙げ、自然に起こった突然変異ではないと主張していた。

「私が打たれた薬の正体を特定できれば、私の身体の問題も解決するのではないかと」

「その調査、協力させてほしい」

ジェラルドは迷わずに申し出てくれた。

「……ありがとう。きみに昔のことを話したのはそれを期待していた。同情を誘うようで卑怯だったかもしれないが」

「そんなことはない」

「あの事件で、無力さが嫌になって強くなろうとしたんだ。魔術も覚えたし、戦い方だって学んだ。でも、結局私はオメガだから、動ける範囲は限られている。それが悔しい」

レオンはそこまで言って、目を伏せた。

二次性徴前、まだアルファになると思い込んでいたレオンは、同じような被害に遭った時に抵抗できるよう……せめて誰も巻き込まないよう、力をつける選択をしたのだ。それぞれの得意分野として、長男からは剣術を、次男からは体術を、三男からは魔術を習い、それが現在のレオンが持つ戦闘力の基礎となっている。

「……レオンは、何歳から魔術を」

「ああ、これは父上には秘密にしてもらえないか？　事件後邸《やしき》に戻ってすぐだったから、十歳の時だ。兄上に無理に頼み込んで――」

「あなたは――！」

ジェラルドはレオンが身じろぎして逃げたくなる勢いで、声を荒らげた。叱られたように感じて、レオンは肩が跳ね上がる。ジェラルドも彼自身が出した声に驚いたようで、感情を落ち着けるように息を吐いた。

「過剰に魔力を使えば、魔臓を痛めるだろう……」

「心配してくれたのは分かるけど、責めないでもらえるか？　魔臓を痛めるほど魔力を使ったことはないよ」

「……すまない」

ジェラルドを謝らせてしまったことに、罪悪感がチクリとレオンの胸を刺す。

心配してくれる彼には言えないが、実は一度だけ、限界まで魔力を使ったことがあった。

オメガは魔臓が発達し、大きい。しかしこれは二次成長後のことで、性分化前の魔臓はどの性も大きさが変わらない。当然、身体が小さければ小さいほど魔臓も小さくなり、使用できる魔力の限界点に達するのも早くなる。

限界まで魔力を使うと〝魔力枯渇〟という症状が起きる。これは意識を失うほど身体に負担がかかった状態であり、魔力枯渇を繰り返せば魔臓に傷がつき、魔力は外に漏れ出してしまって溜まらなくなるのだ。ヒビの入った器に水を注ぐようなもの、と思えば分かりやすい。

レオンは魔力枯渇を起こすリスクは分かっていたが、それでも使わずにはいられなかった事態を思い出す。

幼年学校の裏庭で倒れていた血まみれの少女――シェリーを救うため、レオンは長い時間『治癒《ヒール》』を使い続けた。彼女の右肩の傷は獣に引き裂かれたような複雑な傷跡で、当時十歳だったレオンの魔力では治すことが難しかったのだ。限界まで治療した後、レオンは意識を失った。

目覚めるとレオンの頭は彼女の膝の上に乗っていて、たどたどしい言葉で何度も礼を言われた。ボサボサの長い黒髪と、光を吸い込むような漆黒の瞳。痩せた身体を、煤《すす》けた白いワンピースで包みこんだシェリー。彼女は、麻痺したように動かない顔を歪めて、笑顔を見せてくれた。

女神のもとへ送られた友人たちに似た彼女の様子に、レオンは〝今度は救えた〟と涙したのだ。

「それに若年で魔術を学んだことを後悔していない。一人、命を救えたんだ」

「そう、か」

ジェラルドの言葉はなぜか震えていた。驚いてレオンがそちらに顔を向けると、彼は難しい顔をしつつ、涙を滲《にじ》ませている。

「ジェラルド？」

「あなたは誰も彼も助けようとするから、心配になる。その心は美しいものだと思っているが」

心配しすぎで涙したのだろうか。優しいジェラルドは感受性が強いのかもしれない。泣かせてしまって申し訳ないと彼のまなじりを指で拭い、それから頬を挟み込むように手を当てた。

「誰も彼もということはないよ。手の届く範囲だ」

エデンでも、すべての問題を解決できた訳ではない。それでも目の前に困っている人がいれば、なるべく救えるよう動いた。これは周囲が〝王子様〟として持ち上げてくれる分の返礼だと思っている。

ジェラルドは頬に当てたレオンの両手に両手でそっと触れる。オメガとしては大きいレオンの手も、彼の手と比べるとやはり小さい。ジェラルドはそこからレオンの右手を取って、手の甲に唇を押し当てた。

レオンは胸がドキリと跳ねるのを感じた。

「……っ！」

「その範囲に、私も入っているか？」

「あ、当たり前だろう。私たちは婚約者なんだから」

唇がむず痒い感じがして、声が上ずってしまう。胸の鼓動は止まず、熱い頬は真っ赤になっているはずだ。

見つめ合っていると、そうすることが自然なように、お互い唇を寄せて重ね合わせていた。ただ触れ合うだけのキスなのに、心の中でポンポンと花が咲いていく。

（好きだ……）

この高まる気持ちは初恋の時に経験したもので、レオンはすぐにそれが恋心だと分かった。

レオンの心に寄り添ってくれる彼が好きだ。

思い返せば、好意が恋にはっきりと姿を変えたのは墓参りの時。墓地に眠る友人たちを、生者である子供たちの遊びの輪に加えるように、祈りの言葉を選んでくれた彼の優しさに、得難い美しさを感じ、心を打たれたからだろう。

つまり、気持ちを自覚したばかりなのだ。

(どうしよう。ここからどうアプローチすれば……)

レオンは頭が真っ白になってしまった。飛び跳ねるような気持ちを、どう制御していいか分からない。

昼が離れて、ジェラルドの顔を見ると、彼も頬を赤く染めて目を潤ませている。また、どちらからともなく自然に二人は互いの身体に腕を回し、抱き合った。


レオンは客間から出て、リックのいる客間に向かっていた。ジェラルドと情報を共有し、協力してもらえることになったと伝えるためだ。

(まだ、顔が熱いな……)

朝は〝積極的にアプローチするのも悪くないな〟なんて考えていたのが信じられない。レオンは攻めるどころか何もできず、あの触れ合うだけのキスと抱擁でいっぱいいっぱいになり、それで終わってしまったのだ。

(まぁいい。一歩踏み出せたのだし……)

レオンはポジティブに考えることにした。

そんな浮かれ気分だったレオンは、だんだん身体が沈み込むほどの重圧感に苦しくなってくる。精神的なものではなく、実際に負荷がかかっている感覚だ。まるで水の中を歩いているような状態に四苦八苦しながら、やっとのことで客間に辿り着いた。扉の隙間からは、強い魔力光が漏れている。

(なんだ……？　何か魔術を使っているのか？)

レオンは扉の前に立ち、ノックした。しかし、返事はなく、三度繰り返したところで首をひねる。

(最低限モーリス卿はそこにいるはずなんだが)

レオンは四度目として、大きな音で扉を叩き、そして五秒ほど待ってからドアノブに手をかけた。

「失礼する」

ドアを開けた瞬間、レオンの視界は光でいっぱいになった。

そして視界が戻った時、そこには――

「あ……」

暗い部屋に満ちる、ゆらゆらと蠢《うごめ》く黄金の紐――触糸。その根元にいるモーリスは全裸で、触糸が彼の肌の大半を覆っている。眼鏡を外した裸眼も、ふわふわと舞う長い髪も、強い魔力光を放っていた。

『おや、結界を張っていたのに』

モーリスの声は二重にぶれるようにレオンの耳に届いた。同時に、全身が縛られたように動かなくなる。彼は発動命令を口にしなくても、声自体が魔術を成立させてしまうようだ。

異様な状況に恐怖を感じたレオンだったが、次の瞬間、柔らかい光に包まれる。一瞬のうちに冬の寒さが春の暖かさに変わったように緩み、そのままへたり込んでしまった。

「ああ、リックか。レオンさんのことを大事にしすぎだよ。妬けちゃう」

モーリスの声が普通の声として届くようになったのは、レオンの周囲を守る柔らかい光のおかげか。しかし、彼が呼びかけているリックの姿が見えない。

「リックは、どこに」

「どこにって……ずっとそこにいるじゃないか」

レオンは全身から血の気が引く。モーリスの視線の先には光の繭《まゆ》があった。触糸で形成された楕円体は、ダンスパーティーの晩に優男を拘束したものと同じだった。

「モーリス卿、回答次第では私はきみを殴るがリックはどこにいる？　——何をした？」

腹の底から出るような低い声。レオンの唸り、威嚇するような勢いに、モーリスは圧されるように一歩後ずさる。

「繭《まゆ》の中にいるけど安全だよ。今行っているのは魔力譲渡みたいなものだし」

「魔力譲渡？」

「このことはリックと合意の上だってのは忘れないでね」

モーリスはよほど殺気を放つレオンに驚いたのか、予防線とばかりに前置きをしてから続けた。

「私はマグス家の中で一番魔力が強いんだ。それこそ、子供ができないくらい。魔力の強いもの同士で婚姻を繰り返して作り上げた最高傑作らしいけど、種としては終わってるんだ。笑っちゃうよね」

モーリスは皮肉っぽく笑った。魔力格差が大きいと子供ができにくいという話は聞いたことがある。その最高到達点であれば、子供が作れるほど釣り合う相手が存在しないのか。

「でもね、リックがいた。彼、オメガだけど魔力がほとんどないんだ。だからその器を利用させてもらうことにした」

「利用……」

「だから、合意だってば。そんなに睨《にら》まないでほしいよ」

モーリスは青筋を立てて睨《にら》むレオンに、釈明を口にした。

モーリスによれば、リックはオメガらしく魔臓は大きいが、魔力生成能力はベータの平均よりも低いという。それほどまでか、と思えば彼がほとんど魔術を習得できなかったことに納得がいく。

「私の魔力生成器官を一部リックに……器官を外科的に摘出して、廃棄できないのか？」

「どうしてわざわざリックに譲渡しているんだ」

「一度試したけどダメだった。身体が魔力量を記憶しているからか、取り出しても修復してしまい、元通りに増殖してしまう」

モーリスは大事な部分だとでもいうように、言を強めて続けた。

「だからこその〝番《つがい》〟だ。肉体が溶け合い、頭が〝一つの存在〟と認識すれば魔力生成器官は共有できる」

番《つがい》の唯一無二という結びつきがそこまでだとは思わなかった。つまり、あのダンスパーティー会場で、モーリスの相手となり得るのはリックしかいなかったのだ。いや、むしろ……

「モーリス卿、きみも五家特権を使ってリックを囲い込んでいたな？」

「……それ、ジェラルドが言ったの？　あいつ、あれでいてロマンチストだから黙っていると思った」

飄々《ひょうひょう》としたモーリスの返答に、レオンは目を細めて睨《にら》んだ。しかし、あまり響かないようで、彼は拗ねたように言葉を続けた。

「仕方ないじゃないか。私のほうがジェラルドより特権を使う理由があった。私は過剰な魔力を減らせるし、リックはオメガとして十分な魔力が手に入る。お互い魔力のバランスがとれて、子供だってできるかもしれない。いいことずくめだ」

モーリスはそれに加えて、施術は無理せず毎日少しずつ行っていると教えてくれた。一気に進めることなく、リックがショック状態に陥らないように気をつけているそうだ。

レオンは一つ息を吐く。彼の身体に悪影響があるなら別だが、そうでないならレオンがとやかく言う話ではない。合意の下であるというし、思い返すと、レオンが魔術を使うと、リックはいつも憧れるように目を輝かせていた。

(魔術……使いたかったのかもしれないな)

レオンは記憶の中の彼の笑顔に、納得して頷いた。

「なるほど。分かった」

「……」

「なんだ？」

モーリスは唇を尖らせて、こちらを見下ろしている。理解を示したというのになんなのだ、とレオンは訝《いぶか》しんで目を細めた。

「レオンさんが羨ましい。リックはあなたをとても大事にしているんだ」

「幼馴染《おさななじ》みだからな」

「私はそういう気持ちを知らなかった」

嫉妬か、と思えばモーリスは寂しげな顔をして、それから熱っぽい目で光の繭《まゆ》を見つめた。

「リックとこうして繋がるようになって、彼の人生や思いからそれを学んだ。私は最初、魔術人形から人間になりたくて、ただそれだけでリックを選んだ。でも……」

そこで言葉を切って、モーリスは再びレオンのほうを向く。

「たくさん綺麗な思いを知ってしまった。それに、繋がっていなくてもリックは優しいし、温かい。……彼が好きなんだ」

「……そうか」

どうやら触糸で繋がるというのは、何もかもが共有できるということなのか。

そういえばダンスパーティーの日に見たモーリスと、今日の彼は印象が違った。リックとの一か月の付き合いで丸くなったのかと理解していたが、そのレベルでなく彼は変わったのだ。

モーリスはゆっくりと光の繭《まゆ》に近づき、それを優しく抱きしめる。

「リックは最初に言ったんだ。魔術が使えるようになったらレオンさんの役に立てるって。それを聞いた時はなんとも思わなかったけど、今は……私じゃない人のために頑張る姿に胸が痛む。身体が増加した魔力に適応するまで、つらいのに。それでも泣きごとを言わない」

「リック……」

レオンは幼馴染《おさななじ》みの魔力を求める動機に心が震える。ダンスパーティーの翌朝は、目立って顔色が悪かった。会えない間もずっと調子が悪かったのだろうか。

施術が終わったのか触糸が解けるように動き出す。中に横たわっていたリックは裸体で、身体は暗い部屋の中で発光していた。頬を赤く染めて荒く呼吸する彼は、いかにも苦しげだった。

レオンは心配で駆け寄ろうと立ち上がるも、上手く力が入らずにふらついてしまう。その瞬間、リックはパチリと目を見開いた。飛び起きて駆け出し、モーリスの横を素通りしてレオンのもとへやってくる。しかし、リックも施術後の身。二人揃って倒れ込んでしまった。

レオンは下敷きになったが、痛くないのはモーリスのおかげだった。触糸がクッションになって、二人が怪我をしないよう受け止めてくれている。

「レオン様……！」

「リック！」

レオンは覆い被さるリックを強く抱きしめた。彼の肌は汗ばんでいて、施術の際の負担が察せられる。確かに直接触れてみると、以前と比べて魔力量が大幅に増していると分かった。

「リック、大丈夫か？　つらいところは……」

「大丈夫。やだなぁ、そんな顔をしないでほしいです。だから黙っていたのに」

「心配するに決まっているだろう……」

そう言ってリックの後頭部を撫でると、触れた首筋にザラリとした感触があった。

（ああ……）

リックはネックガードを着けていたけれど、もうとっくにモーリスの番《つがい》になっていたのだ。おそらくそのことをレオンが知れば、色々と聞かれると予想して番《つがい》になったこと自体も隠していたに違いない。

本来なら祝福される番《つがい》契約だけれど、二人の場合はどうだったのだろうか。

（モーリス卿がリックを番《つがい》にしたのは、ダンスパーティーの晩だ）

リックがフェロモン抑制剤を使っていたのにもかかわらず発情した経緯は分からないし、発情期《ヒート》は通常三日ほど続くのに、朝は素面《しらふ》だったのも謎だ。魔術か、薬か。モーリスの魔力生成器官の共有者にするためだけの番《つがい》契約。

それが合意とはいえ不自然に発情させられ、愛もなく行為に至ったなんて、恐ろしくなかっただろうか。今はリックが好きだというモーリスも、その時はなんとも思っていなかったのだから。

「僕は大丈夫です。利害の一致ってやつです。確かに増えた魔力のせいで、内側からの圧を感じますし、つらくないといったら嘘になりますけど、慣れるらしいので。そしたら魔力の貰い得じゃないですか」

「……リック、モーリス卿は」

「別に上手く付き合ってるので問題ないです。養ってくれますし」

全く熱の籠《こも》らないリックの表情に色々と察し、モーリスのほうを見ると手で顔を覆っていた。

おそらくモーリスはリックに対して愛情がない時に何かやらかしていて、そのすれ違いが解消されていないのだ。

レオンはおかしくなって、思わず「ははっ」と笑い出してしまう。リックはレオンが笑顔を見せたことに安心したのか、ふっと表情を和らげた。

「それでいいんです」

「そうか」

リックに確認すると、繭《まゆ》の中からだと外のことはよく分からないらしい。ただ、レオンが近くにいるのは感じられて、魔力濃度が高い結界内は苦しいから守らなければ、と手を差し伸べたのだとか。それがレオンを包み込む柔らかい光として発動したようだ。嬉しい友愛に、二人は固く抱き合った。

リックの背後で、心底悔しそうにしているモーリスが見えた。

「……ずるい」

「いいだろう。悔しかったら私より好かれるように、リックに優しくしてやってくれ」

◇◇◇

翌朝、アイディール邸から王都に戻ることになっていた四人は、帰る前に〝誘拐された子供たちが見つかった山小屋〟に立ち寄ることにした。モーリスも当然、事件の真相解明に協力するつもりと言ったので、全員で現場を確認することにしたのだ。

アイディール侯爵は、レオンとリックを心配しながらも「心の整理に必要なら」と場所を記した地図を渡してくれた。

登山道は事件後閉鎖され、手入れが行われていないと説明されていたが、予想以上に道が消えていた。

「こちらで正しいようだな」

ジェラルドが先頭に立ち、進む方向を示してくれた。なんでも地図を読み、正しい方向感覚で移動するのは騎士としては必須技能なのだそうだ。後ろを歩くレオンは〝頼りになるな〟と感心してしまう。

道なき道を最初に見た時は、ここを進むのかとゲンナリしてしまった。しかし、モーリスが触糸を駆使して植物を取り除き、道を作ってくれたのだ。

こういったことで彼の好感度は上がらないものか、と思いリックの顔を見たが、表情は〝無〟といっていい。おそらく初手にやらかした失態が相当響いているのだろう。

「モーリス、十時の方向三十メートル。そこがゴールだ」

「あっ、レオン様！　あれって屋根じゃないですか？」

「本当だ。建物が残っていてよかった」

ジェラルドが指示した方向に、まさに山小屋らしい屋根が見える。

モーリスはリックに対してできる男とアピールしたいのか、刈り取りスピードを上げて、あっという間に山小屋までの道を切り開いてしまった。

戻ってきたモーリスは定位置のようにリックに貼りつき、リックはいつものことなのか、流れるように彼の頭を撫でた。モーリスの触糸は機嫌よさそうに揺れ動いており、おそらく犬であれば千切れんばかりにシッポを振っている状態なのだろう。

「侯爵が言っていた通りだ。現場は『保存《プリザベーション》』で保護しているんだな」

ジェラルドは山小屋を見上げ、納得するように頷いている。

小屋の周囲は茂みになっておらず、外壁にも苔《こけ》は生えていない。レオンは確かめるために階段に足をかけて力強く踏み込んだが、木はしっかりとしており、腐食の兆候もなかった。

「入ってみよう」


扉には鍵がかかっておらず、引くと細く軋《きし》む音を立てて開いた。外見よりも狭い印象の屋内は、事件当時の調査の後だろうか、床にはうっすらとチョークで引かれた線が残っている。小さな人型が子供の倒れていた位置を示しているのか、十人分の痕跡があった。

レオンは胸に湧き上がる嫌悪感に、思わず口を押さえる。ジェラルドは気遣うように背中を撫でてくれた。

「レオン、大丈夫か?」

「……問題ない。発見された当時は気絶していたから、何も覚えていないんだ」

レオンは微笑んでジェラルドを安心させようとした。せっかく現場に来たのだから、できる限り調査したい。

子供たちの痕跡は、頭と足の方向が揃っていた。生き残ったレオンでさえも半月の高熱でグッタリしていたので、寝返りを打つなどの動きはなかっただろう。子供たちは丁寧に並べられていたのだと推測できる。しかし、その神経質さは、レオンが記憶する賊の印象とは合わなかった。

(何か、思い出せないか……)

レオンは視線を床に走らせながら考えた。

何か、何か。あの白い部屋へ続く手がかりは……

「んー、探ったけど地下はないね。床に落とし物はないかな。あのバッジとかあればいいのに」

モーリスがサラリと口にした言葉に、レオンは急に頭の中に不純物が生まれたような引っかかりを感じ、慌てて彼のほうを向いた。

モーリスは触糸を根のように床の隙間から張って、床下を調べていたようだ。しかし、それよりも重要なことが言葉の中にあった。

「モーリス卿、今なんと……」

レオンが尋ねると、モーリスはキョトンとした顔でレオンを見つめた。

「ん？　地下はないみたい」

「その後だ」

「バッジ？」

聞き間違いではなかった。レオンとリックはこの事件の記憶を何度も互いに確認してきたが、バッジという言葉は出てこなかった。

「バッジとはなんだ？」

「え……ほら、白い部屋にいた研究員たちが付けてるバッジだよ。同じのだから組織のシンボルマークか何かじゃないかなぁ」

「なんだって……！」

レオンは驚きのまま大声を上げ、リックも驚愕の表情でモーリスを見つめている。

モーリスは魔力生成器官の一部譲渡のための施術の際、リックの記憶を共有したと言っていた。

まさか彼はあの〝白い部屋〟を映像として見たのか。

（覚えている情報が、二人分合わせても少なかったというのに）

覚えている、いや、思い出せる情報だ。おそらく引き出せないだけで、脳に刻まれた当時の記憶が存在し、モーリスはそれを覗《のぞ》き見て映像として認識できる。細部まで読み取れるということは、有力な手掛かりとなるだろう。

「まさかリックもレオンさんも思い出せなかったとは」

「幼かった頃のことだし、薬を使われたのか記憶が曖昧なんだ」

レオンは腕を組み、仕方がないというように息を吐いた。そして質問すると、モーリスは詳しくバッジについて教えてくれた。

おそらく真鍮でできた長方形の小片に〝枝の周りを囲むように生える五枚の葉〟を図案化したものが黒く燻《いぶ》してある――というかなり詳細な描写をされた。魔導具も作るモーリスは金属加工についても詳しいようだ。

「五枚葉……か。樹種は分かるか？」

「植物は専門外だから分からないよ。絵には描けるけど」

「それは助かる」

紋章に植物を使う場合、樹種に意味を持たせることはよくあることだし、五枚葉という数字も同様だ。〝五〟という数字で一番初めに思い浮かべるのは〝筆頭五家〟だが、それはここに五家のアルファが二人いるからかもしれない。

「モーリスはそのシンボルマークを使う組織は知らないの？」

「ううん、知らないよ」

リックはレオンの連想と同じことを考えたのか、モーリスにそれを尋ねた。モーリスの反応から判断する限り、彼は本当に知らないようだし、隠したいと思うなら詳細自体を伝えてこないだろう。

ジェラルドはどうだろう、と視線を向けるも、彼は普段から表情が薄いため、何を考えているか分からない。ただ、足元のチョークで引かれた線を見つめている。

（……少し、青ざめているだろうか）

それは一か月共に過ごしてきたレオンだから分かるほどの微妙な変化だ。床に刻まれた過去のレオンやリック、そして八人の子供たちを想像して心を痛めた反応なのか、それとも――

「ジェラルド。顔色が悪くないか?」

「……いや、問題ない」

「そう?」

レオンは目を細めながら、ジェラルドの反応を観察する。

(——何か知っているのか?)

Ⅲ

アイディール侯爵への挨拶から一か月が経った。

レオンが山小屋でジェラルドの様子に違和感を覚えたのは、正しかったようだ。それ以来、ジェラルドに距離を置かれるようになり、さらにここ三日、彼は家に帰ってきていない。目が覚めて一人きりの寝台を確認するたびに、ため息が漏れる。シーツに鼻を近づけて確認しても、ジェラルドの匂いはしない。

（仕事が……忙しいのかと思っていたのだが）

フランメル王国における騎士は、アルファ以外存在しない。長らく戦争をしていないこの国では、国や国王に忠誠を誓う、平和維持のための存在なので、彼らは軍や警察、法務などを統率する管理職に就く。

近衛《このえ》騎士は騎士の中でもエリートであり、王族警護の役割はもちろん、王族の権威を示すためにも利用される。王族はアルファ性が強く、その周囲を固める近衛《このえ》騎士もアルファ性が強い。外交では侮られたら負けという考えがあり、近衛《このえ》騎士はアルファの格をもって王族や国を守るのだ。

夏季はバケーションを含み、外交公務も増える。だから最初は、夏季公務の準備期間に入ったため、帰りが遅く、朝が早いのかと思っていた。

「嫌われたというなら、婚約を破棄すればいいだけ」

レオンはジェラルドと出会ったばかりの頃に、胸にあった強がりを口にした。その呟きで、好意からすでに恋へと変わった気持ちは、想像以上にダメージを受ける。

番《つがい》になっていないのだから、ジェラルドが関係解消を望めば、それでお終いだ。

「でも、嫌われてはいない……」

単純に嫌われたというなら諦めるしかないが、一か月間続いた彼の行動はただ奇妙という他ない。

ジェラルドはレオンが寝入った後にベッドに入り、目覚める前に出ていく。夜も明けきらない早朝に、彼が名残惜しそうにレオンの首筋に顔を埋め、フェロモンを嗅いでいるのを、夢うつつの状態で認識していた。

（訳が分からない……）

レオンは不機嫌に唇を尖らせる。

ジェラルドの反応について色々考えたが、結局は問い質さなければ推測の域を出ない。そう考えた矢先、彼は帰ってこなくなったのだ。会えなければ話を聞くこともできないと、レオンは悶々としていた。

「おはようございます、レオン様」

「おはよう、ノア」

ノアが入室し、窓を開けてくれた。彼が現状をどう捉えているかは分からないが、特に様子は変わらない。ジェラルドがおかしくなった原因がレオンにあるのではないか、と感じているだろうに。

レオンはベッドから身体を起こして、大きく伸びをした。

「……ジェラルドはまた帰ってこなかったのか」

「ご実家のほうに調べものに行くとのことでしたが」

「……」

ノアはレオンに嘘をつかないだろう。調べものという理由の真偽は置いておいて、ジェラルドは実際にクイン家に向かっているのだ。しかし、婚約の挨拶もまだ済ませていないのに、別の用事でクイン家に向かうのは礼儀に欠ける。

「レオン様、朝食は温室でいかがですか？」

「温室？」

「〝ティールーム〟です」

「ああ、特設だな」

それだけでオメガ同士は通じ合える。オメガにとって秘密のサロンの代名詞であるそれを、ノアが口にしたということは、レオンと共有したい情報があるのだろう。

（……おそらく、ジェラルドのことだ）

いつもスケッチを楽しんでいる庭の端には、白い支柱で支えられた八角屋根の温室がある。そこは中央に、花を愛《め》でながらお茶を楽しむための白いテーブルセットが置かれている、癒しの空間だ。

さほど広くはないが、それがかえって落ち着かせてくれるので、時々ここでアフタヌーンティーを楽しんでいる。レオンは着席し、お茶を淹《い》れるノアの優雅な手元をぼんやりと眺めた。

「ティールームなんて言い出すんだ、よほどのことがあったのか？」

レオンはまず、ノアがわざわざ温室に呼び出した用件を聞くことにした。テーブルの上には、結界を張る魔導具が置かれており、それが盗聴防止を目的としているのは分かるが、そもそもどうしてここを会話の場に設定したのか。いつものように部屋で話しても、二人きりであることに変わりはない。

ノアは真剣な表情で切り出した。

「ジェラルド様が行方不明になりました」

「なっ……！」

レオンは驚き、思わず立ち上がる。身体中を巡る血が、まるで悲鳴を上げるかのような不快感に見舞われて、顔をしかめた。今すぐ駆け出して彼を探しに行きたいが、闇雲に彷徨《さまよ》って見つかるものではない。レオンはグッと奥歯を噛んで再び着席し、ノアに尋ねた。

「で、行方不明というのはいつからだ。どこまで足跡が辿れる？」

「ご実家に行かれていたのは確かです。ですがそこで忽然《こつぜん》と消えられてしまった」

「……まさか、不出来な私では番《つがい》に相応《ふさわ》しくないと、クイン家がジェラルドを拘束したのか？」

想像するだけで泣きたくなるが、クイン家で消えたというなら、一番に懸念される話だ。

ジェラルドとレオンが正式に番《つがい》になる前に、クイン家に都合がいいオメガを宛がい、発情促進剤を使った二人を一室に閉じ込める。それだけで簡単に目的は達成できてしまう。

しかし、ノアは静かに首を横に振った。

「それはありません。五家特権を使う手配をしたのはご当主様ですので」

「では誰が……まさかジェラルドが自発的に家出を……？」

「それはもっとありません」

ノアの回答は迅速かつ力強かった。彼は少し考え込んだ後、慎重に言葉を選びながら語り始めた。

「元々、ジェラルド様の兄であるアーノルド様から、〝母の動きに注意してほしい〟と言われていました」

「母親……兄の母ということは本妻《アルファ》の？」

「はい。奥様は、現在別居されています」

レオンがジェラルドから聞いている彼の家族構成は、父である当主ハロルド、本妻のアルファ女性リリアン、異母兄であるアーノルド、そしてジェラルドの四人だ。ジェラルドの母であるオメガ女性ミラは彼が幼い頃に亡くなったと聞いている。ジェラルドは家族の話をしないので、性格もそれぞれの関係性も一切分からない。

「ジェラルドの家族の人間関係が知りたい。ノアが知っている範囲でいい、教えてもらえないか？」

「はい。込み入った事情がありますので、順を追って。私も昔のことは家令から聞いただけなのですが」

ノアは頷き、そして自分の分のお茶も準備してから、バスケットに入ったバゲットサンドを皿に並べて、対面に座った。

「ジェラルド様のお母様がクイン家に入ったのが事の始まりです」


当時、すでにジェラルドの父であるクイン家の当主には、正妻であるアルファ女性リリアンがいた。夫婦には息子が一人生まれたが、その時点で正妻は胎を痛めてしまう。周囲からもう一人、二人男児を作るべきだという声が強く、当主は第二夫人としてオメガを迎えることとなった。

「ダンスパーティーで当主様は恋に落ちてしまわれたのです」

ジェラルドの母、ミラはオメガの中で数が少ない女性体だった。生ける花のようだと例えられる女性オメガはフェロモンも魅惑的で、当主もそれに魅了されてしまったのだ。ミラに群がるアルファたちを威圧で排除し、翌日早朝には攫《さら》うように彼女を自邸に連れ帰ったという。

クイン家にはアルファが多くいるため、当主はミラの発情期《ヒート》を待ち、番《つがい》にしてから家人にお披露目となった。その際〝政略結婚で家に入った本妻と上手く関係が築けるか〟という心配があったが、それは杞憂に終わる。

「奥様のほうからミラ様の手を取り〝姉妹として仲良くしてちょうだい〟と歩み寄ったそうです」

「それはまた……人格者だな」

「ええ」

緊張していたミラは優しく接してくれた本妻に安心し、彼女を姉と慕《した》った。

それから屋敷では二人仲良く過ごす姿が頻繁に目撃されたという。幼かった異母兄も、美しく可憐なミラに『大きくなったら結婚して』なんて言って周囲を沸かせていたらしい。上手くいきすぎるぐらい、クイン家の人々はミラに好意的だった。

「問題はミラ様が魅力的すぎた……ということでしょうか」

「まさか」

「奥様はアルファです。当主様と同じく、ミラ様に恋をしてらっしゃったのです」

恋い焦がれ、思いつめた正妻はある日一線を越えてしまった。当主が外遊で家を空けている間に、ミラに『発情促進剤』入りのお茶を飲ませて発情させ、襲いかかってしまったのだ。事態の知らせを受けた当主は即座に帰国し、夫婦で血を見る争いにまでなったらしい。

それを悲しんだミラは家を出る決意をしたという。彼女自身、番《つがい》である当主も、姉のように慕《した》っていた正妻も大切だった。

「しかし、当主は番《つがい》なのだろう？　本能的に手放すのは難しくないか？」

「はい。本能の強い、五家のアルファですからね」

話は徐々に悪い方向に進んでいく。当主はミラが出ていくことを認めず、代わりに彼女を別邸に軟禁した。聞いてしまって恐ろしくなったが、今暮らしているここがその別邸だという。ジェラルドは生まれ育った場所であり、わずかにでも母との思い出があるここでの生活を望み、当主から譲り受けたのだそうだ。

「軟禁か」

「庭までは出ることを許されたのだとか。この庭園はミラ様に捧げられたものだと」

レオンは黙ったまま、温室のガラス越しに庭園を眺めた。

ジェラルドは『番《つがい》に捧げるための庭園なのだと庭師から聞いた』と語っていた。その時は意識していなかったが、ジェラルドの言葉のニュアンスから推察すると、彼が庭の設計を指示した訳ではないのだろう。

いつも美しいと感じていた庭に、息が詰まるような閉塞感を覚えてしまう。

「ミラ様とジェラルド様と少数の使用人での生活だったそうです」

敷地から出られない状況ではあったが、母子の生活は穏やかだった。しかし、ある日突然すべてが終わってしまう。出産以降、身体が弱っていたミラはジェラルドが八歳の時、ついに入院を余儀なくされてしまった。しかも、余命いくばくもないだろうと。

そうなると問題になるのはジェラルドの存在だ。ミラの子供として本邸に連れ戻せば、彼女が軟禁されていた事実が正妻に知られてしまう。

「奥様は気づいていたと思いますけどね。しかし、ミラ様を不法に襲ったことがある手前、何も言えなかったのでしょう。彼女に合わせる顔がないと、冷静になってから後悔なさったとも聞いています」

「悔やむくらいなら手を出さないでほしかったな」

「恋は盲目にもなるし、判断も狂わせるんですよ」

ノアの言葉に、ため息で返す。レオンも恋心で浮き沈む一か月を過ごしていたが、その感情のまま肉欲に走り、相手を不幸にするのは理解できない。

レオンは不機嫌さをぶつけるようにバゲットサンドを噛みちぎった。

「ジェラルドは、それからどうなったんだ？」

「ミラ様のお兄様の家に預けられました」

「母方の家か」

どこからか、この件を聞きつけたミラの兄は、ある日突然やってきて「大事にしていた妹の子をこんな家には置いておけない」と騒ぎ出した。ミラの兄は当主夫妻が双方ミラに執心し、刃物を持ち出す騒ぎになったことを把握していた。

「ですが……質《たち》の悪い方だったようです。ジェラルド様の第二性判定の時期にその事実が発覚したそうで、保護された当時は可哀想なほど痩せていらっしゃったと」

ミラの兄は多額の養育費を不正に着服することを目的としており、ジェラルドは適切な養育を受けられなかったそうだ。その事実が明るみに出てミラの兄は罪に問われたが、公的な罪状は非常に軽いもので済まされた。

「それは……」

「クイン家が望むほどの罪にはならなかったので、軽くして早めに外に出したのです。あえて」

「……なるほど、そういうことか」

レオンは大きく頷いた。五家序列一位の当主であり軍を指揮するアルファが、最愛の番《つがい》が産んだ子を苦しめた人間を容赦する訳がない。私的に相応以上の裁きを下したのだろう。

「ジェラルド様がクイン家に次男として正式に迎え入れられてからは、お身体の回復を第一に過ごされました。一年ほどでアルファ判定が出たので、みな安心したのですが」

「安心？」

成長の区切りとして喜ぶ……とは違うニュアンスであることを不思議に思い、レオンは聞き返す。

ノアは紅茶を一口飲んでから、ふうとため息を零した。

「ジェラルド様はミラ様によく似ていたそうです。今は逞《たくま》しく成長してくださいましたが、保護された当時は生き写しというほど……。オメガでしたらまた、当主夫妻の関係に亀裂が入るのではないかと」

ノアは〝本題はここだ〟とでも言うように語調を強めた。レオンも食事の手を止めて聞くことに集中する。

「奥様はジェラルド様と血の繋がりはありませんし、ミラ様の面影を持つジェラルド様への感情は歪《いびつ》です」

「歪《いびつ》……というと」

「自制心の強い奥様がミラ様を襲ったこと自体あり得ないのです。そのコントロールが利かない恋情は未だ消えずにお持ちのようで……。義理とはいえ、母子ですから踏み止まっていますが、いつ決壊するか分からない」

レオンは目を細める。

ジェラルドと正妻が引き合わされたのは第二性判明後であり、それなら彼女は赤子の頃のジェラルドを知らないはずだ。状況からして、二人は密な接触を許されていないだろうし、義理の母であっても母性は皆無と言っても過言ではないだろう。

つまり、社会的な倫理だけが歪んだ恋情を抑えている、という危うい状態。

聞いた範囲で推測される性格から言えば、正妻は限界まで耐えて、爆発するタイプのようだ。

「厄介だな」

「厄介です」

ノアはやれやれといったように両手のひらを上向けた。

「ここで話したのは、クイン家の使用人の中に奥様と繋がりがある人物がいる可能性を懸念したからです」

「なるほど」

レオンは私室ではない場所を選んだ理由に納得した。ガラス張りの温室なら周囲に不審な人物がいないか目視できる。

「で、ジェラルドの兄君が〝母の動きに注意してほしい〟と忠告してきたということは、行方不明の原因は本妻か」

「おそらくは。悋気《りんき》は恐ろしいものですし、ミラ様を襲った時のように、奥様は思いつめている可能性があります」

東方の体術に傾倒する次兄から〝アリの巣穴が立派な堤防を崩すこともある〟という格言を教わった。

正妻の理性を突き崩すのは、ジェラルドが選んだレオンなのだろう。まだ番《つがい》になれていないとはいえ、いつ発情するか分からないオメガが側にいるというのは、日々正妻の心を蝕《むしば》んでいるに違いない。

「……ここ一か月ジェラルドの様子がおかしかっただろう。ノアはこれをどう考える？」

「最近何かを調べて回っていたのは事実です。日に日に憔悴されていく様子を、屋敷の者たちは心配していました。クイン家本邸の図書室に資料があるかもしれないから探しに行く、と言って……それから、この状況です」

レオンはバゲットのお尻を口に入れてから咀嚼し、腕を組んで考え込む。

ジェラルドはおそらく〝白い部屋〟にいた研究員のバッジに心当たりがあったのだ。今聞いたジェラルドの境遇から、どこでその要素が絡んできたのかは分からないが、調査の日々で憔悴していたのならば、それは彼のつらい時期に触れることだったのかもしれない。それでも動いてくれていたのは、レオンのためを思ってのことだろう。

（なぜ距離を置かれたのかは分からないが……そもそも私はジェラルドを知らなすぎる）

レオンは唇を噛んだ。ジェラルドが帰ってこなくなって三日経ってしまった。何かに遭ったというなら、長すぎるくらい時間が経っている。

レオンは紅茶を飲み干して、渇いた喉を潤した。カップを置いてそのまま立ち上がる。

「ノア、ジェラルドを迎えに行く。場所の手がかりは掴んでいるんだろう？」

「はい」

ノアは嬉しそうに立ち上がり、レオンを先導して進んだ。

「レオン様、あなたの気概を頼もしく思います」

「〝王子様〟だからな」

◇◇◇

ノアが運転する魔導車の助手席に座ったレオンは、手を握ったり開いたりして、防護グローブの調子を確かめている。その動作を視野に入れていたのか、ノアは顔を前方に向けたまま声をかけてきた。

「そんな軽装備で大丈夫ですか？」

「なかなか帰ってこない番《つがい》を迎えに行くだけだからね」

「……モーリス卿のところへ寄られたのは、援護を求めるためかと思いました」

「大勢で乗り込むと事が大きくなるだろう？　あくまで家族の問題にするつもりだから」

レオンは軽い口調で返事をした。

温室での話し合いの後、装備を調《ととの》えてからの出発となったが、二人とも一見して装備らしいものは見当たらない。ノアは暗器を身につけているため、服の下に収納されているのだろうし、レオンもスーツの下に防護用のインナーを着用しているだけだ。

派手な装備をして乗り込めば、襲撃者と誤解されて警戒される可能性があると考えてのこと。相手が刃物を取り出してきたら、現地で調達すればいいのだ。

「ジェラルドへの通信が届かないのは、ペンダントを取り上げられているか、通信系の魔導具を遮断する何かがなされている可能性があると思ってね。専門家のモーリスに、現状の可能性とその対処方法を教わりたかったんだ」

レオンはモーリスとの対話を思い返す。

事情を説明すると彼は驚き、そして首を傾げていた。ジェラルドの上級学校時代の相棒であるモーリスは、ジェラルドの騎士としての実力と共に、格の高いアルファ性に信頼を置いているようで、彼が簡単に捕まったことに疑問を感じていたようだ。ジェラルドの精神的な疲労は相当のもので、狙える隙があったのかもしれない。

レオンはシートに背を預け、車窓に流れる景色を眺めた。郊外の戸建てが並ぶ区画は、隣家までの距離が離れており、どの建物も立派だった。いずれも大貴族所有のタウンハウスなのだろう。

「どこに向かっているんだ？」

「……昨日本邸から奥様の住む別邸へ大きな荷物の運び出しがあったと」

「なるほど。いかにもだな」

「はい。ジェラルド様はお強いので、何かしらの手段で拘束されているのかもしれません」

レオンは、ジェラルドが荷物のように扱われる光景を想像し、顔をしかめた。

正妻は、ジェラルドに恋慕を抱いているかもしれないが、それはミラの代わりであり、彼自身を尊重する気持ちは微塵《みじん》も感じられない。傷つけられることはないとしても、そんな環境の中にジェラルドを置いておくことは、レオンにとって耐えがたいことだった。

その後も、ノアは情報を提供し続けた。レオンはそれを漏らさずに頭に叩き込んでいく。

「別邸にも仲間がいるので門は開けてもらえます」

「助かる」

仲間がいるなら、ジェラルドの身柄を彼らに頼めば……というのは間諜《かんちょう》としては難しい話だ。彼らは潜伏して工作活動を行うために、長い時間をかけてその場に溶け込んでおり、不信感を抱かせないようにしている。彼らの身分は簡単に捨てることはできず、目立った行動を取ることはできない。だからノアはレオンに動くよう働きかけてきたのだろう。

そして、間もなく目的地に到着した。

車が停まったのは王都の端と言ってもいい場所だ。茂みに隠すように車を駐めたノアは、さらに車体に『偽装《カモフラージュ》』をかけた。

二人は目的地である本妻の別邸の周囲を探索しながら歩く。

モーリスは、通信が届かない原因について、彼なりの考察を教えてくれた。様々な可能性が考えられるものの、通信妨害《ジャミング》の魔導具が設置されている確率が最も高いそうだ。

通信妨害《ジャミング》の魔導具は、裁縫時に使う待ち針の形状で想像すると分かりやすい。頭の部分はこぶし大の魔石で、針の部分は防腐処理された木製の楔《くさび》になっている。妨害したい範囲を囲むように打ち込むと、通信に関わる魔術干渉をすべて跳ね返せるというものだ。さらに、個人の位置を特定する魔導具や魔術の邪魔もする。

（〝識別紋〟……か）

五家の人間は身体に識別用の魔術紋が入れられており、犯罪被害に遭った際にそれが居場所の特定に使われるそうだ。ノアはジェラルドが帰らなくなった日から、彼の位置が特定できなくなったというので、モーリスは通信妨害《ジャミング》の魔導具を疑っていた。

振り子を揺らしながら歩き回るレオンの隣で、ノアは訝《いぶか》しげな顔をしている。

「ダウジングですか」

「勘に左右されるらしいが……モーリス卿はこれが一番手っ取り早いと」

モーリスは『体内の魔力回路が磁場を読んで云々《うんぬん》』とダウジングの原理を説明していたが、レオンはほとんど理解していない。しかし、振り子は使用者の知識の有無に関係なく反応を示してくれる。レオンは昔から勘がいいので、この方法が合っているのかもしれない。

さほど時間もかからずに一本目が見つかったのが、その証左だろう。

「これは普通に探して見つかるものじゃないな」

「本当だ。チッ、落ち葉まで被せやがって」

ノアは落ち葉に埋もれた魔導具の頭を掴んで引き抜いた。苛立たしげなノアは、エデン時代の〝先輩〟の地が出ていて、言葉や所作の荒さが懐かしい。

「ふふ」

「なんですか、レオン様」

「懐かしいと思ったんだ。先輩らしくて」

レオンが笑うと、ノアは不機嫌そうに唇を尖らせた。それから、彼は楔《くさび》を力任せに折って、放り投げる。オメガらしからぬ逞《たくま》しいやり方は、エデン時代に友人たちを守るために常に一番前に立っていた、先輩の姿そのままだ。ノアの背中に、思わずレオンはここしばらく胸の中にあった思いを口にした。

「ノア、ありがとう。ここ一か月、ジェラルドのことがよく分からなくて不安だったんだが、きみがジェラルドの心は私にあるというスタンスを崩さないから、心強かった」

「……そうですか」

ノアは振り向かず、静かな声で返した。そしてその声音のまま続ける。

「アルファの執着は恐ろしいんですよ、レオン様。私の番《つがい》もそうですが、ジェラルド様は比較にならない。正直、同情します」

レオンはノアの認識に首をひねった。

ジェラルドは紳士的で、かなり奥手だ。純情ですぐ赤くなるし、一般的なアルファ像と比べても大人しい。ジェラルドが彼の可愛い部分をレオンにしか見せていないのだとしたら、嬉しい話だ。対外的には筆頭五家のアルファとして、威厳あるポーズをとっているのかもしれない。

レオンはそれからも着実に楔《くさび》の捜索を進めていき、また落ち葉で隠された二本目を発見した。それを破壊したところで、屋敷全体にかけられていた妨害が解ける。確認のためにペンダントに魔力を流すと、邸内にジェラルドのものがあると反応した。

「これで〝彼がここにいる〟と主張できるから、楔《くさび》はもう大丈夫だ。邸内に入れば仲間と情報を共有できるかい？」

「はい。ジェラルド様の居場所は私が確認します」

「任せたよ」

壁を乗り越えて内部に侵入するノアを見送って、レオンは屋敷の正門へと歩を速めた。


正妻の住む屋敷は、外界を拒絶するかのように高い塀で囲まれている。この館は、正妻がミラを襲った事件の後に建てられたとノアから聞いた。別居中の現在は、正妻としての仕事をこなす時だけ本邸に戻るのだという。

ジェラルドは彼女がいない時を狙って本邸に赴いたのかもしれないが、遭遇したというなら本当に運がない……いや、もしかしたら彼の動向は監視されていたのかもしれない。

正門の脇に立つ衛兵に声をかけ屋敷の者と繋いでもらうと、やってきたのは家令だった。ジェラルドの婚約者だと伝えると、怪しまれずに中に通してくれた。

（……おそらく、協力者だ）

レオンは家令の後ろを歩きながら、その背中をじっと見つめた。年齢は六十前後だろうか。スーツに身を包んだ背中は年齢に比べてしっかりとした厚みがあり、姿勢がいい。歩き方はノアに似ていて、本来の歩行姿態を偽装したような独特の不自然さがあった。

「こちらでお待ちください。すぐに奥様が参りますので」

「はい」

レオンは案内された居間のソファーに腰を下ろす。

お茶が出てこないのは歓迎されていないのか、それとも『奥様が歓迎していない』とでも言い含めてお茶出しを止めた協力者がいるのか。何を入れられているか分からないものを考えずに口にすることはないが、出されたお茶を飲まないというのも失礼に当たるから、正直ありがたかった。

（……来たか）

扉の前で複数の人の足音が止まる気配があり、一呼吸おいてノックがあった後、扉が開いた。

家令とメイド三人を従えた迫力のある美人が入室し、こちらを見据える。

「ようこそ、おいでくださいました。私はリリアン。ジェラルドの義母《はは》です」

リリアンは形ばかりだと分かる笑みを浮かべて、レオンに挨拶した。

クイン家の次期当主である長兄アーノルドはジェラルドより七つ上なので、その母親であるリリアンは四十代半ばくらいだろうか。彼女はアルファ女性らしい長身で、力強い印象があるせいか若々しく見える。

アルファ女性はパーティーなど華やかな場ではドレスを身にまとい、日常生活では男性と変わらない服装をすることが多いと聞くが、彼女もそのようでスーツ姿で現れた。

髪型も服装に合わせて栗色の長い髪をしっかりとまとめ上げており、まるで男装の麗人のように凛々しい。美しいアイスブルーの瞳は、射殺さんばかりの威圧を放っているが、レオンはそれに臆することなく見つめ返した。

リリアンはおおよそこちらを見極めたようで、わずかに目を細めた後、足早にソファーまでやってきて対面に座った。レオンは内に秘めた闘志を抑え、穏やかに微笑む。

「はじめまして。私はジェラルドの婚約者、レオン・アイディールです」

「……ご用件は？」

「先ほど、彼にも伝えましたがジェラルドを迎えに来ました」

レオンが視線を家令に向けると、リリアンもそれに続いて彼を見つめた。家令は主であるリリアンのほうに目を合わせ、礼の姿勢を取る。この部屋に入る前に二人の間でどのようなやり取りがあったかは分からないが、リリアンの様子から家令を信頼していることが窺《うかが》えた。

「そう。でもここへは来ていないわ」

「来ていない？」

「ここにいるなんて、どなたからお聞きになったのかしら？　あの子は私の屋敷に一度も訪れたことがないのに」

リリアンは薄く微笑んだ。その自信に満ちた表情から推察するに、ジェラルドがここにいることを証明するのは不可能だと確信しているのだろう。

「一度も訪れたことがない、ですか」

「ええ。親子ですから、時々でも顔を見せに来てほしいのですが……」

リリアンは俯《うつむ》き、義理の息子に対する親としての愛情を訴える。下を向いた彼女の表情は分からないが、内心では舌を出しているだろう。

ジェラルドの状況が心配なので、茶番は早めに終わらせようと、レオンは首から提げたペンダントを取り出して彼女に見せつける。

「おかしいですね。ここにジェラルドのペンダントがあるようなので、てっきりこちらにいるとばかり」

リリアンはわずかに肩を揺らし、顔を上げた。先ほどまでの笑みは消えている。

位置情報を共有するペンダントは、軍でよく使われるため、軍事を司《つかさど》るクイン家に入ったリリアンは、その道具の用途を理解しているようだ。ペンダント同士の位置しか把握できないため、ジェラルドがここにいると完全に証明することはできないが、彼女はその点について追及しなかった。

ペンダントの反応があるということは、リリアンの仕掛けた通信妨害《ジャミング》が解除されたことを意味している。ジェラルドの位置は魔術紋で正確に特定できるため、彼女はレオンがそこまで調べたうえでやってきたと理解したのだ。

「……白々しいわね」

「おや、と思ったので聞き返しただけです」

リリアンはとぼけるように言うレオンを苦々しく睨《にら》みつけながら、それでも取り繕うのをやめない。

「ジェラルドはあなたみたいな子とは合わないんじゃないかしら。可哀想なくらいやつれてしまって……。だからここへ逃げ込んできたのね」

ジェラルドがこの屋敷にいるのは婚約者から匿うため――今までいないと言い張っていた流れと整合性はとれる上手い切り返しだ。しかし。

「ふふ、面白いことをおっしゃる。番《つがい》と定めたオメガに対するアルファの執着は身をもってご存じでしょう?」

「……」

レオンが笑顔で締めくくると、リリアンは黙ったまま歯噛みした。これはリリアンが〝ミラを巡って夫と争ったこと〟や〝その恋情により義子のジェラルドに対し執着していること〟は把握済みと暗に伝えているのだ。

彼女は顔を歪めてソファーから立ち上がる。

「話にならないわ。この婚約者を名乗るオメガにはお帰りいただいて」

リリアンはそう言い捨て、家令におそらく指示を遂行するよう目で合図した後、足早に部屋を出ていった。

向かう先はジェラルドのもとか。

レオンがそれを追うべく立ち上がれば、彼女が出ていったドアから入れ替わるように、いかにも軍人らしい体格の男たちが三人入室してきた。

「さて。お義母《かあ》さまはああ言っているが……私は婚約者として彼を連れ帰らせていただくよ。なるべく穏便に済ませたいのだが、妨害するというなら相応の対応は覚悟してもらいたい」

レオンの宣言を聞いても男たちは退かないので、レオンは力による制圧を開始した。

『身体強化』の魔術により、身体能力はアルファにも引けを取らない。取り押さえようとする男の腕をとり、次兄仕込みの体術で引き倒す。

全員が驚きで固まっている瞬間を見逃さず、次に二人目の男のこめかみを素早い回し蹴りで打ち、しゃがみ込んで三人目の男の顎を拳で打ち上げる。最後は一人目の男が起き上がろうとするのを抑え込み、締め技で意識を刈り取ってフィニッシュした。

(武器は……持っていないな。殺すつもりはないということだ)

レオンは男たちのボディーチェックを軽く済ませた。全員生きていることを確認し、客間から廊下に出る。

そこからは、背後を取られないように注意しながら、ペンダントの反応を頼りに先へ進んだ。

この道具の存在を伝えたことで、捨てられたり壊されたりするのではないかと心配していたが、ちゃんと機能している。ジェラルド自身に識別用の魔術紋が入っているため、無駄だと考えたのかもしれない。位置確認のために魔術を使う余裕はないので、大助かりだ。

一度危ない場面もあったが、魔術による援護を受けて無事だった。おそらく協力者と思われる家令のものだろう。

目的の部屋の前に着くと廊下脇の窓からノアが飛び込んできて、扉の前に立ちはだかる最後の男を勢いのまま蹴り飛ばした。こちらに気を取られていた男はガードもせずに受け、転がっていく。

「レオン様」

「ありがとう、ノア」

レオンはこれで邪魔者はいないと、目の前の扉を睨《にら》みつけた。

「部屋はここか？」

「はい、外から監視してましたので」

ノアは後ろの廊下に目を向け、顔を引き攣《つ》らせている。おそらく、レオンが暴れてきた痕跡を見ての反応だろうが、立ちはだかる相手がいけないのだとレオンは悪びれない。

「いやあ……お早い。奥様はジェラルド様を移動させようと思ったようですが、間に合わないですね」

「変な小細工をされると面倒だからな」

「あなたの従者になれてよかったです」

楽しそうにするノアは、エデン時代のように、顔に凶暴さが滲《にじ》み出ている。レオンはそれを見て、自分も同じような表情をしているのかと冷静になり、気を静めてからドアを開けた。

「失礼する」

ノックなしで部屋に入り、即座に周囲を見回す。広い室内の窓際に設置されたベッドの上で、半裸のジェラルドが横たえられており、その隣には白衣を着た若い男が寄り添うように腰かけていた。

瞬間、レオンは総毛立つ。

考えるよりも早く、レオンの身体は動いた。しなやかに繰り出された回し蹴りが男に命中し、彼は吹き飛ばされて床を転がる。

レオンはベッドの側に立ち、ジェラルドを背にかばって、男を見下ろした。

「うっ……」

「彼は私のアルファだ。触れるな」

自分の口から漏れた声が予想以上に冷たく聞こえ、レオンは内心で驚いてしまう。まだ番《つがい》ではないのに、ジェラルドは自分のものだという意識が渦巻いている。

（ああ、そうか）

レオンは突然、自覚した。

ここ最近、距離が離れていたせいで、生まれたばかりの恋心がじくじくと醜く膿《う》んでいる。

これは初恋の頃には経験しなかった〝嫉妬〟だ。そうでなければ、相手が誰であり、何をしていたのか確認もせずに蹴り飛ばすなどありえない。

冷静に考えると、白衣の男は医者だ。そうならば、抵抗せずに寝たままのジェラルドに何が起こったのか、不安が一気に湧き上がる。

「ジェラルド、大丈夫か？　意識はあるか？」

「あ、あ……レオン……」

「薬を使われたのか？」

声をかけると、ジェラルドはちゃんとレオンを認識しているようで、ぼんやりとした目に光が戻った。安堵し、彼の身体に異変はないかと視線を走らせる。その最中、横目で動く影を認識した。

床に転がっていた医者が、ゆっくりと上半身を起こしている。

「いたた……。嫌だなぁ、僕は悪いことをしていないのに……蹴らなくてもいいだろう？」

「ジェラルドに何をした」

「ここのマダムから、息子の怪我を治してほしいって頼まれたんだよ」

「怪我？　ジェラルドは怪我をしたのか?!」

レオンが声を荒らげると、出会い頭に蹴りを入れたせいか男は怯んで後ずさる。

「古傷だよ。醜いから消してくれって」

「古傷……」

言われてよく見ると、ジェラルドの右肩にあった目立つ古傷が、かなり薄くなっていた。元々の状態を知っているから分かる程度で、そうでなければ気がつかないだろう。

レオンがジャケットの袖を引かれる動きに気づき、そこに視線をやると、震えるように動いたジェラルドの指が袖を掴んでいた。

「レオ……消えてしまった……大事な……」

ジェラルドのこめかみを、静かに涙が伝った。それを見た瞬間、レオンの胸はギュッと締め付けられるように痛んだ。目立つ傷跡だったが、彼が〝大事〟と言うのだから、何か深い思い入れがあったのかもしれない。

「おい、そこの医者。ジェラルドに使った薬はなんだ？」

「僕が診た時には、その状態だったよ」

医者は無関係とでも言うように、ヘラヘラと笑っていたので、レオンは威嚇するように睨《にら》みつけた。相当怖かったのか、彼は「ひえ……」と小さく声を出して身を縮め、そして恐る恐るといったように話を続けた。

「睡眠薬じゃないかな。今は薬が切れかけているから、しばらくすれば抜けるよ。ちなみにマダムは古傷がお嫌いのようだったから、何もされてないと思うよ」

「……下種の勘繰りは止めろ」

レオンが低い声で不快感を露わにすると、医者は再び「ひえ……」と言いながら後ずさった。

リリアンは貴族らしく、傷跡を忌避しているようだ。したがって、この治療はリリアンがジェラルドを自分のものにしようとして行ったと考えるのが妥当だろう。

(ジェラルドが泣くほど悲しんでいるというのに、彼の純潔が奪われずに済んだと喜びを感じるなんて)

レオンは自身の勝手さに唇を引き結んだ。

「それで、肝心のお義母《かあ》さまはどちらに?」

「レオン様、確保しました!」

「放しなさい！　無礼な！」

レオンが医者に尋ねた時、意気揚々とした様子のノアがリリアンの腕を掴んで連れてきた。彼女は声を荒らげて抵抗しているが、アルファの体力をもってしても軍属のノアには敵わないようだ。

それに続いて家令が入室してきたが、彼はやはり協力者で間違いないのか、ノアを止めることもなく、ドアを閉めた後ただそこに佇んでいた。

「お義母《かあ》さま、ジェラルドは――ジェラルド？」

ジェラルドはレオンの袖を引いて呼びかけてきた。振り返ると、先ほどよりも顔色が戻ってきたジェラルドが真っ直ぐにこちらを見つめている。その瞳には訴えかける強い光があった。

ジェラルドが気だるげにしながらも上半身を起こそうとするので、レオンはそれを介助する。そして、彼の肌を隠すため、畳まれていた毛布を彼の肩にかけた。

「レオン……私の荷物は……」

「荷物？」

部屋を見回すと、机の上に見覚えのある鞄が置かれていた。レオンがその鞄を持って戻ると、赤い表紙の本を取り出してほしいと頼まれる。それを手に取って見せると、ジェラルドは一つ頷き、その後リリアンのほうを向いた。

「義母上《はは》、私はあなたが愛したミラではない」

ジェラルドが本題に入ると、リリアンは激昂して表情を険しくする。

「そんなことは分かっています……！」

ヒステリックに叫ぶリリアンに、ジェラルドは静かに首を振った。

「いいえ、分かっていらっしゃらない。どれだけミラ――母上があなたを大切にしていたか」

ジェラルドはレオンに、赤い本をリリアンへ渡すよう頼んだ。レオンが頷いて彼女に歩み寄り、それを差し出すと、ノアは受け取れるように拘束を解いた。

リリアンは疑わしげな表情をしながらも〝ミラ〟という名で興味が引かれたのか、素直に受け取り、じっと表紙を眺める。

「それは母上が残した日記です。本邸の書庫で調べものをしていて偶然見つけたのですが」

「日記……」

「それを読めば形だけ……いや、形すらも違う私を、母上の代わりと考えることがどれだけ不実なのかが分かるはずです」

リリアンはジェラルドの言葉に驚き、すぐに日記を開いて内容を読み始めた。彼女の目は素早く行を追い、後半に進むにつれてページをめくる手も速くなる。

静かな部屋で日記を読むリリアンだけに動きがあり、皆の注目の中で表情が崩れていった彼女は、我慢できなくなったように座り込んだ。彼女の表情は見えないが、肩が微かに揺れていて、しばらくして涙が床にポタポタと落ちていった。

「あ……あぁ……ミラ……」

リリアンは嗚咽《おえつ》交じりにミラの名を呼び、最後まで読み終えたのか日記を閉じて、それを胸に抱きしめる。

「書庫に隠すように置かれていました。おそらく母がそうしたのです。〝囁《ささや》き合う小鳥の絵が描かれた箱に収められていた〟と言えばあなたなら意味が分かるでしょう」

ジェラルドが静かな声で伝えると、リリアンの肩がビクリと跳ね上がった。彼女は先ほどまでとは打って変わって弱々しく震えている。

「……ミラ……ごめんなさい……ジェラルドも……」

泣きながら謝罪するリリアンに、気配を消していた家令が歩み寄り、傍らに膝をついて優しく彼女の背中をさすった。

「奥様、休まれますよう」

「ええ……レオンさん、あなたも……ごめんなさい」

リリアンは最後にレオンにも謝罪して、フラフラと立ち上がった。家令は彼女を支えるようにしてこちらに退出の挨拶をし、部屋を出ていく。残されたのはレオンとジェラルド、心配そうにこちらを見つめるノア、そして部屋の隅で座り込んでいる医者だけだった。

「ジェラルド、身体は大丈夫か？　あそこに医者がいるが診てもらうか？」

レオンがそう言って医者を指差すと、彼は座っているにもかかわらず器用にビクリと跳ねた。

ジェラルドはそちらを見た後、首を横に振る。

「いや、いい。早く帰りたい」

「分かった。歩けるか？」

「大丈夫だ。……レオン、迷惑をかけてしまってすまない」

レオンはジェラルドの言葉が他人行儀に感じて眉を吊り上げる。彼はアルファらしい賢さで、レオンがここにいる理由と経緯を察したのだろうが、それはここ一か月距離を置かれていた不満を刺激するものだった。

レオンはジェラルドの両肩に手を置いて、真っ直ぐ目を合わせる。

「迷惑だなんて思っていない。私たちは〝番《つがい》〟になるのだから」

レオンは思いのまま、強い口調で言い切った。ジェラルドは潤んだ瞳を揺らしながら、それを隠すように目を伏せる。

「ああ……」

ジェラルドは声を震わせながらレオンに同意を返した。

◇◇◇

あれからレオンとジェラルドとノアの三人は、真っ直ぐジェラルド邸に帰ってきた。レオンがジェラルドを助けに行った経緯や、ノアからミラの情報をどれくらい聞いたかは、魔導車の中で詳しく共有している。

今は寝室で二人きりだ。長い間ジェラルドがいる寝室というのを目にしていなかったため、その光景を取り戻せたように感じて胸が熱くなる。ジェラルドはワイン棚の前に立ち、レオンを振り返った。

「何か呑むか？」

「聞きたいことがたくさんあるから、アルコールはいい。きみも酒はやめておけ。薬を使われていただろう？」

「そうか……そうだな」

ジェラルドは侍従を呼んで指示し、ボトルを運ばせた。ソファーセットのほうにグラスを準備されているので、レオンもそちらに移動する。注がれたのは透明な液体で、口に含むと爽やかな香りとほのかな甘みのある果実水だった。

ジェラルドがレオンの対面に向かおうとしたので引き留め、隣に座るように指示する。彼は素直に従い、隣に腰を下ろした。

「日記には何が書いてあったんだ？」

レオンはまず、先ほどの出来事を話題の入り口にした。ジェラルドは聞かれたことにはなんでも答えるつもりでいるようで、真摯な瞳をレオンに向けている。

「母上の本当の気持ちだ」

「本当の気持ち……」

思わず復唱するレオンにジェラルドは一度頷き、そして日記の秘密について語り始めた。

「母上は父上と番《つがい》になってから、本妻である義母上《はは》と引き合わされた。番《つがい》であるものの軍の仕事で忙しく、交流の少ない父上と違い、毎日交流があり優しく接してくれる義母上《はは》に、義姉妹以上の感情を持ってしまったらしい」

レオンは驚きに目を見開く。ノアから話を聞いて、ミラの愛情はクイン家当主にあると先入観を持っていた。番《つがい》というのは肉体的な繋がりが〝唯一無二〟というほど強くなるが、心の繋がりは別だ。

「刃傷沙汰が起こった後、母が屋敷から出ていくと決めたのは、父と義母上《はは》の仲を案じたこともあるが、それ以上に自身の想いがつらくなってしまったからだろう。結局……父に身柄を確保され、ここに軟禁されたのだが……」

ジェラルドはそう言ってため息をつき、果実水に口をつけた。

レオンは彼の横顔を見つめながら考える。ミラがリリアンを愛していたなら、事件の意味合いが変わってくる。発情促進剤を盛られ、無理矢理行われた行為であっても、ミラはその時思いを遂げたのだ。

ミラはなぜ、あの日記帳を残したのだろう。

リリアンの思いつめやすい性格を理解しているからこそ、彼女が罪悪感で苦しむことがないように気遣ったのか、それとも恋情に対する未練だったのか。本人がいない以上、ミラの想いを確認することはできない。

しかし、日記として気持ちを残していてくれたおかげで、リリアンはジェラルドに対する執着から解放されたのだ。彼女は本当に欲しかったものを手に入れたのだから。

「想いがすれ違うのはつらいな」

「そうだな……」

レオンは他人事でないすれ違いを正すべく、一番聞きたい本題に入る。ジェラルドの腿《もも》に手を置いて、彼の顔を覗《のぞ》き込んだ。

「ジェラルド、私たちのこともそうだ。きみはここ一か月、私を避けていただろう？　理由を教えてほしい」

ジェラルドの顔色が一瞬曇る。そして、何かを否定するように首を横に振り、強い意志を感じさせる瞳でレオンを見つめた。

「……幻滅されるかもしれないと、そう考えたら恐ろしかったんだ」

「ジェラルド？」

「しかし、あなたの恩に報いるなら、話さなければならないと覚悟を決めた」

レオンがなんのことか分からずに戸惑うも、ジェラルドは言葉を止めない。

「あなたが探している白い部屋に、私もいたんだ」

「――っ、それは……！」

驚いて思わず大きな声が出てしまうが、慌てて抑える。ジェラルドにとって勇気を必要とする話であることは、告白の内容からも明らかだった。レオンが動揺しては、拒絶されることを恐れている彼を、萎縮させてしまう。

こちらの反応は予想されたものだったのか、ジェラルドは静かな声で続ける。

「母上が入院し、私は母の兄だという男に引き取られた。伯父は問題のある性格だったらしく、私はすぐに研究施設に売られてしまった」

「なんだって……！」

レオンはジェラルドの身に起きた出来事への怒りのあまり、彼に迫るほどの勢いで腰を浮かせ、声を荒らげてしまった。しかし、これはやむを得ないだろう。ノアの話によれば、ジェラルドの母方の伯父は素行が悪く養育費を着服していたということだった。しかも、それだけでなく、幼い甥であるジェラルドの身売りまで行っていたなんて。

当時のジェラルドはこの身売りを〝入院中のミラの治療費に充てる〟と伯父に言い聞かされてい

たそうだ。だからジェラルドは抵抗することなく従ったのだと。

（母親を想う子供の心を利用したのか……）

怒りに震えるレオンの様子に、ジェラルドは眉尻を下げたあと、まるでその感情の爆発に対して礼を言うかのように頭を撫でてくれた。レオンは厳しい表情のままソファーにドスンと腰を下ろし、唇を引き結んだ。

「聞いたかもしれないが、私はいないはずの子だったんだ。父上は母上をこの邸《やしき》に隠していたが、その時に生まれたから、何も届け出がされていなかった」

ジェラルドを買いに来た研究員は、識別用の魔術紋の入っていない五家の子供が手に入るなんてと喜んだらしい。そして実験は〝第二性の発露を操作する〟というもので、投薬終了後に身柄を伯父に返却するという契約だとも説明を受けた。

ジェラルドは研究施設に連れていかれてすぐに行われた検査で、おそらくアルファになると早期判定を受ける。そして、薬が完成するまで白い部屋で孤独に過ごしていた。

「そうか……」

レオンは自分の記憶にある白い部屋に、一人ぽつんと存在する小さなジェラルドを思い浮かべた。ずっと何かに囚われていた彼が、強くレオンを――〝王子様〟を欲する根幹がそこにあるのではと考える。

それは今までの認識よりもはるかに重い、彼がレオンを求める理由だった。

「結局、薬の効果はなかったのか？　ジェラルドはアルファのままだ」

レオンが問いかけると、ジェラルドは沈黙した。彼の表情の硬さから、ここから先に問題があることが察せられる。レオンが緊張した喉を潤すために果実水に口をつけると、ジェラルドも同じようにし、それから強張《こわば》りを解くように一つ息を吐いた。

「私は色々投薬されていたが、肝心な第二性の操作の薬は投与されていない。貴重な五家の血を持つ被検体を副作用の大きい薬で損なってはいけないと――」

コトン、とジェラルドがローテーブルにグラスを置く音が妙に大きく響いた。

「彼らは完成した薬を私に使う前に、他の子供たちで試したんだ」

レオンはサッと血の気が引き、それから全身が粟立った。

「まさか……」

「おそらく、それがレオンたちだ。白い部屋の話を聞いた時、すぐに研究所と結びつかなかったが……五葉紋のバッジの話で繋がった」

「なら……どうしてそれをすぐに話してくれなかった？」

ジェラルドは黙ったまま自身の胸に手を置き、虚空を見上げる。彼はまるで神に許しを乞う信徒のような様相で告白した。

「私は……その時、自分は助かったのだと……安心したのだ。あなたやリックが死の淵に立ち、ましてやたくさんのご友人が苦しみ命を落としたというのに……」

ジェラルドは苦しげな表情を浮かべているが、レオンはなぜ彼が当時の感情を自罰的に解釈しているのか分からなかった。幼い頃にそう感じたのは理解できることであり、現在の視点から責めるのはおかしい。

「きみが気にしていたのはその点だけか？」

「ああ……」

表情を注意深く観察しながら改めて確認するも、本当にそれだけのようだ。潔癖すぎるのではないかと思うが、ここ二か月見てきた彼なら納得してしまうのもある。見た目と違って繊細で、思い悩みやすいのだろう。

「ジェラルド、きみの感情は当たり前のことで気にする必要はない。きみは被害者で、その時も今も私と同じ場所にいる」

「レオン……」

レオンはソファーに片膝を乗せて隣に身体を向け、ジェラルドをしっかりと抱きしめた。しばらくそうしていると、彼は震えるように息を吐いて、緊張から解放されたように身体を緩めた。

ジェラルドの頼りなさげな顔を見つめていたら、レオンはどうしようもない気分になって、いつの間にか彼の唇に唇を重ねていた。

〝守りたい〟〝救いたい〟……それをすべて含めて〝愛したい〟だろうか。名前の付けられない衝動に突き動かされて、何回も角度を変えて吸いついたあと解放すれば、彼はクシャリと表情を歪めて、そのままレオンをソファーに押し倒した。

「ジェラルド……」

「……あなたが欲しい」

ジェラルドはレオンの返事を待たずに、噛みつくように口づける。児戯《じぎ》のような口づけしかしたことがないレオンにとって、それは激しく、性急なものであり、ただ受け入れることしかできなかった。

（ああ……胸が……痛いくらいだ）

お互いが本能のままに絡め合う舌は決して器用ではなかったが、情動を強く揺さぶるものだった。レオンはジェラルドの舌による愛撫に、息が上がり苦しくなっていく。唾液が零れれば、それを一滴の雫であっても失うまいと、ジェラルドは追いかけて啜《すす》った。

ソファーの座面に押し付けられ、ジェラルドの両腕に囲まれるという甘やかな拘束を受けながら、レオンの官能はキスだけで追い詰められていく。下半身が兆《きざ》し、切ないほど疼く感覚に身を捩ると、ジェラルドが様子を確認するように唇を離した。

「ジェラルド……ここは、狭いだろう」

「……それもそうだ」

訴えると、ジェラルドは同意し、ソファーからレオンを抱き上げた。キスによって力が抜けたレオンは、横抱きのままベッドへ運ばれる。

「ジェラルド……！」

「すまない。待てない」

ジェラルドはレオンをベッドにそっと横たわらせた後、手早く自らの衣服を脱ぎ捨て、全裸になった。レオンは横目でその様子を窺《うかが》いながら、自身のジャケットやシャツのボタンをのろのろと

外していく。しかし、ジェラルドが戻ってくると、彼は即座に荒々しく、言ってしまえば乱暴な手つきでレオンの衣服を脱がせてしまった。そして、馬乗りになった彼は逆光が生む影の中で、獲物を狙う獣のように目を光らせている。

「ここひと月あなたに飢えていた……触れる資格がないのではないかと思うと、つらくて……」

「そうか」

苦しげでありながらも静かな声で話すジェラルドは、内に秘めた思いを抑え込んでいるように見えた。レオンはその思いを解放したくなり、彼の両頬を包むように手を当てる。

「全部あげるから……好きなだけ求めてくれて構わないから、優しくしてくれないか？　きみ、顔が怖くなっているよ」

レオンが穏やかに宥《なだ》めると、ジェラルドは自身の様子に気づいたようで、ばつが悪そうに目を逸らす。

「……優しくする」

声は不穏な響きを持っていたが、とにかくジェラルドは約束をしてくれた。

ここ一か月、残り香でしか感じられなかったジェラルドのフェロモンが、今は感情の高まりと連動して強く放たれており、レオンは眩暈《めまい》がしそうだった。彼はアルファ因子の強い五家のアルファだけあって、フェロモンの魅力も強く、王子様として気を張っていても容易く理性を剥がされてしまう。

「んっ……」

レオンは思わず鼻にかかった声を漏らした。触れ合う肌の感触にひどく胸が高鳴る。ジェラルドはレオンの性器に腰を擦りつけ、硬度を試すように圧迫を繰り返しながら、こめかみにキスを落として低い声で囁《ささや》いた。

「あなたのフェロモンが強く香る。万一を考えてネックガードを外していいか？」

「……っ、ああ」

レオンは言われるままに、ネックガードの魔石に触れて解除術式を発動した。続いてジェラルドも同じようにし、鍵の外れる音と共にネックガードが寝台に落ちる。

レオンが他のアルファに鎖骨を見せるだけで殺気を放つジェラルドは、裏返して考えると、この部分に性的な興奮を覚える性質なのかもしれない。露出した首に彼の視線が刺さった。

「噛みついてしまいたい……」

「……っ」

レオンの身体はビクリと跳ねた。ジェラルドは繊細で優しい性格だが、五家のアルファとして恵まれた肉体と強いアルファ性も併せ持っている。彼であれば何をされてもいい、という覚悟はあるものの、本能が怯えを感じるのは仕方ない。レオンは強張《こわば》る腕を伸ばし、ジェラルドの頬を撫でながら彼を宥《なだ》める。

「発情……したら、だ」

「……そうだな。どうすればレオンは発情するだろう……私はあなたの側にいるだけで、いつもおかしくなりそうなのに……」

ジェラルドの熱に浮かされたような声が、ゾワリとレオンの耳朶《じだ》を這《は》った。発情中にうなじを噛まれることで成立する番関係《つがい》だが、発情中であれば快感を得られる咬創《こうそう》も、素面《しらふ》であれば噛み跡はただの外傷であり、痛みもあるという。

ジェラルドは欲求を堪えるように、レオンの首筋に歯を当てて、引っ掻くように滑らせている。それだけで滾《たぎ》るものがあるのか、レオンの腹に触れている彼の熱い充溢は、その先から滲《にじ》む粘液質な欲望をレオンの肌に塗りつけていた。

（あれ、が、私の中に……）

レオンは腹を擦り上げるジェラルドの剛直に見入ってしまう。レオンのものとは違って赤黒い、盛り上がった血管に力強さを感じる長大な性器だ。すでに先走りが溢れる様は凶暴な獣がよだれを滴らせるようでもあり、まさにアルファの本能を具現化したようだった。

レオンとジェラルドの性的な接触は、発情促進剤をかぶってしまった時に、性器を擦ってもらって射精した、という一度きりだ。彼が性的に乱れたところは一度も見たことがなく、だからこそ、自分に対して性的欲求が湧かないのでは……と不安にもなった。

しかし、今のジェラルドは呼吸も荒く、レオンの身体に触れる指も執拗で、まるで彼ではないかのようだ。おそらく行くところまで行くつもりで、よほどのことがない限り止まってくれない。

（すごく痛いだろうな……でも）

ジェラルドと形だけでも繋がったら、身体が勘違いして発情してくれないだろうか。

理性を溶かすようなフェロモンを浴びても、発情促進剤を浴びてしまった時のような熱は湧かない。

発情はしないのかもしれない。それでも、レオンが記憶を飛ばすことなく、傷ついた彼を包みこめるのなら、この肉体の不出来さを、自分の中で受け入れる余地ができるのではないか。

恐怖を愛情でねじ伏せ、レオンは首元で息を荒らげるジェラルドの頭を抱いた。

「私のことも、おかしく……させてくれ」

その言葉はジェラルドを煽るものだったようだ。抱きしめた彼の呼吸は一瞬止まり、そして枷《かせ》から解き放たれたようにレオンの首にむしゃぶりついた。

「は……あ……」

ジェラルドはレオンの首元に繰り返しキスを落とし、禁断の果実を堪能するかのように、舌でレオンの喉仏を辿り、舐め尽くす。普段ネックガードで隠している秘部は刺激に弱くなっているのか、敏感に愛撫を感じ取り、身体の震えを抑えられなかった。

ジェラルドは、呻《うめ》くように喉を鳴らし、吸い出すつもりなのではないかと感じられるほど、強く唇を押し付けてキスをした。

（あ……なんで……）

圧迫するようなキスは息が詰まり、苦しさしかないはずなのに、レオンの腰は疼きを募らせている。それを許すというのは、支配を受け入れるという本能が刺激されるのだろうか。

甘やかな熱が渦巻く中、じれったく腰を揺らすレオンに、ジェラルドは小さく笑った。

「おねだりか。かわいいな……」

ジェラルドは身体を起こし、サイドテーブルに置かれていた香油の瓶を手に取った。後孔は濡れているが、発情期《ヒート》ではない上に初めての交接でもあるため、潤滑油は必須だ。秘部に垂らされ、塗り広げられる感覚は、マッサージのようで心地いい。騎士らしい太く硬い指が、レオンの繊細な秘部を探るように動いている。

「レオンのここは慎ましやかだ」

「あっ……」

ジェラルドは指を浅く後孔に挿入し、どれだけ狭い場所であるか教え込むように揺らしてみせた。レオンの入り口は彼の指をしっかり食い締めて、動かされるままに伸ばされる。排泄とは違う、何度も繰り返される肉襞の摩擦に、思わず情けない声がレオンの口から漏れた。

「う……んっ……う」

「本当に可愛い……」

ジェラルドはうっとりとレオンを見つめ、後孔に入った指を差し込んだまま、今度は乳首に吸いつく。レオンは思わず声を上げた。

「ひっ……」

ツンとした痛みと同時に、熱っぽい疼きが湧き上がる。ジェラルドの口内で、レオンの乳首が荒々しく舐め転がされ、訪れる強烈な快感にレオンは何度も首を横に振った。

乳首はオメガの性感帯で、レオンのそこもきちんと成熟している。乳輪は、存在感の薄い桃色をしているが、乳首は赤みがあり、服で擦れた時は硬く勃ち上がる。

オメガ性の特徴とはいえ、そうなった時の胸先は卑猥としか言いようがない。おそらく、ジェラルドが含んだ尖りは硬くしこっていて、彼にレオンのいやらしさを伝えているのだ。

最後に一度ちゅっと強く吸われ、解放されると、乳首は赤く色づき、ぽってりと膨らんでいた。

「……っ！」

レオンは恥ずかしさに縮こまりながら、目を固く閉じた。

もちろん、ジェラルドは後孔に挿入した指を動かし続けている。彼はレオンの敏感なしこりを探り当て、何度も圧迫を繰り返しては、蜜を搾り出しているのだ。レオンの折り曲げられた身体は快感に反応し、そのたびに官能的な声が漏れた。

「あっ……ッ、あ、ああっ」

「レオン、目を開けて」

ジェラルドに言われるまま目を開けると、涙でぼやけた視界の先では、レオンのオメガらしいシンボルが悲惨なほど淫靡な姿を晒していた。性器の先端のスリットから溢れ出したトロリとした蜜が、張り詰めた肉茎を伝って下生えを濡らしている。後孔の状態は見えないが、おそらく同じように潤っているに違いない。

「あなたを貰いたい」

そう言って身体を起こしたジェラルドは、レオンの肉茎に伝う蜜を指ですくい上げ、べろりと舌で舐め上げた。野性的な仕草に感じるのは、やはり彼の眼差しのせいだろうか。ギラギラとした鋭い視線は肉食獣そのものであり、レオンを戦慄させる。

「いいか？」

ジェラルドは尋ねたものの、返事を待たずに行動に移った。レオンの孔を慣らすために差し込んでいた指を抜き、緩んだ入り口に熱い塊を押し当てている。わずかに持ち上げられた腰は逃げ場がない。くたくたになった後孔は抵抗する力もなく、ジェラルドの欲望が押し広げるままに開かれていく。

「ひっ……！」

レオンは焼かれるような苦痛に顔を歪めた。発情していれば挿入は快感でしかないが、今は平常時であり、痛みが伴う。それはジェラルドの焦りや慣らし不足が原因ではない。

アルファの性器の質量は、指で簡単に慣らせるものではなく、通常は発情を待って初交接に挑むのだ。ましてや彼は五家のアルファである。その興奮した部分はレオンを戦慄させるほどの大きさだった。

「う、あ、っ――ああっ!!」

ミシミシと軋《きし》む音が聞こえそうなほど、レオンの内部は熱杭で隙間なく埋められていく。

ジェラルドの征服は止まることなく奥へ、奥へと進み、レオンはこれまで経験したことのない圧迫感に支配され、呻《うめ》いた。

（こんなに、痛い、なんて……）

ジェラルドが求めてくれるのは嬉しかったし、つらくなると分かっていても繋がりたかったのに、覚悟が揺らいでしまいそうだ。

強張《こわば》った身体は、息を吐いて痛みを逃がそうとするものの、上手くいかない。ささやかな苦闘を知らないだろうジェラルドは、最後にレオンの腰を両手で掴んで固定し、根元まで強く押し付けた。

「……っ!!」

一際太い根元の部分が、レオンの肉の輪をグッと押し広げた。彼の下生えが陰部に当たっているということは、すべて収まったのだろう。最初に目にした凶暴な雄茎が入りきったことに驚いてしまうが、かなり深い場所まで圧されているので間違いない。

「すまない。痛かったな?」

「いいんだ。それでも、きみが……欲しかった」

「レオン……」

ジェラルドは切なげに名前を呼んだ後、身体を倒してレオンに口づけた。繋がったままのキスは、身体を折りたたまれるので少し苦しい。しかし、それさえも一つになれたからだと、レオンは多幸感で満たされた。

愛しいという言葉に変わりそうな口づけは、レオンの中にある痛みを徐々に快感に塗り替えていく。重い圧迫感は甘い渇望へ姿を変え、レオンの腰は自然と揺れ動いた。

「く……」

唇を離したジェラルドは短く呻《うめ》き声を上げた。レオンは動かしてはいけなかったかと、揺すっていた腰を止める。

「あなたは……」

「すまない、いけなかったか？」

「ああ、いけないな……」

ジェラルドは目を細め、喉奥で押し殺すように笑った。

「そう、無邪気に振る舞われては。私がどれだけ堪えているのか教えたくなる」

「ジェラルド……？」

レオンが朦朧《もうろう》とする頭で言葉の意味を考えようとすると、それを遮るようにジェラルドが腰を引いた。内壁が引きずられる感覚にレオンは思わず「うう」と情けない声を漏らすと、熱杭は再び隘《あい》路《ろ》を押し開き、奥地へと進入してくる。

それは、癒着したのではないかと思うほど、ピッタリとくっついていた身体が引き裂かれるような感覚で、痛みとともに、深い快感をもたらした。

「ひ、ぅ……じぇら、るど」

「私を刻み込みたい」

「あ……」

ジェラルドはレオンの脚を持ち上げて覆い被さり、深く貫いたまま揺さぶった。その刺激はレオンの全身を深い快感で満たしていく。

「あっ……あ……あッ……」

オメガの本能だろうか。初めての経験であり、未熟な部分であっても、役割を果たすべくジェラルドの充溢を締めるように動いてしまう。彼は開花し始めたレオンの姿を陶然としたような顔で見つめながら、律動を続けた。

（きもちいい……くるしいのに……きもちいい……）

レオンは揺れる視線の先のジェラルドを見つめる。

普段は無表情の彼が、頬を赤く染め、息を荒くし、汗を滴らせながらひたすらにレオンを貪っていた。その感情の発露はレオンの胸に迫るものがあり、荒々しい行為であっても素直に嬉しいと思える。

「じぇら、るど……あ、ああ……」

身体の奥で荒ぶる彼に、レオンは徐々に追い詰められていく。しかし、溢れ出しそうな熱を上手く解放できない。ジェラルドはその様子に気づいたようで、レオンの首筋に顔を埋めて低い声で囁《ささや》いた。

「愛している」

脳を蕩《とろ》かすような、甘い言葉。そしてジェラルドはオメガ性を刺激するように、レオンの首筋に歯を当てる。

それだけでレオンの内に籠《こも》った滾《たぎ》りが跳ね上がり、全身が悦びで戦慄《わなな》いていく。

「あ、あああっ――……!!」

絶頂に達しても射精することはなかった。未知の、官能の極致だった。

レオンは極まった感覚に震え、朦朧《もうろう》とした意識のままジェラルドに揺さぶられる。彼は切なげな息を漏らした後、腰を止めて身体を震わせた。内側に感じる飛沫は長く続く。何度かに分けて放たれたようで、実際にはそんなこともないだろうに腹が膨れたのではと思うほど満たされた。

果てた彼の全身から甘く魅惑的なフェロモンが香って、レオンはそれにも眩暈《めまい》がしてしまう。彼はその香りを擦りつけるように、レオンを強く抱きしめる。

意識が白く霞《かす》む中で、夢うつつに彼の言葉を聞いた。

「愛している、レオン。あの頃からずっと、あなたが……あなただけが欲しかった……」

Ⅳ

昔話をしよう。

フランメル王国の王都には貴族が住むタウンハウスが密集しているため、貴族の子弟が通う学校が存在する。

幼年学校は五歳から第二性検査の結果が出るまで受け入れていて、通学は必須ではない。また、入学時期も家庭の教育方針によって異なる。この学校では、同世代の貴族の子弟同士が交流を深めることが主な目的なのだ。

レオンは七歳から幼年学校に通っていたが、途中で誘拐事件に巻き込まれ、一年間の休学を余儀なくされた。十歳になった時に復学できたが、その心に大きく影が落ちていたのは事件を考えれば当然のことだろう。

十歳のレオンは本来の快活さを失っていたのだ。

（騒がしいな……）

幼年学校の教室でレオンが帰り支度をしていると、クラスメイト三人が、度胸試しとして入った裏庭でゴーストを見た、と騒いでいた。

〝裏庭の花園はゴーストが出る〟というのは幼年学校の七不思議の一つだ。レオンはゴーストが出ることはあり得ないと半信半疑だったが、話を聞いた生徒たちは皆、恐怖に震えあがってしまった。語った本人たちも口に出したせいで改めて思い出したのか、青ざめて怯えているのだからどうしようもない。

それだけなら子供の冒険譚としてはよくあることで、恐ろしさを共感して終了だ。

しかし裏庭に行った生徒の一人、泣き虫コーディーが、逃げる際に大事なブローチを落としてしまったと泣いてレオンに縋《すが》ってきた。彼曰《いわ》くそのブローチは亡くなった母親の形見で、度胸試しの恐怖から、お守りとして握りしめていたのだという。

（ブローチなら服にピン留めしておけばいいのに……）

レオンはあきれつつも、拾いに行くなら一緒に行こうと提案したが、コーディーは青ざめて首を横に振り、ついには泣き出してしまった。仕方がないと、レオンはため息をつく。このような経緯で、一度一人で裏庭に向かうことにしたのだ。

翌日の放課後。レオンは校舎の裏庭に通じる路地に立ち、余裕の笑みを浮かべて前を見据えた。ゴーストに立ち向かうため、聖水とロザリオを持ってきている。

（死霊モンスター大全は諳《そら》んじられるほど読んでいるからな）

レオンはふふんと鼻を鳴らす。モンスター図鑑は少年の基礎教養だ。

ゴーストが生まれるのは墓地やダンジョンであり、学校の裏庭はそういった危険な場所ではない。

クラスメイトたちの見間違いだと思いつつも、レオンは準備を万全に整えてきた。

そうして踏み込んだ裏庭には、白い花々が広がっているだけで何もない。少し拍子抜けしながらも、証言にあったベンチの周囲でブローチを探せば、花の根元に転がっているのを、あまり時間をかけずに見つけられた。

「よし、帰るか！」

レオンは達成感から、思わず大きな声を上げてしまった。その声が静かな裏庭に響き渡り、自分で出したにもかかわらず、レオンの胸は跳ねあがる。そして同時に、草むらがガサリと音を立てた。

「……っ！」

噂のゴーストだろうか、それとも犬や猫だろうか。いや、風が吹いて鳴った音を大きく拾っただけなのではないか。そんな予想が渦巻いて、レオンは足が縫いつけられたかのように動けなくなってしまう。息を呑んで音のした方向を凝視していると、草むらからゴーストが立ち上がった。

長い黒髪に血みどろの白いワンピースを着た、包帯グルグル巻きのゴーストが、荒い呼吸をさせながら左右にぶれる不安定な歩みでレオンのほうに一歩、また一歩ゆっくりと近づいてくる。

小さな少女のゴーストの顔は土気色で、まさに死者だった。

「うわぁぁぁぁぁぁぁ!!」

レオンは絶叫して、上手く動けずに尻もちをついてしまった。涙で視界がぼやける中、鈍い動きのゴーストがぐしゃりと歪《いびつ》な姿勢で地面に倒れ伏す。レオンは恐怖でボロボロと涙を流しながら、覚束ない手つきでカバンからロザリオと聖水を取り出し、いつでも攻撃できるように構えた。

（あれ……）

ゴーストはそのまま立ち上がることはなかった。

よく見れば透けていないし、血まみれだし、アンデッドだったのだろうか。まだ何もしていないけれど神の御許《みもと》に召されたのならば、安らかに逝けるように弔ってあげないといけない。聖水もあるし、祈りの言葉を捧げれば少女も迷うことがないだろう。

レオンが這《は》うように少女の遺骸に近づくと、ヒューヒューとか細い呼吸が聞こえた。

驚いて目を凝らすと顔色は悪くとも、生者の肌のように見えるし、血の匂いはするけれど腐敗臭はしない。確認するためにロザリオを握った手でそっと触れると、体温は熱いくらいだった。

（この子、生きてる……！）

レオンは瞬時に動けるようになった。相手はゴーストでもアンデッドでもなく死にかけの人間だ。様子を見る限り、かなり危険な状態だと判断できる。

（……よし）

レオンの決断は早かった。

誘拐事件後、隔離生活から実家に戻った段階で、レオンは三番目の兄から魔術の手ほどきを受けていた。それは『二度と誰かを巻き込んで死なせるのは嫌だ』と兄に頼み込んで、叶ったものだ。

幼少期に魔術を習得することは魔臓が小さいため、臓器を傷つけるリスクが高いと説明されていたが、それで死ぬということはない。

目の前の少女のか細い呼吸は、かつて隔離された教会で何度も聞いた、死を迎える直前の音だった。友人を何度も見送り、無力感に涙した時、欲しいと強く願った救うための力が、今はある。

（あの時みたいに、謎の薬じゃない……。怪我なら『治癒《ヒール》』で治せる）

レオンは手のひらを少女の怪我をした肩に向けてから、お腹に力を込める。頭の中で描くのは治癒の術式だ。外傷であればどれほどの損傷か、修復範囲は、など式の中に書き込んでいく。式を構成する文字が円を描くように回り出し、レオンの魔力を吸い出して発動する。

『――治癒《ヒール》――』

手のひらが輝いて少女の肉体の破損が修復していく。これは人体の修復力を極限まで活性化させるもので、怪我が大きいほど術を発動する時間は長くなる。そうなると、魔力量勝負になるのだ。

レオンは今十歳であり、魔臓は発達していない。肉が閉じ、出血が収まった所で止めるべきだったのに、レオンは術をかけ続けた。折れそうなほど弱々しい少女の大怪我を、なるべく予後がいいようにしてやりたかったのだ。

「はぁ、はぁ……」

レオンは呼吸が覚束なくなり、限界を感じた。汗が滴り落ちるし、魔臓は位置が明瞭に感じられるほど熱を帯びている。もう止めなければ、いや、あと少し。そんな思いを繰り返しているうちに、レオンの意識は途切れてしまった。


目が覚めると、漆黒の瞳がこちらを見つめていた。ボサボサに伸びた黒髪が、風に揺らめいている。レオンは少女に膝枕をされていて、彼女を見上げる形だった。

（綺麗だ……）

少女は痩せぎすで汚れていたけれど、とても綺麗な顔立ちをしていた。先ほどのゴーストと同一人物なのは分かるが、生気が戻ったことでまるで別人のように見える。

「怪我、大丈夫だった？」

心配で尋ねると、彼女は頷きながらワンピースの首元を引っ張り、肩口を見せてくれた。そこには獣に引き裂かれたようなひどい傷が残っている。やはり、レオンの魔力では限界まで治癒しても完全には消せなかったのだ。

「本当は綺麗にしてあげたかったんだけど……」

治癒薬《ポーション》はすぐに使えば綺麗に修復するが、時間が経つと痕は残る。しかし、治癒に精通した魔術師による治療を受けることで、少しは目立たなくなるかもしれない。

「治癒魔術が使える人を連れてこようか？　女の子なんだし、綺麗にしたいよね……」

レオンがそう言うと、少女は不機嫌そうに目を細めた。

「だれにも、あいたくない」

「どうして？」

「こわい」

少女の口調はたどたどしかった。よく見ると口元は不自然に強張《こわば》っていて、上手く動かないようだ。そういえば表情もあまり動かないし、肩口の怪我以外にもダメージがあるのかもしれない。やはり医者に見せたほうがいい、とレオンが提案しても少女は首を横に振って、拒絶するだけだった。

(仕方ない。これ以上『治癒《ヒール》』は使えないし、麻痺も治すなら、邸《やしき》に戻って治癒薬《ポーション》を持ってきたほうがいいか。しかし持ち出すのにも理由が必要だ。なんて説明すれば……)

そこまで考えた時に、少女のお腹が盛大な音を立てた。膝枕のせいで彼女のお腹に耳がくっついていてことさら大きく聞こえて、レオンは思わず笑ってしまう。それは、揶揄《やゆ》する感情からではない。彼女の身体が元気になろうとしていることが実感できたからだ。

しかし、少女は恥ずかしかったのか、頬を赤く染めて口を引き結んでいる。

「ごめんね、笑ったりして。安心したんだ。今はお菓子ぐらいしか持ってないけど、食べるかい?」

頷く少女をエスコートしようと、レオンは立ち上がった。しかし、まだ身体が完全に回復していなかったのか、足元が覚束ない。少女は骨ばった手でレオンの手を掴み、そして腰を支えてくれた。思いのほか、彼女の手は力強い。

「ありがとう。ええと、そうだ。きみの名前は?」

そう問いかけると、少女はじっとレオンを見つめ、しばらく考え込んだ後、口を開いた。

「じぇり……ゲホッ、ゲホッ」

「大丈夫かい? シェリー……いい名前だね。私はレオン」

「れお」

シェリーはやはり上手に発音できないようだった。「れお」と、シェリーが再びレオンの名前をたどたどしく口にする。その様子は、まるで拾った猫が懐いてくれたように感じて、素直に嬉しい。

レオンも心の中で、シェリー、シェリーと彼女の名前を噛みしめるように呼んだ。

それからレオンは放課後になるとすぐに裏庭の花園に向かい、シェリーを探した。その時間帯になると、まるで猫のようにいつの間にか現れ、フッと消えるシェリー。

彼女はレオンにとって、長い間忘れていた少年らしい冒険心を満たす存在であり、か弱き者を守りたいという、レオンの正義感を育んでくれる存在でもあった。

レオンに〝王子様〟としての役割が当てはめられたのは、シェリーが絵本の世界に夢を見たからだ。子供らしいごっこ遊びで、レオンは王子様となり、シェリーはお姫様となった。

白い花で花冠を編んでティアラにし、ダンスを教えて踊る。夢を見ることはシェリーの心の栄養となり、日々彼女の瞳は美しく輝くようになっていった。

「おどってください、わたしのおうじさま」

「踊りましょう、私のお姫様」

可愛らしい誘いに応じて、白い花園で何度踊っただろう。

婚約者を決めるダンスパーティーでは、王子様、お姫様として、絵本のように誘い、踊ろうと誓い合う。

幼い、夢見るような約束だ。

レオンはシェリーに恋をしていた。それは初恋だった。

（シェリーが好きだ）

そうして二人で共に過ごす時間を積み重ね、幼い初恋が確固たる想いとなった頃、唐突に終わりが訪れた。


夕日の射しこむ自室で、レオンは一人、使者から届けられたという〝第二性検査の結果通達〟の封書の中身を確認する。

「――オメガ」

手が震えてしまう。

そこには【第二性判定――オメガ】と太字で明確に記されていた。

（アルファ判定が出ると、ばかり）

確定していなかったにもかかわらず、愚かにも確信していた性自認が一瞬で覆《くつがえ》されてしまった。

レオンは震える手で折りたたんだ通知書を封筒に戻す。そうすることで結果が変わる訳ではないが、これ以上記された文字を見たくなかった。

「そうか……私はアルファのものにならなければいけないんだな……」

この国で定められているオメガの義務。

エデンで健全に成長し、卒業後のダンスパーティーでアルファに選ばれ、結ばれなければならない。誘引フェロモンを抑えるためとはいえ、身体が完成すればすぐに子供を産まなければならないというのは過酷な要求だが、オメガに対する〝過剰な投薬の回避〟と〝健康に生きる権利への配慮〟と主張されたら、抗議の余地はなくなるだろう。

実際、フェロモン抑制剤は強力な薬であり、長期的な投与は体に害を及ぼすことは誰もが理解している。

（シェリーと結ばれることはないんだ）

シェリーとの思い出が次々と蘇っては消えていき、抑えられない悲しみから、その日はベッドで一晩中泣き続けた。

朝になり、やってきたエデンの迎えは、泣き腫らしたレオンを見て特に気にする様子を見せない。おそらく、そのような状態で迎えられる子供は多いのだろう。

家族の見守る中、レオンは最低限の準備を整え、静かに魔導車に乗り込んだ。すぐに扉が閉まり、動き出す車窓の景色は、これまでの世界を振り切るように加速していく。

それが、レオンの初恋の終わりだった。

◇◇◇

レオンとジェラルドが初めて結ばれてから一か月が経った。

季節は雨期を抜けて初夏が到来し、寝室は魔導具で室温調整はされているとはいえ、暑さで寝苦しい日々が続いている。裸で眠ることが多くなり、それがちょうどいい温度だ。

朝、レオンが寝室のベッドで目を覚ますと、珍しくジェラルドはまだ眠っていて、小さな寝息を立てていた。レオンは横たわったまま身体を彼のほうに向ける。朝日が作り出す柔らかな陰影に照らされた彼の裸体は清らかで、夜に見せる獣のような様子はなかった。

(本当に、人が変わったように激しい……)

レオンは思わず顔を赤らめる。

手を出されなかった時期が嘘のように、ジェラルドは毎晩求めてくるようになった。朝は腰がつらいものの、持ち前の体力で夜には回復しているので、彼を甘やかしたいという欲求が勝り、レオンはつい応じてしまう。

快感を味わうことに少しずつ慣れてきたというのもある。感じ、喜びを素直に表現すれば彼が喜ぶというのも分かってきた。そんな愛し合う時間はただ甘く、少しくすぐったい。

しかし、悩みがない訳ではないのだ。

(発情期《ヒート》……)

そう、レオンは未だに発情期《ヒート》が来ない。

リックが推測していた薬剤によるオメガ化は、ジェラルドの話によって確証が得られた。フェロモンの分泌量が低いのは、性が不自然に歪められたためだ。発情しないのでレオンは番《つがい》契約も成立しない。

ジェラルドは悩むレオンの助けになるかと、ダンスパーティーの際に世話になったオメガの医師に相談してくれた。医師は「性的な刺激で誘発されることもある」と述べ、偶然にも毎晩の行為が推奨されたらしい。

治療という名目で、ジェラルドはレオンを激しく抱くようになった。オメガであることを教え込むように、毎晩身体を割り開き、レオンの一番奥を刺激してから、濃厚な精液を放つのだ。そして、匂いつけのようにそれをじっくりと内部に塗りこめていく。オメガは中で出されてもお腹を下さないため、ジェラルドは精液を洗い流すことを許さない。朝、爽やかな気持ちで起床した時、奥から情交の証しが流れ出てくるのは、非常に恥ずかしい。

寝顔を眺めていると、端麗な顔に影を落としている長いまつ毛が、起床を知らせるように震えた。

「れお……」

ジェラルドは焦点の定まらない目でレオンを見てから呟いた。ぼんやりしているから半分寝言なのかもしれない。

「おはよう、ジェラルド」

「れお……レオン」

ジェラルドは寝ぼけていて舌が回らないのか、一度目はたどたどしく、二度目ではっきりとレオンの名を呼んだ。彼は横たわったままレオンを抱きしめ、首筋に顔を埋めて匂いを吸い込む。

「んっ……ジェラルド」

「あなたの、香りだ……あの花の……」

「あっ、こら……」

レオンはジェラルドの硬くなった下半身を感じ、逃げるように腰を引く。

「だめ、だ……」

「レオンも硬くなっている。昨夜は、ここで達していないだろう？」

ジェラルドは寝起きだというのに蠱惑《こわく》的に囁《ささや》き、その声がレオンの耳を撫でると、ここ一か月で教え込まれた官能が煽られてしまう。レオンは声を押し殺した。

「……っ」

ジェラルドは、益々熱を帯びて上向いたレオンの肉茎が答えであると言いたいのだろうか。レオンの拒絶の言葉は受け取らず、低く笑い声を漏らした。

ジェラルドの大きな手が二人の性器を握り込み、擦り合わせる。その動きはゆっくりと優しく、しかし確実にレオンの気持ちいい部分を刺激した。次第に粘着質な水音が響いてきて、互いが濡れているのだと理解させられる。

朝に兆《きざ》すと必ず行われているこの触れ合いは、レオンにとって刺激的だ。夜の行為と違い、眠って気持ちをリセットすることも叶わず、午前中は彼の煽情的な姿が頭から離れない。

そんな、自分のいやらしさを自覚させられるのは抵抗があるのに、受け入れてしまうのは彼のことが好きで、もっと触れ合いたいからだ。

（きもちいい……）

明るい時間帯の秘めやかな触れ合いに、レオンは歓喜に身を委ね、震えた。

「いやぁ、お熱いですね」

侍従のノアは乱れたベッドシーツを見て、口笛でも吹きそうな軽い口調で主人を揶揄《やゆ》した。今日の衣装の組み合わせを悩む彼の傍らで、レオンは昨夜外したままになっていたネックガードを装着している。手渡されたシャツを広げて、横目でノアを睨《にら》みつけた。

「からかうのはよしてくれ、ノア」

「羨ましいですよ。うちのは発情期《ヒート》にしか手を出してきませんし」

「そうなのか」

レオンは驚きの表情を浮かべた。ノアほど魅力的なオメガを発情期《ヒート》にしか欲しがらないなんて、相当欲求が少ないアルファなのかもしれない。

「組み手で勝てたら抱かれてやると言っているのですが……私が発情期《ヒート》の時は特例としています」

レオンは心の中で、それは〝出さない〟のではなく〝出せない〟の間違いだ、と修正を加えた。発情期《ヒート》の頻度は個人によって異なるが、三か月に一度訪れるというのが平均とされている。手を出せずにいる彼の番《アルファ》は、さぞかしフラストレーションが溜まっていることだろう。

「なんでしょう？」

「いや、相手のアルファに同情した」

「昔からズケズケ言いますよね、レオン様は……」

深く息を吐くレオンを、ノアはもの言いたげに睨《にら》んだ。

レオンはノアが用意したスーツを身にまとい、鏡に映った姿を確認する。傍らでノアはタイを両手に一本ずつ持ち、こちらに向けた。

「タイはどちらがいいですか？」

「ううん。そうだな……」

どちらもリボンタイではあるが、色合いが微妙に異なる。ノアはレオンに近づき、タイをこちらの首元に当てながら耳元に唇を寄せた。

「例の件、情報はありませんでした」

囁《ささや》きにレオンは一つ頷く。レオンはノアに個人的な頼み事をしていた。

――幼年学校の裏庭に出入りしていた少女〝シェリー〟を調べてほしい。

レオンがエデンに入学して以来、シェリーの安否がずっと心配だった。筆頭五家のアルファと番《つが》うオメガが、あちこちで情報を集めるのはシェリーに迷惑がかかる可能性があると考え、ノアに調査を依頼していたのだ。

「そうか」

「調査範囲を広げますか？」

「……いや、いい。元々知ってどうなる話でもないんだ」

レオンはシェリーのことをほとんど知らない。身体が細く、小柄だったので、年下だろうと思っている。甘い香りと美しい容姿から、オメガ女性なのではないかと予想していたが、エデンでは見かけることがなかった。ベータかもしれないと、外部の情報を探るべく新聞を読んでいたけれど、特に引っかかる記事も見たことがない。間諜《かんちょう》として優秀なノアも見つけ出せないというのだからお手上げだ。

(本当に……ゴーストのように消えてしまった……)

会えなくても、どこかで元気に生きていてほしいと、レオンはそれだけを願っている。


朝の身支度を終え、仕事に向かうジェラルドを見送った後、レオンは長らく会っていない友人たちとの集いに向かうため、ジェラルド邸を後にした。

それから間もなく、ノアの運転する車はオメガの集まる隠れ家サロン、〝ティールーム〟へと到着する。この場所は王都商業地区のメインストリートから奥に一本入った所に位置しており、看板も掲げられていない。赤レンガの壁に赤茶色の扉という保護色のような色合いは、この場所を目立たなくするためなのだろう。

「隠れ家サロンというだけあるな」

「レオン様、帰宅時は必ず連絡を。私がお迎えに上がるまで、店内にいてください」

「分かったよ」

「絶対ですからね」

ノアが何度も口にする指示に、レオンは頷きながら了解する。本来ならば、ノアがずっと側にいて護衛するべきだが、彼ら間諜《かんちょう》が総出で対応が必要な事態が発生したという。それはオメガたちの安全にも関わる重要な案件らしいので、レオンは素直に従うことにした。

レオンは店のベルを鳴らし、扉を開ける。外は眩しいほどの陽光に照らされていたが、店内は薄暗く、ムードランプの優しい光が心地よい雰囲気を作り出していた。

(王城の特設ティールームを思い出すな)

レオンは、笑顔で迎えてくれたこの店のマダムに挨拶をし、先に到着していたリックのいる席へ案内してもらった。

「リック、早いね」

「レオン様こそ」

ソファー席の対面に座ると、リックはティーポットからお茶を注いでくれる。頃合いで茶葉は引き上げていたようで、色が濃いということはないが湯気が立っていないので、ぬるいのだろう。レオンはカップを受け取り、口をつけた。

「話したい情報もあるし、それに……」

レオンは視線を横に滑らせる。すると、各テーブルを回っているコーディーの姿が目に入った。

「祝いの席だしね」

今日はコーディーのお祝いをするという名目で、元同級生たちが集まっている。彼はダンスパーティーの晩の交接で見事妊娠したらしい。彼の妊娠を祝福し、幸せにあやかろうと、元クラスメイトたちが場を設けてくれたのだ。

「リックは……」

レオンは思わず問いかけたが、口を噤《つぐ》んだ。

リックもまた、コーディーと同じ日にモーリスと番《つがい》になっている。お互いの利益のために結ばれた番《つがい》契約であっても、成立させるためには交接が必要だ。男性オメガは発情中にしか妊娠しないが、その代わり妊娠率は非常に高い。

「僕は全然です。そもそもあの時はお互いの魔力保有バランスも悪かったですし。……ああ、残念なんて思ってませんよ？　まだそういう気持ちにもなれないですから」

「モーリス卿は望んでくれるんじゃないか？」

「どうでしょう。先日は『子供なんてできなくていい』って言ってましたけど」

リックは話すごとに眉間の皺《しわ》が深くなっていく。明らかにモーリスとのすれ違いは続いており、しかも拗《こじ》れ始めているようだ。

（子供云々《うんぬん》も、モーリス卿がもっとリックに甘えたいとか、そういう理由だろう）

レオンは言葉の足りない魔術師の顔を思い浮かべ、思わず苦笑いした。

リックは気づいているのだろうか。モーリスの言葉に不機嫌になるということは、彼の中にも確かに好意が芽生えているということだ。本人が自覚できないほど、ささやかなのかもしれないが。

（まぁ、それは二人の問題だ）

レオンは自身の問題に目を向ける。

おそらくレオンはオメガ化の薬を投与されていなければ、アルファだったのだ。真逆の性に変えられたから、現状オメガとしてきちんと機能していない。周りを見渡すと、ネックガードをつけているのはレオンを含めて三人だけ。元クラスメイトのほとんどは発情期《ヒート》を迎えて、番《つがい》契約を済ませている。

（ストレスになるから焦りは禁物だ……ジェラルドだって真摯に向かい合ってくれている）

ジェラルドは番《つがい》になれなくても、レオンと共にいたいと言ってくれる。

それなのにレオンがジェラルドを失う危険性を常に感じているのは、先日、ジェラルドが彼の義母リリアンによって拉致されたためだ。リリアンはアルファだったので、番《つがい》として奪われることはなかったが、彼を狙うオメガがいたら……もしくは狙ったものでなくても、発情事故に巻き込まれでもしたら、どうしようと。

現に、コーディーの番《つがい》成立は予想外の出来事だったので、絶対にないとは言い切れない。

レオンが悶々と考え込んでいると、視界に影が差した。目を向けると、柔らかな笑顔のコーディーがテーブルにやってきたところだった。

「いらしてくださってありがとうございます、レオン様。リックもありがとう。あの晩の話は後々聞きました」

「ふふ。大変だったけど、今は幸せそうでよかった」

レオンは微笑みながら言った。

事件の後、コーディーからお礼状と状況報告の手紙は受け取っていたが、顔を合わせるのはダンスパーティー以来だった。彼が内側から輝くように美しくなったと感じるのは、彼の番《つがい》のおかげかもしれない。それだけで二人が良好な関係を築けていることが分かる。

目の前にあるコーディーの腹部はまだ平らで特に変化はないようだ。そのまま視線を上げると、彼の胸元に見覚えのあるブローチが留められていた。

「それ……」

目を見開いて驚くレオンに、コーディーは微笑んだ。

「久々に外出するから、少し怖くて。お守りです。〝ピン留めすればいいのに〟ってレオン様に言われたの、まだ覚えてます」

幼年学校時代、レオンはコーディーが学舎の裏庭に落としてきたブローチを拾いに行って、シェリーと出会ったのだ。小さなコーディーが『ゴーストが怖い』と、わんわん泣きながら縋《すが》ってきた様子を思い出し、レオンはクスッと笑う。

「あの頃から泣き虫だったね。もう泣いていない？」

「はい」

コーディーも同じ光景を思い出したのだろうか、恥ずかしそうに頬を赤らめている。二人のやり取りを聞いていたリックは不思議そうな表情を浮かべ、コーディーに問いかけた。

「外出が怖いって、体調が落ち着いていないの？」

「いえ、まだ変調は……」

そこまで言ってコーディーはレオンと目を合わせる。その表情は明らかに怯えていた。

「オーウェン・ガードナーが行方不明になったと、番《つがい》から聞きました」

「オーウェン？」

レオンは聞き覚えのない名前に首を傾げる。すると、コーディーは驚いたように目をぱちぱちと瞬かせた。

「ダンスパーティーでレオン様がやっつけてくださった、男爵家の三男です」

「ああ、あの優男か」

レオンは頷きながら、目を細める。ジェラルドは優男のことを知っているようだったが、レオンの耳には入れたくないと、その名前を教えてくれなかった。〝オーウェン・ガードナー〟と、心の中で名前を数度繰り返し、確認する。レオンは続けてコーディーに尋ねた。

「あの男は騎士団で拘置されているんじゃなかったか？」

「牢から忽然《こつぜん》と姿を消したそうです」

「いつ頃の話だ？」

「一週間前だったと思います」

コーディーの返答に、レオンは口元に手を当てて考え込む。ジェラルドはコーディーの番《つがい》と同じ近衛《このえ》騎士隊に所属しているが、レオンはそのような話を彼から聞いていない。思わず舌打ちしそうになるものの、気の弱いコーディーの前でそれをする訳にはいかないと抑えた。

「教えてくれてありがとう、コーディー」

「あの……レオン様も気をつけてください」

「分かった」

レオンは次のテーブルに向かうコーディーを笑顔で見送った後、ソファーの背にもたれかかり深いため息をついた。

オーウェンは質《たち》の悪いアルファだった。捕らえたレオンや事件のきっかけとなったコーディーに対して恨みを抱いていることは明白だ。さらには〝狩り〟を楽しむような言動から、彼がオメガを無差別に襲う可能性さえあると考えられる。

ジェラルドがレオンにこの件を話さなかったのは、おそらく情報の秘匿義務があるためだろう。しかし、コーディーの番《つがい》はその義務を破った。彼はたとえ罰せられても、身ごもった番《つがい》を守りたかったのだ。

ジェラルドが情報を伝えなかったのは、彼がレオンを軽んじている訳ではない。〝余計な心配をさせない〟という優しさもあるはずだし、それに。

（さっきのノアは気を張っていたな……迎えを待つようにと念押しもしてきた）

騎士団と軍は、事件によっては情報を共有することもある。特にノアは軍属であることに加えてクイン家の間諜《かんちょう》。ジェラルドはこの件をノアに伝えることで、レオンを守ろうとしたのだろう。

（堅物な彼らしいが、ノアまで黙っていることはないじゃないか。私は主じゃないのか）

レオンは鼻に皺《しわ》を寄せながら、年上のやんちゃな美人間諜《かんちょう》の顔を思い浮かべた。

「レオン様、お顔がブサイクになってますよ」

「きみしか見ていないからいい」

子供っぽく言い放つレオンに対して、リックはため息をつきながら眉尻を下げる。甘えを受け入れられる心地よさに、胸のイライラがわずかに和らいでいく。

（脱獄……優男が、か）

レオンはカップを口に運び、紅茶を一気に飲み干した。そして気持ちを切り替えて前を向くと、真剣な顔をしたリックと目が合う。彼は小さく頷き、語り出した。

「物騒な話ですね。拘置所は魔術防護がしっかりしているって、モーリスから聞きましたが」

「自力で抜け出せるとは思えないな。優男……オーウェンは魔術適正が低かった。誰かが手引きをしたのか……」


コーディーを祝う会は大いに盛り上がり、参加者たちは帰り支度をして一人、また一人と家に帰っていった。最後にコーディーが「先に退出してしまい申し訳ありません」と頭を下げて去っていく。ノアの迎えが少し遅れるとのことで、その間ここで待たせてもらうことになった。

マダムはキッチンに向かったため、現在はリックとサロンに二人きり、変わらずソファー席で向かい合って座っている。今が絶好の機会だろうと、レオンは本日一番の用件を切り出した。

「遅くなったけど、ジェラルドがクイン家から持ち帰ってくれた研究所の捜査資料だ。ジェラルドの名誉のために彼が監禁されていた事件自体、秘匿されていたらしい」

「ありがとうございます」

「もう研究所も、研究自体も凍結されたようだが、気持ちに区切りをつけるために情報は必要だろう」

レオンが手にした捜査資料の写しをリックに手渡すと、彼は神妙な顔で表紙を凝視した。それからパラパラとページをめくり、内容を読み進めていく。

捜査資料には事件の詳細が書かれていたが、使用した薬物の原料は記載されていなかった。レオンに投与された薬の詳細が分かれば、身体の異常を緩和できるかもしれないと思っていたのに、残念だ。レオンが求めていたヒントは手に入らなかったが、それでも〝真実〟を知れたのはよかった。

リックはページをめくる手を止め、顔を歪める。

「……孤児院に研究所の内通者がいたんですね」

「そうみたいだな。ピクニックのような小さな予定を把握されていたんだ。納得がいく」

「内通者の名前……事件の少し前にやってきた先生です。僕の看護も積極的にしてくれて」

「被験者のデータ収集をしていたんだろう」

「いつの間にか、いなくなっていました」

幼いレオンたちは研究所の雇った賊に誘拐された。賊はレオンの父、アイディール侯爵が捕らえて断罪したが、彼らは最後まで研究所のことを口にしなかった。資料によれば、〝誘拐の主犯〟の罪を引き受ける代わりに、賊の集落で発生した疫病に対する薬が提供されたとあった。

研究所はそうして罪から逃れ、薬の投与後もレオンたちの観察を続けていたのだ。

あの地獄のような教会で、子供たちが次々と死んでいく様子を研究所はどのように見ていたのか。

内通者は良識ある人間の皮を被り、何事もなかったかのように実験結果を報告していたのか。そう考えただけで怒りが湧いてくる。

リックも同じ気持ちなのだろう。膨れ上がるような魔力の圧をリックから感じた。モーリスによる魔力生成器官の移植は成功したらしく、側にいれば強い魔力で満ちているのが肌で分かるほどだ。

「せっかく復讐できる力が手に入ったのに」

リックは普段よりも低く、淀んだ声でぼそりと呟いた。レオンが驚いてリックを見ると、彼は感情を一切閉ざした無表情で、最後のページを見つめている。そこに書かれている情報を思い出し、レオンは間髪を容《い》れずに口を開いた。

「研究所の所長は獄中死している。もういない」

「悔しいです。逃げられたみたいだ」

リックの言葉に、レオンは眉根を寄せる。家族を失った彼の気持ちは痛いほど理解できるが、その憎悪に満ちた言葉使いには少なからず不快感を覚えた。

リックはレオンにとって、お日さまのような存在だ。その明るさを曇らせたくはない。だから、少し無理矢理にでも、話題を逸らすことにした。未来志向の提案を口にする。

「せっかくの力だ。リックは魔術に興味があったじゃないか。モーリス卿から学んでみたらどうだ？」

「あの人『すぐに使えないのは不便だろう』って言って、僕の脳に一通りの術式を焼き付けたんです。今はレオン様より使えるようになってますよ」

レオンは沈黙し、口元を引き攣《つ》らせた。モーリスはリックに対して、よかれと思ってそうしたのだろうが、恋愛というものが分かっていない。一緒に学ぶ時間をとって距離を詰めれば、自然と仲良くなれたかもしれないのに。

「それは、まぁ……すごいな。さすがモーリス卿だ」

「そうですね。こちらはあの人からです」

リックが渡してきた資料を開くと、モーリスが魔力生成器官の移植時に〝見た〟というリックの記憶がまるで写真のように細密画で描き出されていた。

表紙には、研究者たちが身につけていた特徴的な〝五葉紋〟のバッジの図柄が描かれている。それはレオンたちがよく知る、直線的な葉脈が走るハート型の葉を持つ植物の図柄だ。

「これは〝アルーラ〟だな」

五葉紋のモチーフとなったアルーラは特徴的な実を持つ樹木で、果肉はアルコールを含み、種には幻覚作用がある。このような酔わせる、そして惑わすという二つの特性から、古来よりオメガを象徴する花とされ、エデンの校章もこのアルーラの花がデザインされていた。

「オメガ化させる実験をしていたみたいですし、そこから来ているんでしょうか」

「分からない。しかし、意味はあったんだろう」

ジェラルドのもたらした捜査資料には研究の目的が記されていなかった。動機というのは取り調べにおいて大事だろうに、そこはなぜか記録として残されていないのだ。

モーリスのスケッチも、あくまで映像情報であり、そこから読み解ける情報はレオンの推測に過ぎない。研究も研究所も凍結され、研究者もいないというなら、少なくとも、自分たちを苦しめた思想の根源を知りたいと思ったのに。

レオンは心がギュッと締め付けられるような苦しさを感じ、それを鎮めるために胸に手を置いた。

そうしているうちに辺りに甘い香りが漂《ただよ》っていた。香りのほうに顔を向けると、サロンのマダムが手にトレイを持って近づいてくるのが見えた。

マダムはレオンの親衛隊隊長の母親で、男性オメガだ。親子なのでどことなく似ているが、仏頂面が常の隊長とは違い、客商売なので愛想がいい。

「おやおや、暗い顔してどうしたんだい。さっきまでは大騒ぎだったじゃないか」

「マダム。祭りの後は寂しいものだからね……って、あ」

レオンはトレイに乗ったパンケーキに目を輝かせた。年齢に関係なく、パンケーキは気分を上げる最高のスイーツだ。

「ありがとう、マダム。大好物なんだ」

「ちょうどロシュモア鳥の卵が入荷したから、どうかと思ってね。好物なのは息子から聞いているよ」

マダムはレオンとリックの前にパンケーキの皿を置き「ごゆっくり」と声をかけてキッチンへ戻っていった。暗い空気を一掃する、幸せの香り。リックもいつもの明るい雰囲気に戻り、レオンは胸を撫でおろした。

フォークでパンケーキを口に運べば、ロシュモア鳥の卵特有の濃厚な卵黄の香りとバターの風味が鼻から抜けていく。ふんわりした食感とメイプルシロップの甘みが舌を蕩《とろ》かせた。幸せをギュッと固めて形にしたらパンケーキになるのだ、などと詩的に形容してしまいたくなるほど美味しい。

パンケーキと言えば、幼い頃の、孤児院での思い出が蘇る。

リックが『大きなパンケーキを食べたい』と言い出し、そして二人でロシュモア鳥の卵を採りに行った冒険の記憶だ。

レオンとリックが孤児院の裏の森に作られたロシュモア鳥の巣にそっと近づくと、巨大な卵が鎮座していた。リックの『昨日はなかったから生みたてだ』という言葉にレオンは頷き、二人揃って手を伸ばした。だがその瞬間、親鳥であるロシュモア鳥に見つかり、追いかけ回されてしまったのだ。しかも警戒を呼びかけるような鳴き声により、数を増したロシュモア鳥に蹴られまくったのだからたまらない。

結局、冒険は失敗に終わり、大きなパンケーキ計画も頓挫してしまった。

「あれから、ロシュモア鳥の卵は手に入れたかい？」

「再チャレンジする前にエデンに入れられちゃいましたよ」

「そうか」

「諦めが悪いので、自由になれたら採りに行こうと思います」

そう言ってリックは悪戯《いたずら》っぽい笑みを浮かべた。レオンもつられて、悪童のように笑う。

「その時は私にもご馳走してくれ」

「何言ってるんですか。一緒に行って、一緒に蹴られましょうよ」

「結構痛かっただろう。あいつら、どんどん仲間を呼んで増えたじゃないか」

「たったの八羽ですよ。丸ごと狩って焼き鳥にするくらいの気概を見せてください。王子様らしく」

「王子様は焼き鳥は焼かないだろう」

レオンの頭に、キラキラとした絵本の王子様がロシュモア鳥を解体し、肉を串に刺して、炭火で網焼きする情景が浮かんだ。幼少期、アイディール侯爵の公務に同行し、バザールに赴くこともあったので、その想像は非常にリアルだった。

リックはレオンの唇を尖らせる様子を見て、屈託のない笑みを浮かべる。彼の嫌うそばかすは、そうした笑みを浮かべている時が、一番美しい。

「やはり、笑っているほうがいい。私は、そういうリックが好きだ」

「……」

無言で返された。それから二人は言葉少なになり、完食するまで、ナイフとフォークの音だけが響いていた。


その晩、レオンはいつものように寝支度を整え、ジェラルドと過ごした。

ベッドに腰かけるレオンの隣に、ジェラルドは不思議そうな顔をして座る。彼はレオンが不機嫌になっている理由が分からないのだろう。レオンは横目で彼を睨《にら》んだ後、その理由を口にした。

「オーウェン・ガードナーが脱獄したそうじゃないか」

優男こと男爵家三男、オーウェン・ガードナーの件だ。レオンの放つ直球の第一声に、ジェラルドは視線を彷徨《さまよ》わせた後、ため息をついた。

「今日の会で聞いたのか。先輩は……仕方ないな」

「コーディーのことが心配だったんだろう。私はきみから一切聞いていないが」

暗に〝私のことはどうでもよかったのか〟と問うような言い回しだ。嫌味っぽいかもしれないが、蚊帳《かや》の外にされたような悔しさがあったので、これくらいは許してほしい。

「どうでもいいなどと思っていない。あなたを守りたいからだ」

「情報がなければ、判断が狂う」

「それはそうだが」

「守りたいというなら教えてほしかった。守秘義務に触れるのは分かるが、それでも危険性の伝え方というのはあるだろう」

オメガ同士がティールームで情報を共有し合うのは、それが弱い立場のオメガを守ることになるからだ。フェロモン抑制剤が登場して以降、第二性は表向き平等に扱われるようになったが、どうしても肉体的に不利となる特性は無視できない。

オメガは力を出し合って、集団で個を守る。それがエデンで育まれた、オメガを守る術だ。

正論を繰り出し、強気の姿勢でいるレオンに、ジェラルドは困った様子で眉尻を下げた。そして宥《なだ》めるようにレオンの頬を撫でる。

「……レオンは、友人たちの危機とあらば、後先を考えずに飛んでいってしまう。一番恨まれているのは確実にあなただというのに」

レオンは言葉に詰まりながらも深く考え込んだ。

確かに自分でも容易に想像できる、身の危険のあり方だ。もし、オメガが人質に取られたら、それが罠であったとしても、レオンは助けに向かうだろう。それは幼少期の誘拐事件後、ただ友人たちを見送るばかりだったことに起因する衝動だ。

「私はあなたの誰にでも手を差し伸べる高潔さを愛しているが、同時に、どこにも行けないように自由を奪いたくなる」

ジェラルドの、どこか不穏な揺らぎを感じる声音に驚いて、彼と視線を合わせると、その瞳は漆黒の闇に似て淀んでいた。背筋にゾクリと寒気が走るのは、本能的な怯えだろうか。

ジェラルドは普段、アルファらしい束縛を見せることはあまりない。彼の性行為は執拗だが、日常生活でレオンに対し行動を制限することもなかった。

レオンは無意識に彼のアルファ性を甘く見積もっていたのかもしれない。

「ジェラルド……」

「そうしないと、いつか……あなたは、その気高さで傷ついてしまう」

そう言って、ジェラルドはレオンをベッドに押し倒した。レオンを囲い込むように置かれた腕は、いつもは安心感を与えてくれる巣のようなのに、今は檻のようにも感じる。

何が違うのかは分からない。彼の声は相変わらず優しく、言葉もレオンを心配するものだ。そしてレオンの扱い方も唇への触れ方も、いつものように丁寧で、何も変わっていない。

ジェラルドは逆光の中で爛々《らんらん》と輝く獣の瞳で、捕食者の圧を発揮し、レオンを諭してくる。

「リックにも深入りしないでほしい」

「な……」

「あれはよくない目をしている」

その瞬間、レオンの頭に血が上った。圧されていた空気を振り払い、ジェラルドの身体を押しのける。

「何を言っているんだ？　リックはいい奴だし親友だ」

「そうだろうか」

「きみが彼の何を知っているというんだ。くだらない……！」

レオンは激昂して立ち上がり、荒い足取りで寝室から飛び出した。

ジェラルドが急にリックのことを持ち出した理由が分からない。身体にリックの匂いが残っていたのだろうか。無遠慮に聖域に手を突っ込まれたように感じて腹立たしい。

しかし、脳裏に浮かぶリックの顔は、レオンの大好きなお日さまのような笑顔ではなく、今日の祝いの席で見た暗い表情だった。それを打ち消すようにレオンは首を振る。

レオンはノアに命じ、客間のベッドを準備してもらった。

この夜、ジェラルド邸に来て初めて、番《つがい》のベッド以外で眠ったのだ。

◇◇◇

レオンは居間のソファーで遅い朝食をとりながら、考え込んでいた。

ジェラルドとの関係がここ一週間ほどぎくしゃくしている。ただし、ぎくしゃくとはいっても、レオンが一方的に不機嫌になっているだけだ。

ジェラルドの言葉はすべてレオンへの心配から生まれたものであり、悪意はない。リックのことも、レオンは彼の心が危ういバランスにあることを理解している。ただ、それを認めたくないだけだ。

客室で眠るのも未だ継続中だ。子供じみた行動だと自嘲するが、仲直りのタイミングが掴めない。ジェラルドは相変わらず会うたびに声をかけてくれるし、紳士的であり、レオンが無愛想に接しても嫌な顔一つしない。

罪悪感は募るが、素直になれないのは、彼が婚約者であり、レオンが甘えてもいいと思える特別な存在だからだろう。

（ああ、柄じゃない。今夜こそ謝ろう）

レオンが内省を終えたタイミングで、ノアが食後のフルーツを運んできた。

「レオン様、今日約束していた医師が来ると連絡がありました」

「そうか。支度をしておかないとな」

レオンの第二性について相談する医師の手配を、ジェラルドにお願いしていた。ダンスパーティーの際にレオンを診察してくれたオメガ医師が、第二性ホルモン分野を専門としていると聞き、彼が適任だと飛びついたのだ。

午後になり、医師の訪問の知らせを受け、レオンは玄関ホールへと降りていった。しかし、そこにいたのは希望していた医師ではなく、ジェラルドの義母のもとで遭遇した医者だ。思わず大声を出しそうになったが、なんとか呑み込む。

その医者は骨ばった痩せ型で、背が高かった。几帳面に切りそろえられた長い銀髪と色白の肌、そして折り目のきちんとした白衣が相まって、全体的に白っぽい。そんな中で、ネコ科の動物を思わせる琥珀《こはく》色の目が印象的だった。

彼は医師であることを主張するかのように、手に持った黒い往診かばんをアピールしてみせる。以前は怯えた表情ばかりが印象に残る男だったが、今は愛想のいい笑顔を浮かべていた。

「やぁ、久しぶりだね」

「往診を頼んだのは別の医師だが。それにお前はアルファだろう？」

「ジェラルドの婚約者のくせに挨拶もできないのかい？　名前も聞いてくれないなんて悲しいよ。僕はエヴァシーン・ケイター・ロア。親しい人はエヴァって呼ぶよ。件の医師は急用でね。僕も専門は第二性ホルモン分野だから代わりに来たんだ」

エヴァシーンはペラペラと早口で話した。確かに挨拶を返さなかったことは礼儀に欠ける行為だった。レオンは舌打ちしたくなる感情を抑えつつ、軽く膝を屈めて彼に挨拶をした。

「よく来てくれたね、エヴァシーン。しかし私はオメガの医師に診てもらいたいんだ。予定していた彼に後日都合の合う日に来てほしいと伝言してもらえるかい？」

「はは。僕をメッセンジャーに使うなんて面白いことを言うんだね。ロア家の医師に診てもらえるなんて、五家特権もいいところなんだよ。僕は第二性ホルモン研究ではこの国のトップと言っていい」

ロア家は五家の序列四位であり、医術の家系だ。彼らがこの国の医療分野を支える要石だというのは知っている。

しかしレオンはエヴァシーンの言葉に疑問を感じた。彼はレオンと同世代に見えるが、どうして研究者のトップと言えるのか。レオンの内心の疑問が透けて見えたのか、彼はニヤリと笑った。

「ロア家では、代々の当主が持つ医療知識を、魔術を使って脳に焼き付けることで、次代に引き継いでいるんだ」

エヴァシーンは年齢に関係なく、その知識を持てると得意げに語った。レオンも、以前リックが同様のことを言っていたと思い出し、彼の話に納得する。

「ということはきみはロア家の次代なのか？」

レオンは〝知識を継いでいるなら、彼がロア家の次代なのだろう〟と思い、エヴァシーンに尋ねた。彼は内に不穏さを秘めたような笑みを浮かべて答える。

「僕が当代だよ。先代は早々に亡くなったからね」

最終的に、レオンはエヴァシーンを現在寝起きしている客間に案内した。

彼は第二性ホルモン研究の第一人者であり専門家であるため、その知識を得られる機会を活かしたいと考えたからだ。リスクのある選択をするほど、レオンが自身の身体に抱く不安は強かった。

エヴァシーンはレオンの余裕がない様子を察しているのか、室内の人払いまで求めてくる。

（いくら、どうとでもできそうな相手といっても、アルファと二人きりになるのは……）

レオンはエヴァシーンの意図が分からないまま、ノアに室外で待機するよう指示した。同時に、室内で何が起こっているかにも注意するよう伝える。エヴァシーンは信用を得るために、フェロモン抑制剤を目の前で摂取するパフォーマンスまでしてくれたが、色々されるほど胡散臭く感じてしまうのは仕方ないだろう。

レオンはベッドに腰かけ、ゆったりとした体勢をとった。エヴァシーンは往診かばんをセンターテーブルに置き、必要な器具を取り出してこちらへやってくる。

「で、どうすればいい？」

「そんなに睨《にら》まないでよ。まずは採血させてもらえる？　これの結果は後日になるけど」

「注射か……」

「怖いの？　僕は上手いから痛くないよ。レオンは右利きだろう、左腕で採ろうか」

レオンは、友人のような気安い態度に苛立ちを感じ、眉をひそめる。

（専門家、専門家……そう唱えて流そう。今だけの我慢だ）

レオンは左腕のシャツをまくり上げ、肌を見せる。内側を上向きにして、エヴァシーンが採血しやすいように差し出した。

「血管は見やすいね。軽く拳を握って」

「ああ」

「もしかして本当に注射が怖いのかい？」

レオンは、図星を突かれて唇を噛んだ。注射を好む人間などいないだろうと思いつつ、注射器が視界に入らないように差し出した腕とは反対方向に首を向けた。そしてアルコール消毒か、濡れた綿が腕に触れるのを感じてビクリと身体を震わせる。レオンはスースーする肌に身構えて目をつぶり、『終わったよ』と声がかかるまで、ずっと緊張し続けた。

「いや、いいものを見た。僕を蹴飛ばすオメガが、こんなに弱々しいなんて」

「は？」

「リリアン様の屋敷で見た時は怖かったけど、子犬の威嚇みたいなものだよね」

レオンが青筋を立てて怒る傍らで、エヴァシーンは淡々と金属製のケースに採血管を収納していく。おそらく凍結の魔術が施されているのだろう。ケースを開けた瞬間、白いもやが立ち昇った。

「ありがとう、見ないでくれたから薬剤の注射も直接使えたし。本当は採血後に押さえる綿に仕込もうかと思ったんだけど、それだと時間がかかるから」

「な、にを……」

「よかった。声ももう出せなくなるよ。大丈夫、ちょっと動けなくなるだけ」

ふざけるな、と叫ぶ声は音にならず、ベッドに座っていたレオンは体勢を崩してマットレスに頭がついた。身体は指先までも動かず、麻痺薬か何かを使われたのだと察する。意識は鮮明なので本当に肉体的なことだけが縛られているようだ。

エヴァシーンは状態を確認するために覗《のぞ》き込んでくると同時に、瞳孔をチェックするためにレオンの瞼《まぶた》の上下を指で押さえる。その時、レオンは彼の白衣の下から銀色のバッジが覗《のぞ》いているのを見た。

（五葉紋――!!）

バッジに刻まれた図案には、アルーラのハート型の葉が五枚収まっている。それは、先日受け取ったモーリスの絵と全く同じものだった。

驚愕しながらも、レオンは麻痺のために表情が動かない。それなのに、エヴァシーンはまるでこちらの思考を読み取ったかのように、指先をバッジにかけて妖《あや》しく笑った。

エヴァシーンはレオンの靴を脱がせた後、身体を引き上げてベッドの中央に横たえた。レオンはまるで人形のように身動きできなかったが、思考は鮮明で、触れられる感覚も残っている。

彼もベッドに上がり、レオンの傍らに座った。

「ふふ、これなら蹴られないから安心してお話しできるね」

喋れない相手に対して一方的に話しかけることを会話と呼べるのか分からないが、エヴァシーンの中ではそういう扱いらしい。彼は「眼球が乾いちゃうから点眼するね」と言って、魔術精製された薬品をレオンにさした。それは軍でも使われるもので、一時間は瞬きをする必要がなくなるらしい。今回のことが事前に計画されていたのだろうと感じられる、用意周到さだ。

エヴァシーンはレオンの目を覗《のぞ》き込むように顔を寄せてくる。気に入らない男の顔が視界いっぱいに広がるのは不快だが、動けないために顔を逸らすこともできない。

「きみに〝第二性転換薬〟を投与したのは父上なんだ。可哀想に、実験の結果が分かる前に死んじゃった」

エヴァシーンの淡々と語りかけてくる内容に、レオンは血が瞬時に沸き立った。もし動けていたら、掴みかかっていたかもしれない。

（研究所の所長がロア家の前当主だったということか……）

ジェラルドが持ち帰った捜査資料には、所長の家名が記されていなかった。さらに、研究の動機も明らかにされておらず、その点には違和感を覚えていた。つまり、五家の当主が逮捕されるという事態は、あってはならないことだったのだ。

「だから僕が父上の作品の出来栄えを見ようと思って。発情期《ヒート》の記録を調べたけど、誘発剤を使っても起こらないんでしょ。ホルモンバランス異常による性器発育不全の可能性もあるし、ちゃんと確認しないと」

レオンは背中にぞくりと怖気が走る。

作品として扱われること自体が嫌だったが、何よりもジェラルド以外のアルファが自分の発情経験について口にするのは気持ち悪い。

（確認？　どういうことだ？）

エヴァシーンは、レオンの疑問に気づいたのか、医師らしい言葉を続ける。

「ああ、いけない。患者には検査内容をきちんと伝えないとね」

そう言って、彼はおどけるように顔を傾けた後、無遠慮にレオンの胸元に手を置いた。シャツ一枚になっていたので、その感触が生々しく伝わってくる。彼はひょろりとしているが、アルファであるため触れられた手は大きかった。

「まずは身体検査として、胸部発達を診るよ」

胸部を指し示す意図なのか、エヴァシーンの手のひらが円を描いた。

視線を動かせないレオンに対し、医師として分かりやすく診察部分を伝えようとしているのかもしれないが、この状況では何をされても気持ち悪くて、鳥肌が立つ。

(触るな……‼)

レオンは心の中で絶叫する。表情を動かせない分、怯えを感情として示さずに済むことが、まだ救いだった。

「感覚はきちんと残っているよね。投与した薬は神経系を麻痺させる訳じゃないから。身体の自由が利かないだけなんだ」

レオンを好きにすることに、彼の支配欲は満たされるのか、こちらに顔を寄せ、歪んだ笑みを浮かべた。

「それから外性器の視診と触診……そうそう、尿検査用の尿も採らせてもらうよ。その次に内性器の検査と採精だね」

エヴァシーンは身体を起こし、検査内容を口にしながら、ゆっくりとレオンのシャツのボタンを外していく。この検査は第二性検査としては自然なことだが、それを彼にされるとなると受け入れがたい。エヴァシーンの視線は、患者を診るというよりも実験動物を見るかのようだった。その冷たさはどこか爬虫類じみている。

そして最後のボタンが外れ、シャツの合わせが大きく開かれる。レオンの素肌が完全に露わになり、ひんやりとした空気が肌を撫でた。

「ああ、あくまで医療行為だから、やましい気持ちなんてないよ」

エヴァシーンの言葉は、レオンの不安をさらに煽った。しかし、このような緊急事態にもかかわらず、外で待機しているはずのノアが動かないのはなぜなのか。もはや突入してもいい段階だろう。

(もしかして何かしらの魔導具を使って、状況を偽装しているのか？)

レオンは対抗策を思案するが、答えは見つからない。焦れば焦るほど、心が不安定になり、声が出せるならばわぁわぁと叫んでしまいそうだった。

とうとう限界に達し、神にでも願いたいと思ったその瞬間――

突然、ドンドンとドアを乱暴に叩く音が響き渡った。

「ああ、早かったなぁ。内部まで検査したかったけど、血液サンプルだけでよしとしておこうかな」

エヴァシーンは独り言を呟いた後、ベッドから降りて何か支度を始めたようだ。

(くそ……動けないから状況が分からない)

室外で何かが起こっているのか、扉を叩く音がますます激しくなっていく。衝撃音からは、ただのノックではなく、強い力がぶつかっていることが伝わってくる。

そして、ガラスが割れるような高い音が鳴り響いた瞬間、勢いよく扉が開いた。同時に、一面に眩しい魔術の光が広がっていく。

「レオン!!」

ジェラルドの声が叫ぶように響く。

彼は真っ直ぐにこちらにやってきた。その行動から察するに、エヴァシーンは何かしらの方法で逃げ出した後なのか。

レオンの動かない視界に現れたジェラルドは、悲愴な表情で見つめてくる。彼は素早くレオンの脈や心拍を確認した後、開きっぱなしになっていた瞼《まぶた》をそっと手のひらで閉じてくれた。そうされると何も見えなくなったが、彼は死人のように瞬きをしないレオンの姿が恐ろしくて嫌だったのかもしれない。

ジェラルドはレオンの健康状態を一通り確認した後、壊れ物でも扱うかのようにそっと抱きしめてくれた。

「恐ろしい思いをしたな……すまない、遅くなって。もう大丈夫だ」

労わる声が震えていて、レオンはジェラルドが泣きそうになっているのだと思ってしまった。彼の手はレオンの後頭部に回り、怯える心を癒すように、優しく撫でてくれる。

「ロアの麻痺薬は私も使われたことがあるから知っている。時間が経てば効果が切れるから……今は眠ってくれ、レオン。側にいるから……」

恐怖と緊張に襲われ、心身ともに疲れ果てていた。

久々に近くで感じるジェラルドのフェロモンに癒され、レオンの凝り固まった心は優しく解きほぐされていく。寝かしつけの仕草で背中をトントンと撫でられると、レオンはまるで魔法にかけられたかのように眠りに落ちていった。


レオンが目を覚ますと、そこは客間ではなく寝室で、壁にかけられた時計は既に朝の時間を告げていた。顔の前で手を動かし、手のひらを握ったり開いたりして、問題なく動けることを確認する。身体を起こして着衣を確認すると、寝間着に着替えさせられていた。

エヴァシーンによる蛮行は悪い夢だったのだろうか。そう思えるほど、スッキリとした気分での目覚めだ。

（夢……）

レオンが実際に見た夢は、とても穏やかなものだった。

夢の中で、幼いレオンは泣いており、側にいたシェリーに抱きしめられ、優しく撫でられていた。シェリーは、自分よりもずっとボロボロで痩せ細っていたにもかかわらず、「レオを守る」と何度も勇気づけてくれたのだ。

（可愛かったな）

レオンは思わず微笑んだ。おそらく、ジェラルドが側にいてくれたから、そのような夢を見たのだろう。彼のフェロモンは、シェリーと過ごした花園の香りと似ているから、影響を受けたに違いない。

その優しい夢を思い返していると、控えめなノックの音が聞こえた。返事をすると扉が開き、ジェラルドが入室してくる。

ジェラルドはすでに騎士服に身を包み、城に向かうための準備が整っていた。彼はレオンのいるベッドまで歩いてきて、ふちに腰かける。そして優しくレオンの額に手を置いた。

「おはよう、レオン。体調は大丈夫だろうか？」

「問題ない。……あの、ありがとう。それと、すまない。……拗ねていたことを、ずっと謝りたくて」

ここしばらく抱えていた、謝罪の言葉をようやく伝えられて、レオンは安堵する。ジェラルドは驚いたのか目を瞠《みは》り、ほんのりと頬を染めた。

「気にしなくていい。私も、配慮に欠けていた」

「ジェラルドの言う通り、私は自身の力を過信して、行動するきらいがある。あの医者のことも警戒すべきだったのに、初対面の情けない印象が強すぎて甘く見てしまった」

「仕方がない。この家に害意があるものが一人で乗り込んでくるなんて考えないだろう」

ジェラルドはそこで言葉を切り、レオンの頭を励ますように撫で、そして真剣な表情で続けた。

「昨日起こったことを説明しようと思うが、聞けるか？」

この問いは、おそらくレオンのトラウマになっている可能性を考慮し、気遣ってくれたのだろう。

嫌悪感はあるが、客観的に考えれば、されたことは大したことではなかった。今はむしろ、情報を持っていないほうが怖い。

エヴァシーンは〝亡き父親の研究の被験体〟として、レオンに興味を持っている。だから、再び彼の手にかかる可能性が十分にあるのだ。彼が口にした検査内容を思い出すだけでも震えてしまうし、彼の支配下に置かれ、さらに酷い検査や実験を受けることを想像すると恐怖を感じてしまう。

ジェラルドはレオンの様子を見て、心配そうに眉をひそめた。

「顔が青いな、やはり……」

「いや、聞かせてくれ」

しかし、レオンは固い意志を示すために断固とした口調で言い、それからジェラルドを真っ直ぐに見つめた。何も知らされず、ただ守られることをよしとはしたくない。ジェラルドは覚悟を受け止めたように頷き、そして語り始めた。

話はまず、オーウェン・ガードナーの脱獄事件から始まる。

この事件は、内部事情を知っている人物によって手引きされたことが明らかであり、騎士団はオーウェンだけでなく、手引きした犯人も見つけようと必死に捜索していた。

本来、ジェラルドは近衛《このえ》騎士であり、このような事件捜査は別の部署の役割なのだが、この国の騎士団法では、番《つがい》もしくは婚約者が事件の被害に遭った場合、届け出をすることで事件の調査に参加できるとされている。アルファは番《つがい》のためならば寝食を忘れて犯人を追い詰めるからだ。この制度は合理的なものであり、ジェラルドはそれを利用して事件の追及に乗り出していた。

「証拠はないが、私は手引きした犯人はエヴァシーンではないかと考えていた」

「証拠はないって……。よほど怪しい行動をしていたのか？」

「今回の件より前の話だが、レオンから頼まれて〝白い部屋〟を調べていたろう？　その時に何度か接触してきたんだが……」

ジェラルドはその時交わされたやり取りに引っかかりがあったため、捜査としては先入観で調べることは好ましくないと考えながらも、脱獄事件当時のエヴァシーンの行動を調べ始めた。

そして最終的に、魔術塔からの解析結果により、拘置所への侵入に使用されたパスコードが古いものであることが判明する。このパスコードは、エヴァシーンの父親であるロア家の先代当主が拘束されていた牢に繋がるものだった。

「牢への侵入は個別の独房に繋がる鍵が使われていたってことか？」

「ああ。おそらく〝貴族独房〟に収容されている犯罪者なら、誰でもよかったんだろう」

この事実が明らかになった時、エヴァシーンは姿を消した。その後、ロア家は大騒ぎになり、現在はまだ学生である次代が多方面への対応に追われているという。

そして昨日、ジェラルドは往診を頼んでいた時間帯に、王城で当のオメガ医師と出くわした。オメガ医師は医務室に来たエヴァシーンから『ジェラルドにレオンの主治医になるよう頼まれた』『今回の往診から自分が行いたい』と伝えられたようで、それを信じて交代に応じたのだと。

もちろん、それはエヴァシーンの嘘だ。

ジェラルドは急いで自邸に戻り、室外に待機していたノアから状況を聞いた。レオンの予想通り、私室には結界が張られており、そのためノアは緊急事態に気づけなかったようだ。ジェラルドは対結界用の魔導具を使い、力ずくで術式を壊した。ドアが開いた瞬間のガラスが割れるような音は、術が無理矢理破壊された音だったらしい。

「あの時エヴァシーンは……」

「すまない、逃げられた。……おそらく魔導具を使った転移魔術を発動されたんだ。魔導具による転移は短距離だからノアに周囲を捜索するよう命じたんだが、発見できなかった」

「そうか……」

レオンは落胆したが、捜査対象としてエヴァシーンを追っていたジェラルドのほうが、よほど悔しい思いをしているだろう。レオンは気持ちを切り替えて、再び自身を奮い立たせる。

さらに、得た情報によって自分が大きな事件に巻き込まれたことを理解できた。

これまで自分に降りかかってきた悪意の〝点〟が〝線〟に繋がったような感じだ。このことを知るかどうかで、身に降りかかる危険に対処する方法も大きく変わる。

(エヴァシーンとオーウェン、か)

エヴァシーンが手に入れた〝犯罪者〟が、レオンに恨みを抱くオーウェン・ガードナーだというのは、なんとも悪趣味な運命の悪戯《いたずら》だろう。レオンはそれぞれの気持ち悪さを思い出し、体中に冷たい汗が滲《にじ》むような感じがした。

「ジェラルド」

「なんだ？」

ふいに、レオンは、救いに来てくれたジェラルドが口にした言葉を思い出した。緊急事態だったにもかかわらず、耳に残ったそれが頭から離れない。レオンはジェラルドに尋ねた。

「きみは投薬された私への対処が手慣れていたな。あの薬も……打たれたことがあると」

「……」

ジェラルドの顔色が一瞬にして青白くなった。

レオンは彼の傷つきやすい一面に触れてしまったのかもしれないと後悔する。しかし、話題を変えようとすると、彼はゆっくりと息を吐き出し、冷静に事実を話してくれた。

「研究所に売られた後、色々投薬されたが、その中にあの薬があった。意識を縛る精神干渉の薬だ。時間経過で効果が切れて、副作用もないと聞いた」

ジェラルドが研究所にいた頃はまだ子供で、第二次性徴が始まる前だ。レオンは彼の話に心が痛み、喉がキュッと引き絞られるような感覚に襲われる。

「きみは小さかっただろう……怖かったな」

「それが目的で打たれたんだ。反抗するな……と、恐怖を教え込むために」

レオンは既に成人しているが、身体が動かずに頭だけが冴え渡っている状態は、非常に不気味で恐ろしかった。そんな状況に子供が一人置かれていたなんて、どれほどつらく、心細かったことだろう。

感情が抑えきれなくなったレオンは、ジェラルドの側に寄り、座っている彼を背後から抱きしめた。

「その頃のきみを抱きしめてやりたかった」

レオンの腕の中で、ジェラルドの身体は固く緊張していたが、すぐに力が抜けていく。

そして、まるで遠い場所にいる誰かに語りかけるように、切ない言葉を口にした。

「……そうだな。こうされて、きっと救われた」

Ⅴ

エヴァシーンの襲撃から一週間が経過し、レオンとジェラルドはモーリス邸に向かった。エヴァシーンが第二性転換薬の被験者たちの敵になる可能性が高いため、リックとモーリスも加わり、対策を考えることになったのだ。

騎士を統括する組織が〝騎士団〟なら、魔術師の組織は〝魔術塔〟だ。

魔術師たちは皆、魔術塔に登録されているが、魔術塔自体に勤務できるのは優秀な者だけ。モーリスは魔術塔の上役と言っていいポストを用意されたが、個人で研究を進めたいという理由で辞退し、仕事は屋敷で行っているという。

モーリスは魔術塔と距離を置いているが、マグス家の出身であり、塔の機密情報に触れられる。ジェラルドも騎士団の機密情報を持っている。二人が協力すれば、情報に不足はないだろう。

モーリス邸は王都郊外に位置し、広大な庭を持つ大邸宅である。しかし、庭は魔術の実験場としても利用されているため、飾り立てることはせず殺風景な状態であり、また屋敷も大半は魔術書や魔導具で埋め尽くされているため、実際の生活スペースはそれほど広くないとリックから聞いた。

「リック」

「レオン様、いらっしゃい」

リックが玄関の扉を開け、レオンたちを迎えてくれる。レオンは彼の笑顔を見て、無事であることに安堵した。玄関奥にいる使用人たちは微笑ましそうにリックを見ており、彼がここで大切にされていることも実感できた。

案内されたモーリス邸の居間は、貴族の格式に沿った内装になっていて品がいい。聞いていたイメージよりスッキリしているので、魔術関連のものは客人が訪れる場所には置いていないのだろう。

レオンがジェラルドと共に中央のソファーに座ると、テーブルを挟んで向かい側のソファーにリックとモーリスが着席した。

この話し合いの進行役を務めるのは、ジェラルドだ。彼はいつもの硬い表情に加えて、眉間に皺《しわ》を寄せた真剣な面持ちで語り始めた。

「防犯対策だが、屋敷の結界の強化と護衛の増員。そして危機に陥った時の退避手段を用意した」

護衛の増員は、ジェラルドとクイン家が担当する。ジェラルドはエヴァシーンの怪しい動きを察知して、護衛の増員を依頼していたらしい。しかし、エヴァシーンの行動が先んじていて、レオンはあのような状況に陥ったのだ。

ジェラルド邸だけでなく、モーリス邸にもすでに護衛が配置されていることを確認した。モーリスは結界を強化していたが、それが破られた場合に備えて、護衛は必要だ。

「退避手段というのは？」

レオンが尋ねると、ジェラルドは頷いてモーリスを見た。レオンもそちらに目を向けると、得意げな顔をしているモーリスが、まるでしっぽを振る犬のように触糸をパタパタと揺らしている。

「転移用の魔導具を作ったんだ」

モーリスはそう言って触糸を使い、ローチェストの引き出しを開け、魔導具を取り出した。渡された小さな球体型の魔導具は、チェーンがついており、ペンダントになっている。

「魔導具による転移は短距離だろう？　退避手段としては弱くないか？」

レオンは、上に下にと魔導具を観察しながら疑問を投げかけた。

その疑問に対して、モーリスはニンマリとした笑顔を浮かべる。レオンが不信そうに眉をひそめると、彼は急に立ち上がった。

「早速使ってみよう。到着地点の座標は決めてあるんだ」

モーリスの触糸が魔導具に伸びて、その瞬間に強い魔力光が発される。

光が収まり、眩しさに閉じた目を恐る恐る開けると、周囲の光景が一変していた。

レオンは驚きに目を瞬いて、周囲を見回す。レオンたち四人はモーリスの屋敷から別の場所に転移していた。それは見覚えのある場所。過去に起きた誘拐事件で子供たちが見つかった場所であり、二か月前にも確認のために訪れたあの〝山小屋〟だった。

「どういうことだ……？」

ここはモーリス邸からは遥かに離れた場所に位置し、小さな魔導具で飛べる距離ではなかった。

「レオン様。ここを避難場所にって僕が提案したんです。術式で隠蔽して、僕ら以外は入れないようにしています」

リックはそう言って、部屋の一角にある小さな収納を開け、中の物資を見せてくれた。水や食料、毛布などが整然と並んでいる。

こちらを安心させるように微笑みかけてくるリックに、魔術師としての頼もしさを感じて、レオンは胸が熱くなった。彼を褒めたくなって腕を伸ばしたが、ジェラルドに後ろから引っ張られ、同時にリックはモーリスの触糸で持ち上げられ、距離が生まれてしまう。レオンとリックは揃って腕を気まずげに下げ、互いのアルファの素早い行動に苦笑いを浮かべた。

「渡された事件調書を参考にして、転移の仕組みを作ったんだ」

モーリスは調書を手にヒラヒラとさせて、こちらに示す。レオンも何度か目を通していたので、その中にあった転移に関する記述も覚えている。研究施設はロシュモア山脈の廃ダンジョンに作られており、外部への移動はダンジョン内に設置された転移ゲートを使用していたという。

（そんな場所に施設を作ったなら、移動は不便だろうしな）

ダンジョンとは地脈に流れる魔力が結晶化した巨大な魔石、いわゆるダンジョンコアを核とした生命体だ。中に入った人間や動物を捕食する、食虫植物のようなものと思えば分かりやすい。恐ろしい生態にもかかわらず、冒険者たちがダンジョンに挑むのは、ダンジョンが生み出す宝箱の魅力に惹かれるからだ。宝箱から得られる財宝や特殊な武器は人間にとって大きな利益となる。

しかし、生き物である以上、ダンジョンにも寿命がある。寿命が来るとダンジョンコアが砕け散って死ぬのだ。砕けたダンジョンコアは魔石として利用され、人間はそれを資源として活用する。廃ダンジョンは資源採掘以外には用途がない、死んでしまったダンジョンなのだ。

「確かに転移ゲートの記述はあったが、こんな小型には……いや、できたのか」

レオンは驚きの声を漏らした。モーリスはマグス家の最高傑作といわれる魔術師だから、こんな規格外の魔導具も作れてしまったのか。

「きみも転移ゲートの仕組みは知っているだろう？　これは魔導具単体の力で移動している訳じゃない。転移ゲートシステムの移動網に潜り込み、その力で移動しているんだ」

モーリスは補足するように「いわば違法転移ゲートといった感じかな」と言って笑った。転移ゲートを勝手に作ることは禁止されているにもかかわらず、研究所は無許可で作り、利用していた。モーリスの魔導具は要するに〝持ち運びができる違法転移ゲート〟なのだろう。

「しかしこんなに小型化できるものなのか。普通の転移ゲートは仰々しい大きさなのに」

「そもそも私は、転移ゲート自体を昔からおかしいと思っていたよ」

「それはどういう……」

「システムを動かすにはエネルギーが不安定だってこと」

モーリスの声音が不穏に感じて、レオンは顔をしかめた。転移ゲートは昔からある、馴染《なじ》み深いシステムだったので、疑問を持つこともなかったのだ。

転移ゲートは、地脈に流れる魔力を利用して動いているという話が知られているが、その魔力は自然由来なので、エネルギーの振り幅が大きく、システムを安定運用できないらしい。今回術式を改めて解析した結果、特定の場所からエネルギーを引き出していることが分かったという。

「それがロシュモア山脈の廃ダンジョンだ」

「まさか……」

レオンは現れる符号に驚き、声が震えた。隣に立つジェラルドはレオンを支えるように抱く腕に力を入れる。そして静かに語り始めた。

「……それをモーリスに言われた時に思い出したことがあった」

「思い出したこと？」

「研究所の地下に巨大な魔石が……ダンジョンコアがあった。あのサイズはかなり長生きしたダンジョンなのだと思う」

ジェラルドの情報にレオンは驚愕する。常識的に考えてそれはあり得ないことだ。

「おかしくないか？　調書には〝廃ダンジョンを利用して研究施設が作られていた〟とあった。ダンジョンが死ねばコアは砕けるだろう？」

「ああ。しかし、確かに見たんだ。その巨大なコアの周囲には大人が五人横たわっていて……今思えばあれはオメガ男性だったのかもしれない。体格は華奢で、眠っていたけれど美しかった」

ジェラルドは、幼少期に目にした光景を具体的に語った。魔石は単純に大きさが倍になれば、含有エネルギーが倍になるというものではない。なにせ生きたダンジョンコアは無から有を、要するに宝箱なんていうものを具現化するほどのエネルギーを持っているのだ。長命だったと一目で分かるほどの巨大なダンジョンコアはどれほどのエネルギーを持っているのか。

レオンはバクバクと早鐘を打つ胸に手を当てた。

〝砕けることなく形を保つダンジョンコア〟

〝眠る五人のオメガ〟

〝有用で膨大なエネルギー〟

〝五葉紋を掲げる研究所〟

不穏な断片が頭の中を駆け巡り、レオンの内側でもやもやと、よくないものが形作られていく。

モーリスは不安げに身を縮めるリックの肩に手を置き、レオンたちを見据える。そして口を開いた。

「仮説だよ。そう思って聞いてほしい。私は寿命を迎えたダンジョンコアの延命をしてるんじゃないかと思っている——オメガの命を使って」


モーリスの話に衝撃を受けたレオンは、その後の対策についての話が頭に入ってこなかった。

第二性転換薬の研究は破棄され、研究所も解散したはずだ。それなのに、エヴァシーンはレオンの身体を確認しに来たし、転移ゲートが稼働しているということは、研究所地下にあるダンジョンコアもまだそこにあるということだ。

「……っ!!」

レオンは悪夢にうなされて飛び起きた。学友たちが、大きく膨れ上がったスライムに次々と呑み込まれていき、レオンは対抗する術もなく、ただ逃げ惑う夢だ。

ここがジェラルド邸の寝室であることが分かるのに、夢と現実が混濁し、心臓が早鐘を打つ。寝間着とシーツは、不快なほど汗で濡れていて、肌をじっとりと冷やしている。

起こしてしまったのだろう。レオンを抱いて眠るジェラルドの腕に力が籠《こも》った。

「また夢を見たのか？」

「……すまない。夜中だというのに」

「かまわない。不安定な時こそ支えたいんだ」

ジェラルドの優しさに、レオンは申し訳ない気持ちになった。話し合いの日からもう半月が経つというのに、未だに毎晩ジェラルドは添い寝してくれる。

「やはり私は客間で寝るよ。これでは、きみも眠れないだろう。仕事に支障が出てしまう」

「体力が違うから気にしなくていい。それにうなされるレオンを一人にしていると思ったら、余計に眠れない」

レオンは毎夜、別室で寝たほうがいいと提案しているが、ジェラルドは共寝を譲らない。騎士学校でも、初めて魔獣を討伐した後、ショック状態から不眠症になる生徒が毎年出るそうで、周りの支えが重要だと指導されるそうだ。

レオンの震える手を、ジェラルドは落ち着かせるように、優しく握った。

(ジェラルド……)

エヴァシーン襲撃後よりも、今のほうがショックは大きい。あの時は恐怖を感じたけれど、心がこんなに乱されることはなかった。

「私はもっと図太い人間なのだと思っていた」

「……あなたは優しいから。あなた自身のことより、仲間のことで苦しむ」

「きっと、同じことを知ったら、みな胸を痛める。優しいのではなく、当たり前のことだよ」

そう、エデンで育まれた仲間意識はとても強い。だから心配するのは当然のことだし、リックも、きっと同じように苦しんでいるはずだ。

オメガがコアの延命に必要だというのは仮説に過ぎないが、ジェラルドがそれを実際に目の当たりにしたというなら、オメガが地下に眠っていることだけは確かだろう。

そんな状況に置かれているオメガがいるなら、レオンは彼らを助けたい。助けなければ、悪夢から解放されることはない気がする。

レオンは明日、リックとその話をするつもりだ。

◇◇◇

レオンはモーリス邸の玄関で、リックに出迎えられた。

夏に差しかかり、暑く感じる日も多いが、今日は薄曇りで日差しは弱く、過ごしやすい。リックはレオンを見て息を呑み、心配そうな表情を浮かべた。

「みんな心配するものだから、かえって恐縮しちゃうよ」

「当たり前です。こんなにやつれて。顔色も悪いじゃないですか」

リックはレオンの冗談めかした態度を痛ましく感じたのか、痩せた頬を包むように手を添えた。

ノアも同じような反応をするから、よほどの状態に見えるのだとレオンは肩をすくめる。

ノアは二人のやり取りを聞いた後、「レオン様をよろしくお願いします」と言って、仕事に向かった。彼は軍部に向かう用事があるようだ。ここしばらくレオンに付きっきりだった彼が、今日は離れても大丈夫と判断したのは、モーリス邸に護衛が多くいるからだろう。

案内されたリックの私室は自然を愛する彼らしく、全体的に、植物をモチーフとした癒しの空間だった。小さな花のデザインが施された家具は、リックの好みとしては少し可愛らしすぎるので、モーリスが選んだのだろうかとレオンはつい微笑んでしまう。すると、後ろでドアが閉まる音がした。

リックのほうを振り返ろうとした瞬間、レオンは腕を掴まれる。

——そして一瞬の間。

愛らしい部屋は〝山小屋〟に変わってしまった。

「な……」

レオンは手足が拘束されたように動かず、身体はそのまま横方向に倒れていく。頭を打たないように自然と受け身をとったが、ぶつかったのは硬い床ではなく、クッションに受け止められたような柔らかい感触だった。これは魔術だろうか。レオンはそのままゆっくりと床に横たえられた。

「リック……？」

見上げると、いつもと変わらない親友の姿があった。どうしてこんなことをするのか、レオンは理解できず戸惑う。

「すいません、レオン様。大人しくしていてくださいね。遅い時間になると思いますが、書き置きは残していますので、ジェラルド様が迎えに来ますから」

「リック、ちゃんと説明しろ。どういうことだ？」

「ええ、そうですね」

リックはレオンのシャツのボタンを二つ外し、首から提げていた転移用の魔導具を外した。そして、魔導具は彼の手が光った瞬間に、音を立てて砕け散る。パラパラと床に破片が落ちていった。

「なっ！」

「ついてこられると困るので」

リックの目が微笑んだように細まり、歪んだ。

「言ったでしょう？　やっと復讐できる力が手に入ったのに、って。ずっとそうしたかったんです。研究所が動いていることも分かりましたし、攻め入る準備もできました。山小屋だってあなたを留め置くために整備したんですから」

レオンは驚きで目を見開き、声を発せられずに唇を震わせた。レオンが見たくなかったリックの姿がそこにあった。ジェラルドとモーリスから聞いたことで、レオンは憔悴したが、リックは逆に憎しみを募らせたのだ。それは以前、エヴァシーンが行ったレオンへの暴挙も影響しているのかもしれない。

「リック、解放してくれ。一人で行くのは危ない」

「……はっきり言わないと分かりませんか、レオン様。足手まといなんですよ」

その瞬間、レオンの心臓は大きく跳ねた。

リックが投げつけてきたのは辛辣な言葉だった。しかし、事実レオンは憔悴し、本調子ではない。のこのことついていったところで、足を引っ張るだけだというのは明らかだった。

「ねぇ、レオン様。僕はずっとあなたを利用するつもりだったんです」

「リック……」

リックはレオンの傍らに、膝をついて座った。投げつけられた言葉の衝撃でレオンの鼻の奥はツンと痛くなっている。

レオンにとってリックは特別で大切な存在だ。突き放されたことに、まるで真っ暗で冷たい深淵に突き落とされたような感覚を覚える。シンと冷たくなるレオンの頭に、リックの手が慰めるように優しく触れた。

「あの日……誘拐事件があった時、僕は最後に注射を打たれたのでレオン様が知らない研究員の会話も聞いているんです。〝まさか貴族の子供が交ざっていたとは〟って。あいつらは身寄りのない子供を攫《さら》うつもりでいたんです。レオン様は巻き込まれたんですよ」

リックは幼い子に語りかけるような声で、レオンの知らない事実を口にした。

貴族の子供だから自分が狙われたのだと思っていたが、実際は違ったのか。

被害に遭った時は、身代金目的だと思っていたし、事件調書を読んだ後は第二性転換薬の被験者候補としてアルファかオメガになる貴族の子供が標的にされたのだと考えていた。ただ、ジェラルドの同年代の子供を使い、薬の安全性を確かめたかっただけだったのか。

確かに、危険な実験を貴族の子供に対して行うことは、事実が発覚した際に高いリスクを伴うはずだ。

（そうか……。あの時、望まれていたのは〝死んでもいい子供〟だったのか）

リックはふと寂しげに微笑んだ、気がした。彼の表情は曖昧で捉えにくくなっている。

「僕はそれをレオン様にあえて伝えなかった。あなたは自分が僕らを巻き込んだと勘違いしていたから。あなたに罪悪感があれば、なんでも協力してくれるでしょう？　そう考えたんです。僕は卑怯な人間なので」

「正しく伝えられていても私はきみに協力したよ」

「……でしょうね。あなたはそういう人だから」

リックは身を低くし、そっとレオンの頬に触れるだけのキスをした。そして、立ち上がってレオンに背を向ける。

レオンの胸に、待ってくれ、行かないでくれと叫ぶような痛みが走った。追いかけたい足も、しがみつきたい腕も、術に拘束されて動かせない。

最後にリックは、顔をこちらに向けて言った。

「さようなら、レオン様。今までありがとうございました」


レオンは手足を魔術で縛られた状態のまま、山小屋の床に横たわっていた。リックが去ってからどれくらい経ったのだろう。窓から差し込んでいた薄明かりも消えて、部屋は暗闇に包まれた。不穏な静寂が、自分の置かれた深刻な状況を再確認させる。

その時急に、窓を叩く音が鳴り響いた。

(雨……か)

雨が降り出したようだ。そういえば曇っていたな、と日中の天気を思い出す。

そのうちに、雨音がますます激しくなり、不安を掻き立てるような大きな音は、やがてレオンを突き刺すような大音量と共に白く光り、身体ごと震わせた。

(雷……!)

近くに雷が落ちたのだろうか。音と光のタイミングはほぼ同時で、レオンは恐怖で身体を硬直させる。

第二性転換薬を投与され、孤児院の教会に隔離されていた時、夜に鳴る雷は恐怖でしかなかった。雷光が照らす女神像は、慈しむ聖母ではなく、命を刈り取る死神に見えたのだ。

縋《すが》る相手のいないレオンは、雷が止むまで掛け布団に潜り込み、丸くなって耐えるしかなかった。

「雷は……嫌いだ」

リックを連れていかないでと、女神に祈り、彼を返してもらったのに、今はまた連れていかれそうになっている。鋭い雷光は死神の鎌のようで、不安に押しつぶされそうだ。涙に濡れた視界の先にある、バラバラに砕かれて捨てられた魔導具の破片が、今の自分の姿のようで滑稽だった。

突然、ドアが勢いよく開かれ、ビュービューと激しい風音と共に、暴風雨が室内に押し寄せてきた。

レオンの意識は一気に鋭敏になり、雷光に照らされた入り口に、真っ黒な人影を見る。それは暗闇の中でも分かるレオンのアルファ、ジェラルドだった。

「レオン……！」

ジェラルドはすぐにこちらへ駆け寄り、レオンを拘束していた魔術を魔導具で破壊し、解除してくれた。瞬く間に安心感に包まれ、力が抜ける。ジェラルドはレオンの上半身を優しく起こし、強く抱きしめてくれた。

温かく、力強い腕。レオンはジェラルドの肩に顎を乗せ、溢れる感情を堪えるために、固く目をつぶった。

「ジェラルド……」

「もう大丈夫だ」

「大丈夫……？　何がなんだか、分からないんだ。リックが……リックは無事なのか？　ああ、助けに行かないと……。どこに……？　私は……彼を守るって……」

レオンは頭を少し離して、ジェラルドと目を合わせた。混乱した思考を整理しようとするも、上手く言葉にまとまらない。

そうであっても、リックの現状を知りたいという気持ちは伝わっただろう。リックが別れ際に見せた様子は、まるで今生の別れでも告げるようだった。急がなければ、大切なものを失ってしまうと、そればかりで頭がいっぱいになり、レオンは彼の腕から抜け出そうと藻掻《もが》いた。

「レオン、リックのもとにはモーリスが向かった。あなたはあなたで、ちゃんと休まねば」

「しかし……っ」

ジェラルドは、なおも言いつのろうとするレオンの後頭部を押さえ、言葉を封じるように唇を重ねた。噛みつくようなキスだった。口内に侵入した彼の舌は、慄くレオンの舌を搦《から》め捕《と》り、息を奪うほど激しい。

しかし、レオンにとってそれは〝日常〟を強く想起させるものであり、緊張した意識を解してくれるものだった。

ゾクリと走る快感に身を捩らせると、ジェラルドは逃がさないというように一層強くレオンを抱きしめた。彼は愛情を伝えるように、優しく髪を撫でまわす。

（ジェラルド……）

ジェラルドの身体からは雨の匂いがした。レオンがリックを心配しているように、ジェラルドもレオンを心配していたはずだ。それだけの思いでやってきた彼をレオンはちゃんと見ていただろうか。気持ちが徐々に落ち着いてきて、雷で湧いてきた恐怖も、いつの間にか消え去っていた。

ジェラルドはレオンの落ち着きを感じたのか、名残惜しそうにしつつも唇を離す。乱れた呼吸に触れるように、彼はレオンの口元にそっと指を触れさせ、濡れた跡を拭った。

「ジェラルド……」

「帰ろう、レオン。転移の魔導具はあるか？」

「あ……」

レオンは視線を転移の魔導具の破片に向ける。

「壊されてしまったんだ」

そうジェラルドに伝えると、彼は片眉を上げて驚き、それから深いため息をついた。

「そうか。ならばここに泊まりになるな。通信の魔導具でノアに連絡を入れたとしても迎えは早朝だ」

ジェラルドはそう言って、リックが準備した簡易収納に視線を向けた。こうなることをリックは予測していたのだろう。

「ジェラルドは転移の魔導具を持っていなかったのか」

「短期間で一つしか作れなかったそうだ。モーリスとリックは自分たちで魔術を展開し、転移網に乗れるらしい」

レオンは納得し、頷いた。

モーリスは普段自宅で仕事をしているが、今日は研究発表のために魔術学会に参加していた。彼は帰宅し、リックの書き置きを見て、慌ててジェラルド邸に転移で飛んできたらしい。

仕事が終わって帰宅したばかりのジェラルドは、血相を変えて慌てる様子のモーリスに驚いたが、すぐに状況を把握。そしてリックの書き置きに従い、二人で山小屋に転移した。モーリスはジェラルドと別れ、すぐにリックを追いかけていったそうだ。

経緯を互いに共有した後、レオンは身支度を調《ととの》え、水を飲み、保存食で食事を済ませた。

保存食とは言え、魔術によって新鮮さが保たれているので、味は悪くない。バゲットがあり、それに合わせて鶏肉の缶詰とチーズとジャムがあったので、バゲットサンドを作れた。

簡易収納に入っていた寝具は寝袋ではなく、折り畳み式のマットレスと毛布で、適度な柔らかさがある。

リックが一人で復讐に向かうためにここを準備していたというのなら、どんな気持ちで選んでいたのだろう。そう考えると胸がまた痛くなり、レオンは思考を打ち消すように頭を横に振った。

「レオン？」

「いや、なんでもない。ノアとは連絡が取れたか？」

「ああ。やはり迎えは朝になるな。ここまでの道は整備されていないから夜間の移動は難しい」

「そうか、そうだな」

レオンは大人しく休み、朝を待つことに決めた。

リックが用意したマットレスは二枚あり、それらを並べると広々としていて、レオンはいつも通りの姿勢で眠れそうだった。ジェラルドは横たわるレオンに寄り添い、逞《たくま》しい腕で抱きしめてくれる。彼の体温に触れたからか、レオンは急に身体が芯から冷えていることを感じ、ブルリと震えた。

「レオン？」

「少し冷えたみたいだ」

「そうか……そうだな。外は暑いが、ここは涼しいな」

リックは山小屋を避難場所として整えたと言っていたが、気温までも調整できる術式をここに敷いたのだろうか。もしかしたら、雨が降ってきて、適温よりも下がったのかもしれない。

レオンはジェラルドの体温を分けてもらうために、彼にしっかりと抱きついた。ジェラルドの温かさが体に広がっていくと、じわじわと安心感が増していき、それと同時に緊張が解けていく。

（いけない……）

レオンが押し殺していた感情が一気に溢れ出し、急激に目が熱くなった。涙が零れ落ち、ジェラルドの服を濡らしていく。

「レオン？」

レオンは抑えた泣き声で答えた。

「ふ……っ、ぐっ……」

ジェラルドはグッと息を詰まらせ、それから慰めるようにレオンの頭を優しく抱きしめてくれる。

彼の温もりに包まれて、レオンは自然と涙を流し続けた。


外の雷雨も止み、今は静かな暗闇に戻っている。

どれだけ泣いたのだろう。こんなに泣きじゃくったのはいつ以来だろうか。恥ずかしい気持ちもあるが、支えてくれる腕があったおかげで、大嫌いな雷に怯えながらも、暗闇で一人泣き叫ぶことがなくて助かったと感じる。

音のない真っ暗な空間は目を閉じても開けてもあまり変わりない。レオンは夢うつつの中で呟いた。

「最近は格好悪いところばかり見せて恥ずかしい限りだ。私はきみの王子様でありたいのに」

小さな声だったが、ジェラルドは起きていたようで、返事があった。

「あなたは私の王子様だ。ずっと」

ジェラルドの囁《ささや》く声は優しい。ジェラルドが王子様を求めていることは分かっている。

しかし、今だけは。この現実と切り離された真っ黒な空間でだけは、レオンの王子様らしくない心の内を聞いてくれないだろうか。

レオンは見えないのをいいことに、思い切り情けない顔をした。

「聞いてくれないか。私は足手まといなんだそうだ……。そう、リックに言われてしまった」

レオンの告白に対し、ジェラルドは息を呑んだ。

レオンは静かに、今自分の心を押しつぶしている重い岩のようなものの正体を語り始めた。リックが投げた石は小さかったかもしれない。しかし波紋は大きく広がり、その波はレオンが普段見ようとしない核心に届いてしまった。

「分かっている。私は元々アルファだったのかもしれないが、あくまでオメガだ……戦えるといっても〝オメガとしては〟だ。ジェラルドと本気で組み合ったら、簡単に負けてしまうだろう」

レオンは深くため息をついた。

ジェラルドと組み合ったことはないが、五家のアルファとしての恵まれた体格や、近衛《このえ》部隊に配属された経歴、ノアが『お強い方です』と言ったことも含めて、レオンは彼に勝つ自信がない。

試しにやってみるかと提案したこともあるが、断られてしまった。怪我をさせてしまったら嫌だと言われて、レオンの自尊心は深く傷つけられたが、力を持つ者が持たざる者の安全を配慮するのは当然だ。

出来損ないとはいえ、オメガの肉体であると、ジェラルドは理解していたのだろう。

「それでもずっと、守ってあげられる誰かを守りたかった。初恋の女の子がそう思わせるくらいボロボロで弱々しかったんだ。彼女と出会ってから生まれた理想で……今でもそうありたいと願っているのに」

レオンは言葉を発する前にためらったが、声を詰まらせながら必死で口にした。

「でも、そうはなれないみたいだ。私は弱かったんだな」

深い苦しみを吐露すると同時に、目元が再び熱くなった。波紋がさざめき大きな波となり、それによって落ちてきた大岩は、レオンの強くありたいというプライドを押しつぶしてしまった。

ジェラルドはレオンを〝王子様〟と呼んでくれるが、それは実質を伴わない言葉なのではないか。彼はとっくにファンとして愛していた王子様が、実際は張りぼてであると気づいているだろう。そもそも最初から、ジェラルドがしてくれる王子様扱いも、レオンのプライドを守るために提示されたものかもしれない。

レオンは自己否定の奔流に耐えるように一層強く目をつぶる。

ジェラルドは少し間を置いた後、渋々とした口調で話し始めた。

「恋敵に加勢するようなことは言いたくないが、リックがあなたを〝足手まとい〟と言ったのは、強い言葉であなたを足止めしたかったのだろう。リックがなんの力もないオメガだったら、レオンが敵地に向かう時に同じようなことを言うと思わないか？」

ジェラルドの言葉に、レオンは考え込んだ。

リックがなんの力もない状態で、危険な研究施設に赴くなら、自分はどうするか。レオンは彼の復讐心を理解しているが、大切な人が傷つくリスクを取りたくない。つらい言葉を言ってでも、彼を安全な場所に留めたはずだ。

「言う……かもしれないな」

ジェラルドの客観的な分析に、レオンは同意した。〝恋敵〟というのはジェラルドの勝手な思い込みなので、除外するとして、それ以外の部分はスムーズに理解できる。

ジェラルドはレオンの心を淀ませる大岩を、簡単に取り除いてしまった。

「もう眠るといい。目が覚めたらいつものあなただ」

「ジェラルド……」

ジェラルドもこの暗闇の空間を〝現実と切り離した時間〟として扱ってくれるようだ。暗闇がそっと揺れ動き、彼はレオンのおでこにキスをした。その優しい仕草に、胸が温かくなる。

「おやすみ」

「ああ。よい夢を」


夜が明けてから、レオンは出発の準備を整えた。

普段から着用する衣服は動きやすい縫製で仕立ててもらっているため、問題はない。手には保護用グローブをはめ、山小屋の棚に収納されていた剣も腰に携えている。机の上に置かれたままの、ジェラルドが昨夜レオンの拘束を破った魔導具を手に取り、トラウザーズの尻ポケットにしまった。ペンほどの大きさなので、入れていても気にならない。

(最近動きを封じられてばかりだからな……お守り代わりだ)

山小屋から外に出ると、昨日の嵐が嘘のように青空が広がっていた。風は湿っぽく、緑の濃い香りがする。地面は雨でぬかるみ、歩きにくかったが、車が入れる山道までは徒歩で下る必要があった。

以前、山小屋に四人で訪れた時は、モーリスが触糸を使って草刈りをしてくれた。しかし今、彼はいない。不安だったが、よく見ると山道まで細いながらも道がしっかりと作られていた。リックがここまで準備していたというなら、用意周到さに感心してしまう。

「行こう」

「戻らないいんだな」

「ああ。ロシュモア山脈へ向かう」

ジェラルドの問いに、レオンは昨夜とは違う、意志の強い声で答えた。見つめる先は、遠くに広がる青みがかったロシュモア山脈だ。レオンはリックに求められていなくとも、自分の矜持《きょうじ》を守るために向かわなければならない。

ジェラルドは予想していたのか、レオンの後頭部に軽く手を置き、苦笑いした。

「……そうか」

——その瞬間。

空間が歪み、そこから漏れ出てくる輝きが、見慣れた男の姿を浮かび上がらせた。

「よかった、まだここにいた！」

現れたのはモーリスだった。慌てた様子の彼に、レオンはリックに何かあったのではないかと胸を騒めかせる。

「リックは！」

レオンは食ってかかる勢いでモーリスに叫んだ。モーリスも飄々《ひょうひょう》とした彼にしては珍しく、焦っていて声も乱れている。

「それだ！　問題が起きたから来てほしい」

「分かった」

レオンは迷わず答えた。モーリスは魔術で転移できるため、リックがいる廃ダンジョンまでは一瞬だ。

「ノアにロシュモア山脈に直接行く旨を連絡しておく。昨晩のうちに騎士団にも朝には動き出せと連絡しているから、遅れはするが到着するはずだ」

ジェラルドの情報を聞いて、レオンは頷いた。

元々、踏み込む予定はあったのに、なかなか許可が下りなかったのは、研究所地下にあるダンジョンコアが原因だった。

ロア家が発見し、運用技術を見つけたダンジョンコアはロア家の所有物であり、国もエネルギーがコアに依存しているため、強く出られない。研究所が違法な研究をしていたとしても、だ。

それからモーリスは、昨夜の経緯をレオンに説明してくれた。

モーリスは研究所である廃ダンジョンに転移して、難なく最下層にあるダンジョンコアに到達したという。そこにはリックとオメガたちがいて、モーリスはリックから彼らを託された後、ダンジョンから半ば強制的に追い出された……とのことだった。

「転移ですぐだから、託されたオメガたちは安全な場所に送ったけど」

「じゃあ、ダンジョンコアの延命はできない状態なのか？」

「そうなるね。でもまぁ普通の死を迎えればダンジョンコアは爆発しただろうけど、仮死状態からの死であれば〝爆発〟せず〝崩壊〟するだけだと思うよ。崩壊にかかる時間は分からないけど、それより……」

オメガたちは救出され、ダンジョンコアはただ崩壊する。そうなるとモーリスが慌てている理由はなんなのか。

リックはモーリスやオメガたちを追い出した後、どこに行ったのだろう。まさか、まだダンジョンの中にいるのではないか。ダンジョンの中には研究所があって、そこには――

「リックは今どこに！」

「まだダンジョンの中にいる。連れ出そうとしたけど、入れなかった」

「入れない？」

「閉ざすように結界が張られていた。リックのものだと思う。術式解除にパスコードが必要で……

中に研究員がいるんだ。アルファと閉じ込められているなんて、何をされるか……！」

「何かしようとしているのか？　復讐……リックの望む復讐は」

レオンは自分の言葉に背筋が凍るのを感じた。

リックの望む復讐の形は分からない。

しかし、研究所前所長が獄中死していたことを知って、彼は『逃げられたようで悔しい』と言ったのだ。別れ際のリックの言動は、もう二度と会うつもりはないと感じさせるものだった。

(最悪の状況だ)

ジェラルドも同意するように頷き、言った。

「リックは復讐に誰も巻き込みたくなかったんだろう。番《つがい》であるお前も」

「冗談じゃない！　彼に万が一のことがあったら、生きていけないよ……！」

モーリスは、心配する気持ちを隠さず、取り乱している。ジェラルドも事態の緊急性は理解しているが、努めて冷静に対応しようとしている様子だった。

「急いで現地に向かおう。モーリス卿、連れていってくれ」

レオンが呼びかけると、泣きそうに顔を歪めたモーリスが頷いた。

◇◇◇

レオンたちは転移し、周囲を見回した。眼下には荒涼とした岩場が広がり、丈の短い草がまばらに生えている。

ロシュモア山脈、廃ダンジョン――研究所入り口。

岩場に隠されるようにある入り口は、背の高いジェラルドでも屈まずに通れるほどの大きさで、観音開きの金属扉が設置されていた。

『保存《プリザベーション》』の術がかけられているのか、扉が腐食した様子はない。そして、リックが張った結界がダンジョンの周囲を固く包んでいる。入り口手前まで来ると足が動かなくなるので、扉に手をかけるためには、結界を突破しなければならない。

「それで、パスコードとはどういったものが必要なんだ？」

レオンが聞くと、モーリスは頷いて説明を始めた。

「解除パスコードは問いかけに応えるタイプだよ。数字で解除されるものだけど、一度解除に失敗した人間の再試行は受け付けないように設定されていたんだ」

「適当な数字をあてずっぽうで何度も答えて解除……とはできないタイプなんだな」

レオンの言葉に、モーリスは頷いて応えた。

モーリスはリックの記憶を覗《のぞ》いて問いかけの答えを知っていたが、それでも弾かれてしまった。正しい答えなのに解除できないという事態に陥って、混乱してレオンたちのもとに駆けつけたのだ。

「それで、問いかけはなんなんだ？」

「一言…… 〝ロシュモア鳥は何羽？〟って、それだけ」

「ロシュモア鳥……」

「ロシュモア鳥が出てきたリックの印象的な記憶は、そいつらに追いかけられて怪我をした時のものだ。七羽のロシュモア鳥に追いかけられていたのを確かに見たのに……もしかしたら、私の把握していない記憶があるのかもしれない。レオンさんは心当たりがあるだろうか」

縋《すが》るようなモーリスの問いかけに、レオンは、なるほどと納得する。モーリスは映像としてリックの記憶を見たし、ロシュモア鳥は確かに七羽いたのだろう。しかし脳に刻まれた情報と当人の認識に齟齬があったのだ。

あの日、王都のサロン〝ティールーム〟でパンケーキを食べた時の彼の言葉が思い出された。

『たったの八羽ですよ。丸ごと狩って焼き鳥にするくらいの気概を見せてください。王子様らしく』

リックは八羽だと認識していた。そうなれば、パスコードは当然そちらの数字で設定しているはずだ。

「答えは分かった。どうすればいい？」

「結界に手をかざせば、反発するような力を感じるはずだよ。その力に魔力を流し込んで、解となる数字を念じればいい」

目に涙を浮かべながら説明するモーリスに、レオンは分かったと頷き、扉に向かって歩き出した。手をかざすと、侵入を拒むような力が手のひらを押し返してくる。レオンは魔力を放出し、目を閉じて数字の〝八〟を思い浮かべた。すると、反発が消えて、手のひらはグッと前に進んだ。

「モーリス卿、消えたぞ」

「やった！」

レオンが扉に触れ、結界が消えたことを確認すると、モーリスは喜びの声を上げた。彼は先ほどまでべそをかいていたとは思えないほどの切り替えの早さで、触糸を使って索敵を開始する。

その結果、最下層にリックがいて、ダンジョンコアも健在。研究室と思われる場所にエヴァシーン・ケイター・ロア、優男ことオーウェン・ガードナー、そして名も知らない研究員が三人いることが分かった。

レオンは眉間に皺《しわ》を寄せ、腕を組んで考え込む。静かに息を吐いた後、状況から読み解いた答えを口にした。

「……リックの問いは最近交わした話題だから、おそらく私に向けたものだ。私が彼の言葉にへこたれて、逃げ帰るようなら、彼は一人で研究者への復讐を果たすつもりだったんだろう」

「レオンが戦意を失わずにここに来るなら、研究者たちへの処遇は好きにしていい、ということか？　捕らえ、法で裁くというなら私もいるしな」

ジェラルドが補足してくれた。

レオンは、研究所にいるオーウェンやエヴァシーンから直接被害を受けている。加えて、リックからは情報を隠され、長年にわたり亡くなった子供たちに対して強い負い目を感じていた。

リックもまた、レオンに対して同じように負い目を感じていたのではないだろうか。だから、レオンが強い意志を持って研究所までやってくる覚悟を見せた場合、リックが研究者たちを憎んでいたとしても、彼らを裁くことをレオンに任せようと考えたのかもしれない。二人の大切な思い出を結界解除のパスコードに設定していたのだから。

「私はジェラルドとともに研究員たちを拘束する。モーリス卿はリックを止めてくれ」

レオンはモーリスの目を見て、言い切った。レオンの大切な幼馴染《おさななじ》みを任せられるのは、リックを愛してやまない番《アルファ》だ。モーリスは頷き、力強く答えた。

「もちろん！」

◇◇◇

ダンジョンの内部は、まるで物語に出てくるような典型的なもので、壁は白い石が煉瓦《れんが》のように整然と積まれている。内装も、ダンジョンごとに個性があるらしく、つくづく不思議な生態をしているのだと感じた。

レオンとジェラルドは研究室に向かっていた。ジェラルドは幼少期にこの廃ダンジョンの構造を把握していたと口にし、言葉通り迷うことなく、どんどん前進していく。初めてダンジョンに入るレオンは、ジェラルドの後ろについていた。

「危ない！　下がれ、レオン」

ジェラルドの声にレオンは驚き、身構えた。

廊下から現れたのは、一般的なオオカミ型の中型魔獣だ。赤い目と発達した顎、だらしなく伸びた舌が特徴で、幼い頃に読んだモンスター図鑑に描かれていた姿と似ている。しかし、絵で見るのとは異なり、本物は殺意を滾《たぎ》らせていて恐ろしい。

「魔獣……廃ダンジョンにいるとは。外部から入り込んだのか？」

「いや、空間から滲《にじ》み出てきた。今、発生したんだ」

ジェラルドは腰に差した剣を抜き、構えた。片手剣にしては刃が長く厚いため、彼の長い手足とも相まって攻撃範囲が広い。魔獣はジェラルドが走り出すと同時に敵と認識し、迎撃に出た。

勢いのまま飛びかかってきた魔獣を、ジェラルドが剣で叩き落とすように打ち据えると、頭に入った攻撃によって魔獣は床に転がり、わずかな間動きを止めた。しかし、すぐに意識を取り戻したようで、前足を二、三度掻くように動かす。

魔獣が頭を上げて立ち上がろうとする瞬間、ジェラルドは容赦なく止めを刺した。

まるで生き物を殺したかのような光景だったが、魔獣はあくまでダンジョンの器官の一部に過ぎない。骸は煙のように消え、そこには魔石の欠片《かけら》だけが残された。

「魔獣が出るということは、このダンジョンが〝活性化〟しているということだ」

「活性化……」

「幼い頃、誤ってダンジョンコアのある最下層に出てしまった時、私は魔力を吸われる感覚に襲われた……そして、魔獣が現れたんだ」

ジェラルドは情報を補足するように、幼少期の経験を明かした。

彼は研究所に囚われていた時、通気口から部屋を抜け出し、出口を探すために彷徨《さまよ》ったことがあったらしい。子供が魔獣と遭遇して、無事でいられたことに驚かされたが、ジェラルドはそうではないと首を横に振った。そして、彼は右肩に手を置く。

レオンはそれだけでジェラルドの意図を理解した。今はもう消えてしまった右肩の傷跡は、その時の魔獣によってつけられたものだったのだ。

「所内は結構な騒ぎになった……らしい。研究員たちは〝コアの活性化が起こった〟と言っていた。私が閉じ込められていた部屋から抜け出したことは知られていなかったから、原因不明扱いだったが」

「それじゃあ……」

驚くレオンに対し、ジェラルドは深く頷いた。

「そうだ。活性化が起こっているということは、ダンジョンコアが大量の魔力を吸っているということだ」

「リック……！」

レオンはジェラルドが言う〝大量の魔力〟の供給源がリックであると確信した。モーリスの索敵で、リックはダンジョンコアのある最下層にいると判明している。彼はダンジョンコアに干渉しているようだ。

「モーリス卿は仮死状態のダンジョンコアが死ぬのであれば、コア崩壊が起こるだけと言っていた。活性化すれば……」

「コア爆発が起こるだろうな」

レオンもジェラルドと同じ答えに辿り着き、息を呑む。

「私たちは……間に合うだろうか」

「間に合わせる」

ジェラルドは力強く断言し、不安のよぎったレオンの手を力強く握ってくれた。

レオンからも強く握り返し、意志を伝える。

「急ごう、ジェラルド。白い部屋との決着をつけたいんだ」

そして二人は再び研究室に向かって駆け出した。

魔獣は出現するものの、まだ活性化して間もないのか頻度は低い。ジェラルドが先行し、次々と魔獣を薙ぎ払いながら速度を落とすことなく前進していく。

(強いんだな……)

後方にいるレオンは、ジェラルドの無駄のない剣技に感嘆しながら見入っていた。自身も倒しきれなかった魔獣を始末するために身体強化の魔術をかけて剣を握っているが、全く敵が近づいてこない。

ジェラルドの分まで周囲を警戒しようと、レオンが意識を張り巡らせていた時、後方から魔力が膨れ上がる感覚が伝わってきた。

(——魔術!!)

それは魔獣ではなく、なんらかの魔術が発動したのだと、レオンは瞬時に判断した。

「ジェラルド!!」

一瞬のうちに、レオンは全力で前方に駆け出し、迫りくる魔術の範囲から逃がすように、ジェラルドの背中を強く押した。身体強化の効いた腕はオメガとはいえ力強く、彼は押されて前方に転がっていく。

(しまった……！)

レオンも術の範囲から飛び出そうとするが、わずかに遅い。魔術の光はレオンの膝まで巻き込んで捕らえ、術の渦に引きずり込んでいく。

「レオン――！」

ジェラルドの悲痛な絶叫が遠くから聞こえる。レオンの視界はすぐに真っ白い輝きに包まれ、そして意識は暗転してしまった。

◇◇◇

「ぐっ……！」

激しい痛みが全身を襲い、レオンは意識を取り戻した。体を打ちつけたような痛みではなく、明らかに魔術によるものだ。背中に残るビリビリとした刺激に、苦痛を感じながらも目を開ける。

わずかな距離を挟んで、艶《つや》やかな靴が目に入り、レオンは視線を上げた。すると、予想通りの相手が現れ、思わず顔をしかめる。男の猫目と目が合った。

「エヴァシーン」

「気がついた？」

エヴァシーンの手には稲妻を放つ魔導具が握られていた。人を起こす方法としては荒っぽいが、彼の口調は不自然なほど親しみやすく穏やかだ。

レオンは後ろ手で拘束されており、腕を使って起き上がろうと試みるものの、自由に動くことは叶わなかった。当然、足首もしっかりと拘束されている。みっともなさを厭《いと》わずに、レオンは芋虫のように身体をくねらせて、なんとか起き上がった。

床に座った姿勢で周囲を観察すると、研究室らしい調度品が並んでいる。室内全体は白く統一されている印象を受けた。

「〝白い部屋〟だ……」

「何それ？」

「……」

エヴァシーンが不思議そうに尋ねてくるが、レオンは答えない。

幼い頃、ここでレオンとリック、そしてたくさんの子供たちの運命が狂ってしまった。思ったより、この場所を冷静に認識できている自分に驚いてしまう。早急に解決しなければならない問題があるからだろうか。

「ジェラルドもここへ転移させるつもりだったけど、まぁいいか。ねぇ、レオン。きみの友達がここを壊そうとしているんだ。止めるのに協力してよ」

「協力？」

「レオンを人質にして脅せば、彼は言うことを聞いてくれそうだし」

エヴァシーンの提案は、リックがレオンを置いていきたがった理由の一つだろう。だから、従う訳にはいかない。

レオンはエヴァシーンを睨《にら》みつけながら、拘束解除のための道具を尻ポケットから取り出す。情報を引き出しつつ、適切なタイミングで目の前の男を制圧したい。レオンはそのためにここへ来たのだ。

レオンはまず、長年答えを求めていた件について尋ねることにした。

「教えてくれ。私に投与された第二性転換薬はなんのために研究されていたんだ？」

「今聞くこと？」

不思議そうに聞き返すエヴァシーンに、レオンは苛立った。レオンが生死の境を彷徨《さまよ》い、大人になるまで苦悩した問題は、彼にとってはあまり重要ではないのだろう。

実際、エヴァシーンの表情は軽いものだった。だからレオンも内心の不快さを押し隠し、なんでもないように言う。

「……人質にするつもりなんだろう？　いざとなれば殺されそうだ。ずっと疑問に思っていたことだし、聞いておきたいんだよ」

「研究していた父上から直接聞いた訳じゃないけど、よりアルファの血が濃い〝五家に相応《ふさわ》しいアルファ〟を楽に生み出したかったみたい。アルファ同士って子供が生まれにくいからね。アルファをオメガ化できれば、それが解消できるし」

「解消？」

「オメガ化したアルファは、アルファ因子を潜在的に保ったままだと、きみの検査結果で証明されたよ。子供のアルファ因子は濃くなるだろうね」

エヴァシーンは手にした紙をヒラヒラと振りながら語った。彼が手に持っている紙はレオンの血液検査の結果のようだ。

レオンも発情しないことを悩んでいるから、子供ができにくいアルファ同士婚の悩みも理解できる。しかし、無関係な人の命を奪ってまで解決すべき問題とは思えない。

五家のアルファがアルファ同士で結婚をしてアルファ因子を濃く保つことは、一般的なアルファを力で従えるのに都合がいいからだ。

この国は五家のアルファが指導することで回るように体制が整えられている。しかし、アルファの社会秩序を維持するために、何をしても構わないということはないだろう。それを今エヴァシーンに伝えても、何も変わらないと分かっているが。

「そんな事のために、命の危険まであるほどの薬を作ろうなんて、どうかしてる」

「きみにとってはそんなことかもしれないけど、子供ができにくい婚姻関係ってトラブルも多いんだよ。ジェラルドの家でもあったでしょ?」

エヴァシーンの言葉でレオンはジェラルドの境遇を思い出し、奥歯を噛みしめた。彼は何かを思い返しているのか、軽薄な表情を消し、ここではない、どこか遠くを見つめる。

「うちも色々あってね。父は〝普通の婚姻関係〟に執着していた。そういったことを望むのは実に人間らしいと思うけど」

「……造り替えられる側からしたら、反吐《へど》が出る話だ」

レオンは顔をしかめた。人の性を歪めて、多くの命を犠牲にして、望んだ先がそんなことだというのか。

「もう聞きたいことはない？　時間がないんだ。一緒に来てくれるだろう？」

エヴァシーンは急かすようにレオンに声をかけるが、レオンは構わず続ける。

「……どうして、ダンジョンコアの延命にオメガの魔力を使ったんだ」

再び、エヴァシーンは不思議そうな顔をする。そして、なんでもないように答えた。

「単純に魔力量が多いし、魔力の回復能力もオメガは高いんだ。ベータを使ったらたくさん人間を用意しないといけないから」

エヴァシーンは「オメガ五人分の魔力でちょうどダンジョンコアを安定させることができる魔力量になるんだ。計算が簡単でいいんだよね」と笑いながら語る。笑い事ではないのに、どうして笑えるのだろう。

「アルファだって魔力の多い奴はいるじゃないか」

「アルファは優秀な働き手だし、寝かしておくのはもったいないだろう？」

「働き手、ね」

レオンは皮肉っぽく、繰り返した。

彼は五家のアルファであり、さらには当主でもある。だから、オメガやベータはもちろんのこと、普通のアルファでさえも、彼にとってはただの〝駒〟に過ぎない存在なのだ。

「……オーウェン・ガードナーはどうした？　お前が貴族牢から連れ出した男だ」

「ああ、あんなのでも一応アルファだし、使えるかと思って連れてきたんだ。後がないから汚れ仕事もしてくれそうかなって」

「何をさせるつもりだ……」

レオンはエヴァシーンを睨《にら》みつける。彼の意図は明らかで、オーウェンを〝駒〟として利用し、何かろくでもないことに使おうとしているのだろう。エヴァシーンはレオンの視線に満足そうな笑みを浮かべながら応じ、後ろに置かれた衝立のほうへと歩いていく。

「大分仕上がったかな」

エヴァシーンは言いながら、衝立を動かした。

その向こうには蹲《うずくま》り、息を荒らげる男が檻の中に収まっている。衝立の向こうに檻があるのは見えていたが、レオンは研究室であることから実験用の動物がいるのだろうと思っていた。それほど、人間らしい気配が感じられなかったのだ。

ゆっくりと顔を上げたオーウェンと向き合うが、彼の目は濁っており、視線が合わない。もしオーウェンという情報がなければ、彼が本当にオーウェンなのかすら判断できなかったかもしれない。

潔癖そうに白手袋をはめた、いけ好かない優男は、今や無精ひげを生やし、薄汚れ、やつれていた。獣じみた荒い呼吸を繰り返し、不規則に身体を揺らしている。

レオンは悲鳴を上げそうになったが、それを呑み込んで、喉がつっぱる感覚に耐えた。

「投薬量が多かったかなぁ。レオンの友達を確保したらここに放り込もうかと思って。オメガの心を〝折る〟のはこれが一番だから。ああ、それともレオンを入れたほうが、あのオメガは言うことを聞くかな」

驚愕に凍りつくレオンに構わず、エヴァシーンはまるで自慢するように話し続けた。

「うちではおじい様が、こういうアルファを〝飼って〟いたんだ。ダンジョンコアに使うオメガだけでなく、家の中のオメガも、檻に入れて躾《しつ》ければ、素直になるから。ふふ」

エヴァシーンが白衣の胸ポケットから取り出したのは、レオンが以前目にしたことのある薬液だった。

エメラルドグリーン色の違法な発情促進剤。かつてオーウェンがコーディーに与えようとしたものであり、レオンが浴びたものとおそらく同じ薬だ。あれもエヴァシーンが作ったものだったのかもしれない。

満足げに笑うエヴァシーンは、薬液の原料がオメガの血液であることを明かした。通常、発情促進剤にはエデンの象徴でもある植物〝アルーラ〟が使われるが、オメガの血清を基に作られたこの薬液は合法薬とは比べものにならないほど強力な発情を引き起こすというのだ。オーウェンの様子を見るに、過剰投与すれば廃人になってしまうほど危険なものなのだろう。

「父上は番《つがい》が〝飼いアルファ〟のせいで壊れてから、おかしくなっちゃったけど、僕はおじい様のやり方が無駄がないって考えてるから――」

エヴァシーンの言葉が終わる前に、レオンは我慢できなくなり行動した。

拘束された振りをしていたが、既に尻ポケットに隠し持っていた魔導具を使って解除し、自由になっている。座った姿勢から立ち上がるという攻撃前の予備動作さえ、瞬時。不意打ちの回し蹴りはエヴァシーンの横っ面に強烈な一撃を与え、彼は吹っ飛んで床に転がった。

レオンはエヴァシーンを取り押さえ、自分がかけられていた拘束用の魔導具を彼に装着する。

「不愉快だ。お前を檻に放り込んでやろうか」

「ひっ……」

「アレを使った躾《しつけ》は無駄がないんだろう？」

レオンが凶悪な笑みを浮かべて迫ると、エヴァシーンは顔色をなくし、震えあがった。

そうしているうちにタイミングよく、背後にある扉が開かれる。息を乱したジェラルドが室内に勢いよく飛び込んできた。

「レオン！」

「ちょうどいい所に来てくれた、ジェラルド。エヴァシーンとオーウェンと……索敵で研究員が三人いると言っていたか。奥にいるかな。そっちも拘束して連れ出そう」

ジェラルドは呆然とした表情でレオンと足元のエヴァシーンを見つめ、その後室内を一瞥し、野獣のようなオーウェンに嫌悪の感情を露わにした後、再びレオンに目を向けた。

「あの状態のオーウェンをけしかけられるところだったのか？」

「いや、そこまではされていない。しかしオメガを甚振《いたぶ》ることに使うつもりだったようだ」

「これは危険だから私が拘束しよう。レオンは研究員三人を頼めるか？」

「分かった」

レオンが返事をすると、ジェラルドは三人分の拘束具を渡してくれた。

受け取って研究室の奥へ進むと、そこには震える三人の研究員が固まっていた。どうやら現在は作動している転移陣も、リックが結界でダンジョンを封鎖していた時には機能しなくなっていたらしい。逃げ出せなかった彼らは、コアの爆発に巻き込まれて命を落とす可能性に恐怖していたようだ。

騎士団の逮捕に素直に応じるかと問えば、三人とも首がちぎれんばかりに縦に振って答えた。彼らは研究員というよりも雑用係で、研究の内容には関与していなかったと口々に言う。

素直に応じそうな彼らには逃げられないことを念押しし、エヴァシーンとオーウェンの運搬を手伝ってもらうことにした。そうしてレオンたちは目的を果たし、転移陣を使ってダンジョン外へ戻ったのだ。


ダンジョンの入り口付近には、整然と並んでいる騎士たちがいた。先頭に立つ、おそらく隊長である立派なヒゲの年配の男は、ジェラルドの姿を見つけると笑顔になり、両手を広げて歓迎した。

「ジェラルド様！」

「皆、ご苦労。逮捕は滞りなく済んだので彼らの連行を頼みたい」

ジェラルドは、騎士になったばかりの若者としては考えられない口調で話す。聞けばすぐ動かせるからと、クイン家と縁の深い部隊に協力を要請したのだという。

「護送用の魔導車はすぐそこにありますので、後はお任せください」

部隊長の指示で、騎士たちは素早く動き出し、逮捕者たちを魔導車に乗せる作業を始めた。

レオンはその光景を横目で見ながら、ダンジョンの扉をじっと見つめている。

「モーリス卿は上手くやっているかな……」

レオンが呟くと、肩に大きな手が触れた。振り返ると、ジェラルドが澄んだ瞳でこちらを見下ろしている。彼は不器用に笑ってみせた。

「大丈夫だ。モーリスは優秀な魔術師だ」

ジェラルドの言葉に、レオンの緊張が少し和らいだ。モーリスは最高傑作と言われる魔術師であり、もし彼が対処できないと言うのなら、それは他の誰にも不可能なことだとレオンも理解していた。

「すごい信頼だ」

「数少ない友人だからな。あなたがリックを信頼するのと同じだ」

「……うん」

レオンはジェラルドに寄り添うように身を寄せた。

もしエヴァシーン以外の五家のアルファを知らなければ、おそらく五家全体に対して疑念を抱いただろう。しかしジェラルドは苦しい幼少期を過ごしながらも、それを感じさせないほどの品格を備えているし、モーリスも最初こそ難があったかもしれないが、今では真剣にリックを愛しているのが伝わってくる。だから、エヴァシーンの歪みは個人の性格と境遇によるものなのだと思えるのだ。

眺めていた扉とレオンの間に魔力光が立ち昇り、輝きが人の形をとった。その輝きから現れたのはモーリスと彼が腕に抱いているリックだ。

「モーリス卿！　無事で……！」

レオンはリックを間近で見たいと駆け寄ろうとするが、モーリスの顔が険しくなっているのに気づき、進む足が途中で止まった。

「すぐにここから離れるよ！　ダンジョンコアが爆発する。被害規模は分からない」

モーリスが告げたのは、予想されていたダンジョンコアの爆発だった。

リックは仮死状態のダンジョンコアに大量の魔力を注ぎ込んでいたらしい。彼は意識を失いつつも、魔力供給ラインの接続を断つことはなかった。そのため、リックのもとへ辿り着いたモーリスは、最初にその供給ラインの切断作業に取り組んだそうだ。

ダンジョンコアは無事に分離されたが、一時的に活性化したので、通常よりも急速に命の終わりを迎えることとなった。コアが砕け散る時に解き放たれるエネルギーの量は計り知れない。

「モーリス、一応部隊が魔導車で来ているが……転移陣は使えないのか？」

「ダンジョンコアの魔力の揺らぎが、ここからでも分かるんだ。転移ゲートシステムは、魔力供給が不安定になるとシステム自体が止まってしまう。さっき私たちが飛んだタイミングでギリギリだった」

「分かった。魔導車で退避しよう」

モーリスと言葉を交わしたジェラルドは迅速に部隊に指示を出し、準備を整え、急いで出発した。

ここまで上がってきた魔導車だけあり頑丈な車体だが、乗り心地は悪い。レオンは車に酔いながらも、時折リックの乗る後続車に視線を流した。モーリスの様子から彼の命に別状はなかったことは分かるが、それでも心配だった。

(リックは……研究所自体を破壊したかったんだな)

レオンはギュッと目をつぶる。復讐の炎に身を焦がしてきた幼馴染《おさななじ》みの心情を察すると、胸が苦しい。

(リックは罪に問われるのだろうか……彼に手を汚してほしくはなかったのに……)

すべての魔導車が山を下り終えた後、レオンは乗っていた車から降り立ち、遥か彼方のロシュモア山脈を見上げた。轟音が響き、地面が微かに揺れると、かつて研究所が存在した場所からは黒煙が立ち昇る。

レオンとリック、数多くの子供たち、そしてジェラルドの運命を狂わせた場所が崩壊していく。

しかし、その光景に喜びや安心を感じることはなかった。

無意識に、支えが欲しいと望んだだろうか。一緒に車から降りていたジェラルドが、レオンの後ろからそっと腕を回し、優しく抱きしめてくれた。そして、彼は目に映る爆発の光を遮るように、大きな手でレオンの顔を覆う。

「ジェラルド……」

名前を呼んでも、ジェラルドは何も言わない。

ただ静かにレオンを守るように包み込んでくれた。

◇◇◇

あの復讐劇から一か月が経ち、季節はすっかり秋めいている。モーリスから、ようやくリックが目を覚ましたと連絡があり、レオンとジェラルドはモーリス邸へ見舞いに訪れた。

モーリスはリックが回復するまで面会を控えるようにと渋ったが、リック自身が「会いたい」と希望してくれたようだ。

リックの私室に入ると、窓際に置かれたベッドに、彼は上半身を起こした状態で座っていた。こちらを振り返る顔色は、まだ完全に回復していないのかもしれない。長く眠り続けていたせいもあり、モーリスの介護があっても、やつれている。

「レオン様……」

「久しぶり、リック」

レオンは片手を上げて、軽い口調で声をかけた。これはいつも通りでいたいという意思を示すためだ。リックはそれを察したのか、柔らかい微笑みを浮かべる。

「申し訳ありませんでした。山小屋に置き去りにして」

「気にしなくていい。それより、身体は大丈夫なのか？」

「魔力を使いすぎてしまっただけです」

リックの言葉に、レオンは考え込んだ。魔力を使いすぎたというだけで、一か月近くも眠り続けることはありえない。魔力枯渇という、魔力を使い果たして気絶する症状に似ているかもしれないが、それは一晩休めば回復する程度のものだ。

レオンがモーリスに向けて目を細め、現状報告を促すと、彼は深くため息をついた。

「リックはかなりの魔力量がある……が、それをすべてダンジョンコアに注ぎ込んで、さらに命までも魔力に変換していたようだ」

「命だって……！」

レオンは驚き、声を荒らげる。モーリスは掴みかかりそうな勢いでいるレオンを抑えるべく、触糸を使ってガードした。動揺のままリックに向き直ると、彼は困ったように眉尻を下げ、そして静かに首を横に振る。

「大丈夫です、レオン様。モーリスが止めてくれたので、さほど取られた訳じゃありません」

「いや、それにしたって……」

レオンはリックがそこまで身を削る必要があったのか、と叫びたくなる感情をグッと抑えた。モーリスを復讐に巻き込めば、リックが傷つくことなくコア爆発を引き起こせたはずだ。

しかし、ダンジョンコアはロア家の所有物なので、それを破壊する行為は、当然罪になる。リックは事件に無関係なモーリスを、自分の罪に巻き込みたくなかったのだろう。しかし……

（そこまで、自分で決着をつけたい思いが強かったのか）

家族を奪われたのだから当然とはいえ、予想以上に強かったリックの復讐心に、レオンの胸はどうしようもなく痛んだ。

「私は、きみに手を汚してほしくなかった……つらかったのだから、幸せになってほしかった……」

「レオン様……」

レオンは、リックを抱きしめた。

彼は驚いた様子だったが、すぐにレオンの背に腕を回してくれる。明らかに記憶の中のリックよりも痩せていて、それが命を削られた証しのように感じられた。

（女神はリックを返してくれたが、これではあまりにも……）

レオンの目から涙が流れた。レオンの心を表すように、止めどなく溢れ続ける。

しゃくり上げるレオンに泣いていると気づいたのか、リックは身体を離して、涙を指で拭ってくれた。そして、優しい声で慰めるように言った。

「レオン様、あなたが止めてくれたから、誰も死んでいません。コアの破壊は罪に問われるでしょうが、それを分かってやったことです」

今度はリックからレオンを抱き寄せる。驚いて固まるレオンの耳元に唇を寄せ、レオンだけが聞き取れるほどの、甘い声で囁《ささや》いた。

「僕のために泣いてくれて、ありがとうございます。僕は……レオン様が――」

リックは何かを言おうとしたが、途中で言葉を止めた。間を置いて身体を離し、軽く首を振り、決意を固めた表情を見せた。

「……いえ、なんでもありません。レオン様が親友だと胸を張って言えるように、償いはしますから」

力強い言葉だった。それからリックは表情を緩めて視線を落とし、レオンの涙を拭った指先を見つめる。

リックは自らの罪を十分に自覚している。それがレオンにとって悲しい事実だった。


リックが疲れている様子だったので、彼を休ませることにし、それからモーリスの案内で、レオンとジェラルドは居間へ移動した。あの場で話しづらいことも話せるだろうと思っていたからだ。

レオンとジェラルドがソファーに隣り合って座ると、テーブルを挟んだ対面にモーリスが腰かける。

最初に、レオンが口を開いた。

「もしリックが罪に問われるとしたら、どの程度のものになるのだろう？　私は司法のことはよく分からないが」

ジェラルドのほうが司法に詳しいかもしれないと思って尋ねると、彼は頷き、教えてくれた。

「収監されることはないと聞いている。そこの魔術師が関係各所を飛び回ったからな」

対面に視線を向けると、モーリスは満面の笑みを浮かべていた。

「実は、すでに話し合いは済んでいるんだよ。事件から一か月が経っているからね」

「そうなのか」

「きちんと療養させて、元気な彼に戻すから。安心してくれていいよ」

モーリスの言葉に、レオンは安堵の息をつく。しかし、すぐに眉をひそめて疑問を口にした。

「収監はないとしても、それでも何かしらの刑罰を負うことになるのか？」

先ほどの弱っているリックの様子を思うと、彼にさらなる苦痛や罰、何かしらの負担が課されることを想像するだけでつらい。

レオンの疑問に対し、モーリスは詳しく説明してくれた。

あのダンジョンコアは、国内の転移網を動かすための重要な動力源だった。もしダンジョンコアの所有者が国であったなら、〝国家反逆罪〟に問われて死刑判決を受ける可能性が高かっただろう。

しかし、幸運なことに、ダンジョンコアの所有者はロア家だった。ロア家は先代当主が獄中で亡くなり、エヴァシーンも逮捕されている。二代続けての醜聞を嫌ったロア家の当主代行は〝取引〟に応じてくれたという。

「取引……」

「先代の時と同じく、事件に関する公的な文書から家名を消してほしいということ。それから新当主が若くてね、育つまで見守ってほしいということだ」

ダンジョンコアがもたらしていた利益を考えると、賠償金は莫大なものになっていただろう。

しかしそのコアの運用は、不法に拘束されたオメガの魔力を利用していた。幼いジェラルドを救うべく、研究所が摘発された際、このオメガの犠牲が見て見ぬ振りされたのは、ダンジョンコアが生きていたからだ。破壊された現在では、罪が明るみに出る可能性が高くなっている。

「なるほど。金よりも名誉を守るのか」

「五家だからね」

「国に対してはどう対応するんだ？」

レオンの問いに、モーリスはふっと笑みを浮かべて答えた。

「それは私が〝ダンジョンコアに頼らなくても転移網を運用できる魔術式〟を国に納品する、ということで話がついている」

「できるのか？」

「元々、魔術式を不自然に思っていたからね。自分ならこう描くっていう構想はあったんだ。納期は三年後だし、気長にやるよ」

レオンはモーリスのまとめてきた案に唸った。確かに三年間不便になるかもしれないが、それで一つの貴族家に国の重要な移動システムを握られた状態から脱却できる。国としては悪くない話だ。

レオンはホッとし、それからいいことを思いつく。

「モーリス卿」

「何？」

「可能であればだが、リックが元気になったら、その魔術式制作を手伝わせてやってくれないか？」

レオンの提案に、モーリスは目を丸くし、不思議そうに首を傾ける。

「どうして？」

「リックは性格的に、きちんと償う過程が必要だと思うから。それに共同作業をすることは、お互いの良好な関係を築くいい機会になると思う」

以前、リックはサロン〝ティールーム〟で『モーリスによって一通りの術式を脳に焼き付けられた』と話していた。その時、レオンは効率を重視するのではなく、二人が共に学ぶ時間を持つことで関係性が向上するのではないかと考えたのだ。

もちろん、今回の魔術式の作成でも効率は大事だが、モーリスならばそれを重視しつつの共同作業も可能だろう。

「分かった。私もリックと仲良くなりたい。好きに……なってほしい」

モーリスは顔を赤らめ、触糸をもじもじとくねらせる。レオンは彼の照れた様子を微笑ましく思った。

(リックはきっと大丈夫……愛してくれる人が隣にいるのだから)


リックの見舞いを終えたレオンは、ジェラルドにエスコートされ、魔導車の後部座席に座った。彼は王子様キャラのファンだという割に、しっかりレオンをリードする側に立っている。照れくさいが、レオンは悪い気はしなかった。頼れるアルファとして、すっかりジェラルドに自身を預けているのだ。

車が発進し、帰路につく。レオンの肩を抱き寄せるジェラルドは、犯人たちの行く末について語った。

「エヴァシーンもオーウェンも終身刑で表に出てくることはない。研究所にいた三人の研究員たちは二年の懲役刑だ」

オーウェンは本来、終身刑になるほどの罪ではなかったが、過剰に使用された〝違法な発情促進剤〟によって完全に破壊されてしまった。彼は刑務病棟に入院し、そこから出ることはないらしい。

エヴァシーンは父親と同じ刑罰が科せられる。

彼自身が蓄積した知識を外部記録の魔導具に焼き付け、その後は『第一級禁忌犯《ラグナ・フォービドウィッチ》』として幽閉される。これは禁忌指定された事柄を思考しただけで、業火に焼かれるような痛みを感じるという、魔術刻印を押される刑罰だ。思考することを職業としていた者にとっては、死刑よりもつらいと言われている。

語られる生々しい断罪に、レオンは重い気持ちになった。

「そうか……」

「レオン？」

レオンの様子を気遣ったのか、肩を抱くジェラルドの腕に力が入る。レオンは胸の中に抱えた苦しみを、素直にジェラルドに打ち明けることにした。

「いや、私の身体を歪めた者たちを、殴ってやらないと気が済まないと思っていたが……実際は気が済むものでもないな。私の身体は、中途半端なまま何も変わらない」

そう言ってレオンは深いため息をついた。

アルファに戻ることもできず、オメガにもなりきれない。この肉体的な不完全さは、ずっとレオンにつきまとうものだ。いつか、ジェラルドにとっても重荷になるのではないだろうか。

ジェラルドはレオンの目元を指でなぞるように優しく触れた。

「私はあなたでないとダメなんだ、レオン。きっと……きっとあなたがアルファのままでも、私はあなたを抱いた」

レオンはジェラルドの言葉に驚き、目を見開いた。

もしレオンがアルファであれば、ジェラルドと結ばれることはなかっただろう。オメガの中にいるから王子様キャラクターとして特異なレオンも、アルファであれば平凡な存在になっていたはずだ。

おそらく、ジェラルドは自分を慰めようとして言ったのだろうとレオンは納得した。どんな第二性であろうと構わないという思いやりを、彼なりのユニークな言葉で表現したのだ。

「ジェラルド、ありがとう。きみは優しいな」

レオンは感謝の言葉を述べた。

数日後、レオンは思いもよらない真実に直面することになる。そして、自分がジェラルドに対してどれほど不義理な態度を取っていたのかと煩悶《はんもん》することになるのだ。

Ⅵ

昔話をしよう。

九歳のジェラルドは少年らしく活発で、晴れた日には必ず屋敷の庭で遊んでいた。春の息吹が巡り始めるこの季節は、柔らかな土が優しく靴底を受け止めてくれるので、どこまでも駆けていけるような気がするのだ。

しかし、それはあくまで気分だけで、現実には駆けていくと、必ず壁に阻まれてしまう。

そこが、ジェラルドの世界の一番外側。

邸《やしき》を囲む塀は高く、門を閉じる鉄柵は太く頑強だった。未知への憧れはあるが、この小さな世界なりの秩序は、それなりに安寧をもたらしてくれるので、飛び出そうとは思わない。

屋敷の中には母と自分、そして必要最低限の使用人たちがいて、時折、父とされる男性が訪れる。

その父は堂々とした体格を持つ軍人で、家令によれば国を守る素晴らしい人物だという。

だが、本当にそうなのか。

父は屋敷に訪れるたびに、ジェラルドには見向きもせず母親を引き連れて部屋に籠《こも》ってしまうし、それは徹底していて食事の時も出てくることはない。部屋からは母の泣き声や時には悲鳴まで聞こえてくるため、ジェラルドの父に対する印象は決していいものではなかった。

ジェラルドが「どうして父上は、母上を苦しめるのだろう」とため息をつくと、家令は微妙な笑顔を浮かべ「ご夫婦の仲がよいからこそ、そのようなこともあるのです」と父を擁護した。しかし、仲がいいなら泣かせたりはしないはずだと、幼いジェラルドは憤る。

父が去った後の母は疲弊しきっており、丸一日はベッドの住人になってしまう。ジェラルドが見舞いに行くと、母は父のことには触れず、ただ心配をかけてしまったことを謝るのだ。

ジェラルドは、休憩しようと庭の片隅に佇む温室へ足を向けた。

右腕にかかる籠には、庭に生《な》っていたイチゴが盛られている。熟して甘い香りを放つイチゴは、早食いの鳥たちにいくらか食されてしまっていたが、それでもジェラルドは、痛みのない綺麗な実を、手間暇をかけて摘んできた。

甘いものが好きな母は、きっとこのイチゴを喜んでくれるだろう。

すると、そこに籠を手にした母もやってきた。お揃いの籠を持って温室の入り口で出会った二人は、互いに少し照れくさそうに笑みを交わし合う。

「ジェリー」

「どうしましたか、姉上」

ジェラルドは彼女を〝母上〟と呼びたいが、それを許されていない。母はジェラルドを産んだ記憶がなく、それを突きつけると恐慌状態に陥るそうだ。だからジェラルドは〝弟〟として彼女の側にいる。母を苦しめたくないし、姉としての彼女は優しいから、それで十分だった。

〝ジェリー〟というのはジェラルドの愛称だ。そのように呼ばれることも愛されている――と思えてよかった。ジェラルドは幼いながらに、彼女の中で自分の存在がタブーとなっていることを理解していたが、愛情の欠片《かけら》に縋《すが》らないと心が保てない。虚構でしかない家族愛であっても、愛は愛だと受け入れている。

「クッキーを焼いたのよ、一緒に食べましょう」

ニコニコと無邪気に笑う母は童女のように愛らしい。右腕に提げた籠はお茶の時間のお供か、被せてある花柄の布に顔を近づけると、甘くいい香りが鼻をくすぐり、うっとりとしてしまう。母はその布を得意げに取り去り、胸を張った。

「どう？　今回は一人で作ったの！」

「それはすごい……姉上、味見はしましたか？」

「したわよ！　もう、信用ないんだから」

頬を膨らませて怒る母に、ジェラルドは右腕に抱えている籠を見せた。

「見てください、姉上。完熟のイチゴです」

「まぁ、美味しそう！　素敵なお茶会になるわ」

ジェラルドが母のはしゃぐ姿に喜んだのも束の間、悪戯《いたずら》好きな小鳥が素早く降下してきて、一粒のイチゴを攫《さら》ってしまった。

「こら！」

「ジェリー、いいじゃない。一粒はお裾分けしましょう」

「姉上に食べてほしかったのに」

「まだまだいっぱいあるわ。ほら、温室の上に止まってる。お茶会のお客様だわ」

ジェラルドは、母が指を差す方向を見上げた。

温室のガラスを支える枠には、小鳥たちが二羽、寄り添うように止まっている。小鳥たちはイチゴをつつきながら、時々顔を上げて実を呑み込んでいた。お互いに分け合いながら食事を楽しんでいるようで、微笑ましい。

しかし、つつかれ続けたイチゴはとうとうコロンと地面に落ちてしまった。そのもったいなさにジェラルドは思わず「あっ！」と声を上げてしまったが、これも自然の中ではよくあることだ。

小鳥たちは落ちたイチゴを気にする様子もなく、ピッタリと寄り添ったまま、チチチと声を立てて何かを話しているように見えた。

「姉上、あの小鳥は兄弟でしょうか？」

「違うわ、恋人同士なの。ああやってくっついて秘密の恋を語るのよ」

「でも姉上、恋と言っても小さいのでまだ子供ですよ？」

「もう、ジェリーったら。そういうものなのよ。だって、そう教わって……」

そこで母の様子が変わる。明るく幼げだった顔や声がまるで本来の年齢に戻っていくような……

「姉上？」

「……誰か大事な人に教わったの。でも誰だったかしら……思い出せないわ……」

母はどこか遠くを見るようにして、いつもより低い声で呟いた。ジェラルドは不安に胸が締め付けられる。母はジェラルドが生まれたことを拒絶しているから、もし彼女が〝母〟に戻れば今の穏やかな愛情はなくなってしまうかもしれない。

（……いけない。母上がきちんと自分を取り戻せるなら……それはいいことなのに）


その日の晩のことだった。泣きそうになったジェラルドに追い打ちをかける出来事が起きたのだ。

母は暗い寝室でひどく取り乱し、暴れた後、部屋の隅でシーツにくるまって震えていた。

「姉上……」

「あなたは誰なの……!?　兄はいたけど、私に弟はいないわ……!!　な、なんで私と同じ顔をして……!!」

「私、は……」

「出ていって!!　出ていってよぉ!!」

ジェラルドが母を落ち着かせようと手を差し伸べた瞬間、彼女はゴーストに遭遇したかのような恐怖に満ちた表情で拒絶した。

金切り声に驚いてジェラルドは反射的に身を引き、後ずさりすると同時に尻もちをついた。

混乱と恐慌の中にある母の姿を見るのは、これが初めてだった。自身の存在が拒絶されていることは理解していたものの、その否定が現実として突きつけられると、胸の奥の柔らかい部分が切り裂かれたように痛くて、苦しい。

室内の騒ぎを聞きつけた家令と使用人たちが遅ればせながら駆けつけ、二人を引き離し、一時的に混乱を収めた。ジェラルドは家令に抱かれて寝室の外へ連れ出された。

「ジェラルド様、今日は客間で休みましょう」

「はい……」

「大丈夫です。奥様は恐ろしい夢を見ただけです」

家令はジェラルドを安心させようと微笑んでくれるが、母の恐ろしい夢とは自分の存在そのものだと理解している。ぽろりと零れた涙は一度落ちれば止まることなく、次々と流れ落ちては家令の上等なスーツを濡らした。

ジェラルドが「ごめんなさい」としゃくり上げると、家令はポケットからハンカチを取り出し、優しくその涙を拭い、それから頭を撫でてくれる。

「快方に向かっていたんです。きっと、よくなりますから……」

家令の言葉は彼自身の願いのように感じられた。あくまで〝願い〟であり、得てしてそれは叶わない。

この場合も例外ではなく、翌朝訪れた医者の診断により、母は入院することとなったのだ。


そこから先は地獄のような日々が待っていた。

ジェラルドは母の実兄である伯父に引き取られたが、養育はされず、横流しするように研究所に売り飛ばされてしまう。

伯父は「母親の入院費用をがんばって稼いでこいよ」と言いながら、醜悪な笑みを浮かべた。

彼は母がクイン家に嫁いだことで、多大な利益を得ていたようだ。研究所のいう第二性転換薬でジェラルドがオメガになれば、母のように金の卵を産むロシュモア鳥にできると、ほくそ笑んでいた。

そして連れてこられたのは研究所の殺風景な部屋だ。

（第二性の発現を操作する実験体……か）

その薬が完成する前に第二性が目覚めてはいけないということか、ジェラルドは週に一度、成長を遅らせる効果がある薬を打たれている。オメガ化実験の補助でしかない薬とはいえ副作用は大きく、ジェラルドは顔面や舌が動かしにくくなり、話すことも覚束なくなった。

（……でも話す相手ももういない）

ジェラルドはベッドに横たわり天井を眺める。髪はすっかり伸びきり、白い病衣を身にまとっている姿は、母が怯えたゴーストらしい姿だと鏡を見るたびに思う。

（私はいつまでここで拘束されるのだろう……）

一年ほど前の話だ。第二性転換薬は完成間近であったものの、治験の段階で見直されることになってしまった。投薬した子供のほとんどが亡くなり、魔術加工の術式を見直す必要が生じたのだ。

それから未だに完成せず、注射を打ちに来る研究員たちは不平を言っている。そのためジェラルドは、完成するかどうか分からない薬のために、ただ留め置かれている状態だ。

研究所に入って二年経つが、その間自然光を浴びていない。閉塞感から徐々にジェラルドの心は蝕《むしば》まれていた。

（おかしくなってしまう前に、空が見たい……）

視線を動かすと通気口があった。大きく開いた通気口は、今のジェラルドの体格であれば通れそうである。

「……」

通気口の入り口にはめられたフィルターは緩い作りになっていて、簡単に外すことができた。経路が分からないが、時間はいくらでもあるので、外までの道が分かるまで探索を頑張ればいい。

それから日々、ジェラルドの通気口探索は続いた。

這《は》いつくばって、前へ、前へ。

外に出るという目標ができたことで、ジェラルドは生きる気力が増した。死ぬ前に空が見たいというネガティブな目標であっても、ただ植物のように息をする日々と比べると随分ましだ。

通気口からは研究所内がよく観察でき、ジェラルドは何度か、転移ゲートを使って研究員が外部に移動する様子を見た。頻繁に使うゲートは研究室から近く、あまり使わないゲートは遠くに設置されているようだ。こっそりと使用するのであれば、研究室から一番遠いゲートが最適だろう。


「はっ……はっ……」

ジェラルドは息を荒らげながら這《は》いずり、ゲートのある区画に向かった。

最下層で巨大な魔石を発見した後、魔物に襲われて負傷してしまったのだ。咄嗟《とっさ》に身体を引いて逃げ出せたのは、通気口探索を続けて体力が回復してきたからだろう。

傷ついた右肩が熱を持ちズクズクと痛み、血が流れていく。医務室で手に入れた包帯で止血するも、それだけでは不十分だったようだ。

死ぬ前に空が見たいという目標が本当にそうなってしまいそうだと、顔を歪めながらゲートのある部屋のフィルターを乱暴に取り外した。

（どこに……繋がっているんだろう）

ゲートの転移板に丸くなるように身体を預けると、術式が起動し、魔力光がジェラルドを包んでいく。

そして光が消えるとそこは本当に外だった。

（ここは……ああ）

大きな建物の裏手にいるのだろうか。茂みに隠すように転移板が置かれている。建物の反対側には広々とした森が広がっており、人が大勢行きかう場所ではなさそうだ。足元には可憐な白い花が咲き乱れて風に揺れている。

ジェラルドは空を見上げた。

最後に見たいと願っていた空だ。雲一つない青空はこんなにも広かったのかと胸が震える。

久しぶりに浴びた光は目を刺すような痛みを伴うものの、その美しさには敵わない。涙を堪えながら、ただ空の青を見上げた。

「そ、ら」

ジェラルドはたどたどしく言葉を発し、覚束ない足取りで花園を歩いていく。もしこの輝く世界で死ねるのなら、それで構わない。そう思いながら、数歩進んだ先でぐしゃりと崩れ落ちた。

死を感じた。

身体が熱く、さらに底から震えが走るような悪寒にも襲われる。意識が朦朧《もうろう》とし、目に映る光景がぼんやりと滲《にじ》んでいく。

それでも意識は消えず、すぐ近くで慌てふためく子供の声が聞こえた。

右肩の痛みが徐々に消えていき、最初は痛覚さえも死を間際にして消えてしまったのかと思ったが、違う。

滲《にじ》んだ視界が、徐々にまた像を結んでいく。

ジェラルドの隣に座り込んだ子供が、汗を流し、苦しそうな表情を浮かべながら必死に『治癒《ヒール》』の魔術を使っていた。

(子供が……魔術を……)

ジェラルドは母の屋敷にいた頃、遊んで転んで怪我をすることはしょっちゅうだった。そのたびに傷が残ってはいけないと家令が『治癒《ヒール》』の魔術で傷を癒してくれたのだ。

傷が癒される様子は不思議で、ジェラルドは自分も使えるようになりたいと思い、教えをねだった。しかし子供が魔術を使うのは身体に負担が大きいといわれたのだ。

子供はどんどん顔色が悪くなり、身体が揺らいだと思ったら、ジェラルドに覆い被さるように倒れてしまった。

ジェラルドが驚いて身を起こすと、右腕を使ったにもかかわらず肩に痛みはない。病衣の襟を引っ張ると、傷跡はあるものの塞がっており、血は流れていなかった。確かに血が不足しているようなふわふわした感覚はあったが、身体の動きに支障はない。

ジェラルドは自分を助けてくれた子供を地面にただ置くのは抵抗があり、彼の頭を膝の上に乗せた。

自分以外の子供を初めて見たが、まるで絵本に出てくる天使のような美しさだ。

お日さまの光を思わせる見事な金色の髪は触れれば柔らかく、伏せられた長いまつ毛はどんな宝石を隠しているのだろうと、彼の目覚めが待ち遠しい。こんなに綺麗な存在が、自分のために倒れるほど必死になってくれたなんて、とジェラルドの心は高揚した。

愛情に飢えていたジェラルドは、この天使にすべて奪われてしまったのだ。

目を覚ました天使は、青空を閉じ込めたような美しい瞳でジェラルドを見つめた。自分の汚れた姿がその青空に映り、恥ずかしさが込み上げてくる。身なりを気にしたことはなかったのに、天使に相応《ふさわ》しくないのではないかと思うと、気持ちが落ち込んでしまった。

しかし天使は目覚めてすぐジェラルドの怪我の状態を尋ねてきたのだ。天使は心根まで美しいのだろう。

「私はレオン」

天使は名乗ってくれたが、ジェラルドは舌が上手く動かず、レオンの〝ン〟の部分が音にならない。何度か「れお、レオ」と繰り返したら、レオンに笑われてしまった。

そもそもジェラルドの名前も間違って認識されてしまっている。

本名である〝ジェラルド〟と名乗りたかったが、母の入院にも影響が出てしまうから、研究所を抜け出したことが発覚してはいけなかった。

そこで彼女が呼んでくれた〝ジェリー〟という愛称を思わず口にしてしまったが、きちんと発声できずに〝ジェリー〟と聞こえてしまったらしい。

女の子みたいな名前だな、と思ったが、実際にレオンはジェラルドを少女だと思い込んでいるようだ。訂正したかったが誤解を受けていたほうが自分の存在が発覚しにくいだろうと、ジェラルドは我慢することにした。

レオンにエスコートされて、花園の中心にある白いベンチに座った。ペンキの剥げた古びたベンチが、彼がポケットから取り出した美しいハンカチでサッと拭かれただけで、そこがとても素晴らしい場所に思えるから不思議だ。彼が差し出してくれたスコーンも、注いでくれた保温ポットの紅茶も、今まで口にした何よりも美味で、ジェラルドの心を幸せで満たした。

ジェラルドがスコーンを上手く飲み込めずに咳《せ》きこむと、レオンは背を優しく叩いてくれる。

「ちゃんと紅茶を飲みながら、ゆっくり食べようね」

「ん……」

がっついてしまっただろうか。しかしレオンが心配してくれて、優しく気遣ってくれただけで、ジェラルドの胸は飛び跳ねる。夢心地になるジェラルドに、レオンが声をかけた。

「明日もここに来る?」

「うん」

「じゃあ、今度は食べやすいのを持ってくるね」

ジェラルドはレオンの笑顔の周囲に、光が舞う様を幻視した。食べ物のことでなく、明日もこの天使に会えるという幸運に、女神の祝福を見たのだ。


転移ゲートが繋がっていた場所は幼年学校の裏庭だった。そこは貴族の子弟が通う学校だったので、子供たちはアルファかオメガのどちらかに成長するのだろう。

研究所がここにゲートの出口を設置していたことに悪意を感じる。ジェラルドが受けようとしている第二性転換薬が完成したら、幼年学校の子供を攫《さら》うつもりなのではないかと心配で仕方がない。

しかしそれは薬が完成してからの話だ。それまでは安全なはず。ジェラルドは危ないから裏庭に来ないほうがいいとレオンに伝えるべきなのは分かっていたが、彼に会えなくなるのは耐えがたく、言い出せないでいた。

「シェリー、はい」

「ありがと、レオ」

レオンは綺麗に編んだ花冠を、ジェラルドの頭に乗せてくれた。

これはお姫様のティアラらしい。

レオンが選んでくれる絵本は少女向けの作品で、大体が王子様とお姫様の恋物語だった。その絵本の王子様の姿がレオンとあまりに似ていたため、ジェラルドは思わず見惚れてしまったのだ。

しかし、その様子をレオンに見られてしまい、お姫様願望があるのだと誤解されてしまった。男である自分がお姫様というのも変な話だが、少女だと思われている以上、受け入れる他ない。

生まれながらの貴族であり、しかも男であるレオンが花冠を巧みに編めるのは、公務の一環として訪れる孤児院で子供たちと共に編むことがあるからだそうだ。花冠を編むのは初めてだったジェラルドも、レオンの手ほどきを受けて、なんとか形にできた。

ジェラルドはお返しに、自分が編んだ花冠をレオンの頭に被せる。最初は形が歪んでいたが、今では立派な王冠だ。

花冠を被ったレオンはまさに天使で、その眩しい存在に、ジェラルドの目はくらむほどだった。王子様が求める存在がお姫様なら、いくらでもそれになりきって、レオンに求められたい。

「おどってくださいい、わたしのおうじさま」

ジェラルドが絵本のセリフを真似てダンスに誘うと、レオンは嬉しそうにはにかんで答えてくれる。

「踊りましょう、私のお姫様」

白い花園はダンスパーティーの会場だ。

この国では、オメガは強制的にエデンという学園に入学させられるらしい。そしてエデンを卒業後、ダンスパーティーで相手を見つけて婚約し、番《つがい》になるのだとか。

レオンはアルファになるのかオメガになるのか。どちらになったとしても、彼の手を取って踊るのは自分でありたい。

ジェラルドはこの夢のようなパーティー会場で、毎日のようにハッピーエンドを迎える夢を見た。まるで、レオンの読み聞かせてくれる絵本のように。


「レオ……」

ジェラルドは今日も花園のベンチで、待ちぼうけしている。

レオンが幼年学校の裏庭に姿を見せなくなってから、毎日毎日、ジェラルドは決まった時間に花園のベンチに座って彼を待ち続けた。しかし、レオンは一向に現れない。

そして気がつけば一か月が経ち、とうとうジェラルドも、彼とはもう会えないのだと悟った。

ジェラルドはレオンから聞かされたエデンの話を思い出す。

会えなくなる一月ほど前から、彼に近づくとなんとも言えない甘く心地よい香りが漂《ただよ》ってくることに気づいていた。アルファになると言われているジェラルドが惹かれるのだから、レオンはおそらくオメガだったのだろう。そして彼は第二性が判明し、エデンに連れ去られてしまったのだ。

「レオ——‼」

ジェラルドの悲痛な叫びは、どこまでも高い空の青に吸い込まれていった。

抑えきれない感情が溢れ出して大粒の涙が頬を伝う。

胸が締め付けられ、痛くてたまらない。レオンと過ごした幸せな日々が脳裏に蘇り、しかし、それが二度と戻らないという現実に絶望が広がっていく。

「……ふ、ぐっ……レオ……レオ、れお」

ぽろぽろと流れ落ちる涙とともに、ジェラルドにかかっていた魔法が解けていく。

目の前に広がっていた美しい花畑は、手入れが行き届かずに荒れ果てた花の群生へと変わり、座っていた心地よい椅子はギシギシと音を立て、朽ち果てたベンチに変わってしまった。

みすぼらしく、汚れている自分はただただ小さく、夢のような時間を作ってくれたのはキラキラと輝くレオンの存在だったと——そう理解した。

ジェラルドは楽園を失ってしまったのだ。

◇◇◇

レオンは澄んだ青空を見上げた。すっかり秋も深まり、肌寒い日も増えてきた。

最近起こった事件に次ぐ事件により、スケッチも楽しめていなかったレオンだが、秋は芸術の季節だとエミールも言っていたので、今日は趣味の時間をとることにした。

エミールのアトリエはジェラルド邸の裏手に回り、五分ほど歩いた先にあるという。林道を進んでいくと、それらしき建物が目に入った。

石造りの二階建てで、白とオレンジの色合いが目を引く。全体のフォルムは曲線を描いていて丸く、〝森の中の不思議なお家〟として、絵本に出てきそうな可愛らしさだ。

林は開けていて、日差しがたっぷりと降り注いでいて明るい。鳥の声や風の音が心地よく聞こえる、静かで落ち着いた雰囲気だった。

「エミール、いるか？」

扉をノックするも、返事はなかった。外出しているのだろうか。レオンはどうしようか迷ったが、知り合いでもあるので、中で待たせてもらうことにした。

レオンはアトリエを覗《のぞ》き込んだ。

室内は換気がされているようだが、染み付いた油の匂いが鼻を刺激する。道具で雑然としているが、それでも規則性があるため、エミール本人はどこに何があるのかを把握しているのだろう。

部屋の中央に置かれたイーゼルに乗せられた絵はかなりの大きさがあり、布がかけられている。

何が描かれているのか気になり、レオンはそっと布をめくり上げた。

「これ、は……」

現れたのは、レオンが探していた少女だ。

初恋の相手であるシェリーがそこにいた。

「シェリーだ。エミールはシェリーの知り合いなのか……？」

レオンは絵にかけられていた布を取り去り、全体を眺めた。

肖像画の中で微笑んでいるシェリーは、レオンが知っている彼女よりも年上だった。あの頃の痩せ衰えた様子は全くなく、柔らかそうな頬は桃のように丸みを帯びているし、ふっくらとした唇はみずみずしく潤っている。記憶にあった艶《つや》やかな黒髪は変わらず長く伸ばされ、印象的なオニキスの瞳はとても深く魅力的だった。

まるで女神か精霊のような美しさだ。

レオンは思わず息を呑む。

シェリーは生きていた。そして、エミールのモデルになれるなら、彼に頼めば再びシェリーに会えるかもしれない。

レオンは興奮で頬が紅潮したが、思ったよりも穏やかでいられる自分に驚いてしまった。

第二性判定でオメガと出て、シェリーと結ばれることはないと知った時、レオンは泣き明かし、エデンに入ってからも、夜に彼女を思い出しては、何度も泣いたのだ。

それなのに、今感じているのは、友人に再会できるかもしれないという温かなものでしかない。

（ジェラルド……）

レオンはジェラルドを愛していて、幼い初恋は思い出に変わっている。それを実感してしまい、レオンは落ち着かない気持ちになってしまった。

（こんなに……好きになってしまって、もし捨てられでもしたら、立ち直れないな……）

レオンが苦笑した瞬間、背後でドアが開く音が響いた。

「おや、レオン様。来ていたんですか」

「ああ、すまないエミール。上がらせてもらっていた」

「その絵は……お恥ずかしい。画家になって間もない頃に描いたんで」

「間もない、頃?」

レオンはエミールの言葉に首を傾げた。エミールの経歴は知っている。

彼は元々軍務に就いていて、仲のいい従軍画家に才能を見出されたのだ。そして、エミールはクイン家のお抱え画家として迎え入れられ、もう二十年以上になるという。

そんな彼の初期作品では、時系列の整合性がとれない。他人とは思えないほどシェリーにそっくりなので、もしかしたら彼女の血縁者なのかもしれないと考えた時だ。エミールは朗らかに言った。

「ミラ様は美しかったので描き甲斐がありましたよ」

その時の衝撃をなんと言っていいのか分からない。

頭が巨大な武器で撃ち抜かれ、吹き飛ばされたようだった。全身を濡らすのは血ではなく冷や汗だ。レオンはその場に膝から崩れ落ちた。


レオンはどうやって自室に戻ってきたのか、記憶が曖昧だが、気がついたらベッドに横たわっていた。そのまま思考を巡らせている。

ミラがあの容姿なら、幼い頃のジェラルドも同じような外見だったのだ。

だとすれば、婚約者であるジェラルドが、初恋の少女シェリーなのだろう。

(そう思えば、符合が多すぎて、気づかなかったのが不思議なくらいだ)

結びつかなかった理由として、性別を勘違いしていたことがあった。

妖精のように細くて華奢な少女が、レオンよりも立派な体躯を持ったアルファ男性として現れたのだ。シェリーだということをちゃんと伝えてもらわなければ、この二人が同じ人物だと気づくのは難しい。

『——踊ってください、私の王子様』

春のダンスパーティー。ジェラルドと初めて出会った時点で、レオンは彼に対し、戯れに声をかけてきたと感じて一歩引いてしまった。ジェラルドは聡《さと》くそれを察し、シェリーであった事実を口にするのをためらったのだろう。

あの奇をてらったような誘いの言葉も、幼い日にシェリーと交わした、ダンスを共にする時の約束の言葉だった。ジェラルドはただその約束を実行しただけ。マナーをわきまえる彼は、それがどれだけ場にそぐわないか分かっていても、奇異の目で見られても、それでも守ってくれたのだ。

そう、すべてはレオンが気づかなかったことが原因だった、という結論になる。

(ジェラルドは……どんな気持ちで『はじめまして』と言ったんだろう)

幼い頃の約束に気づかなかった時点で、彼はレオンがシェリーとジェラルドを結び付けられないと気がついた。だから、初めて会ったアルファとして関係を再構築しようとしたのかもしれない。

一度、はじめましてという体で始まった関係性である以上、信頼関係が築けてからも、ジェラルドは言い出せなくなったのではないか。

レオンは泣きそうになってしまう。思い返すと、彼は時折悲しそうな表情を浮かべていることがあった。ジェラルドは真摯にレオンに寄り添ってくれていたのに、レオンは無自覚に彼を傷つけていたのだ。

（モーリスの初手のやらかしを他人事のように思っていたが、私もかなりやらかしている……）

レオンは寝返りを打ち、枕に顔を埋めた。

『私はあなたでないとダメなんだ、レオン。きっと……きっとあなたがアルファのままでも、私はあなたを抱いた』

先日、魔導車の中で聞いたジェラルドの言葉が脳裏に浮かんだ。その想いの深さに、レオンの胸は震える。

レオンは、あの幼年学校の裏庭に、シェリーを置いてきてしまった。

オメガ判定が出てすぐにエデンに連れていかれたので、エデンに入ること自体も伝えられていないのだ。

彼女——いや、彼はレオンの訪れなくなった花園で、ずっとレオンを待ち続けていたのだろうか。いつまで待っていたのか。クイン家が研究所から彼を救出するまでだろうか。

（今でも、ジェラルドの中には私に置き去りにされたシェリーがいるのだ）


夕暮れの訪れと共に、ジェラルドが帰宅した。レオンはいつものように出迎えるつもりで玄関に向かったのに、彼の顔を見たら笑顔がぎこちなくなってしまった。顔は火照《ほて》るし、感極まって泣いてしまいそうだ。

折れそうに細く、小さかったシェリーが、今やこんなにも立派に成長を遂げた。その事実だけで、心は揺れ動いてしまう。

「おかえり、ジェラルド」

レオンが挨拶すると、ジェラルドは驚きの表情を浮かべ、こちらに早足で近づき、顔を覗《のぞ》き込んできた。

「レオン、泣いていたのか？　目が赤い。何があった？」

ジェラルドの心配する言葉にレオンは驚いて、思わず洟《はな》を啜《すす》る。現状を伝える言葉が見つからず、レオンは視線を左右にうろうろさせた後、適当な言葉を口にした。

「その、本を読んで感動してしまって」

レオンは嘘が下手すぎると自嘲する。ジェラルドにもバレバレだろうか。それでも彼は心配そうな表情を崩すことなく、レオンの頭を撫でた。

「あなたが涙するほどの本なら読んでみたい」

優しいジェラルドは、レオンの嘘に乗ってくれるようだ。

レオンは自室の本棚にある、泣ける書籍を思い浮かべる。大抵は報われない初恋系だ。それを彼に薦めるのは、デリカシーに欠けるだろう。

レオンが思案に耽《ふけ》る中、彼はいつも通りに手を差し伸べた。

「レオン、手を」

「あ、ああ」

レオンは動揺しつつジェラルドのエスコートを受け入れた。手のひらが汗ばんでいることが気になるが、大丈夫だろうか。レオンは彼を愛しているし、それは何も変わることのない事実だ。しかし、初恋という要素が加わっただけで、なぜこんなにも情緒不安定になるのか。

(胸が締めつけられるように痛い……)

手を繋ぐだけでレオンは身体中が沸き立つほど高揚し、戸惑いを覚える。自分の心と身体のままならなさを実感してしまう。

婚約者として、手を繋ぐという交流以上の密接な触れ合いを、これまで当たり前のように行っていた。

もちろん、心地よく感じる情交も。ジェラルドがシェリーだと分かっても、そこは変わらないと思っていたのだが。

(やはり、彼が私を忘れることなく、長年想い続けてくれていた……という深い愛情を理解してしまったからだな)

レオンは浮き立った気持ちを抑えながら、ジェラルドと共に味の分からない晩餐を済ませ、素早く入浴を終えて、寝間着に身を包んだ。

普段のレオンはゆっくりとその日の出来事を語り、また、ジェラルドに騎士団での仕事ぶりを話してほしいとねだるのだが、今夜は心の整理がつかずに言葉は少ない。

これから訪れるであろう夜の営みを想像して顔が赤くなり、動悸は激しさを増していく。心のむず痒さに、ベッドの上でひたすら身悶えしたくなるのは仕方ないだろう。

当然そのような行動はせず、王子様らしいすまし顔をしているのだが、口元は緩んで、今にもふわふわとした微笑みが溶け出してしまいそうだった。

「レオン」

ジェラルドの呼びかけに、ベッドに座っていたレオンの肩が大きく跳ねあがる。彼は自然な仕草でレオンをベッドに横たえ、その上に覆い被さった。

「ジェ、ラルド……」

「今日のレオンはいつも以上にそそるな。綺麗だ」

「あ……」

互いにまだ寝間着を着ているが、すぐに脱がされることも分かっている。

ジェラルドの顔を見つめると、照れくささに落ち着かなくなって、逃げるように身を捩った。

しかし、それが許される訳もなく、レオンの唇は口づけで塞がれる。レオンの身体が反応して微かに震えると、彼は唇を離してふっと息だけで笑う。その吐息には、隠すことのない欲望が滲《にじ》んでいた。

ジェラルドは再びレオンの唇に吸い付き、舌を滑り込ませると、レオンの口内を探り始めた。レオンの内側を這《は》い回る、ヌルリとした感触。ジェラルドは戸惑うレオンの舌を捉え、搦《から》め捕《と》り、吸い上げては蹂躙するのだ。その執拗さにレオンは翻弄され、呼吸すらままならない。

(激しい……)

ジェラルドの荒々しいキスは、オメガの本能に直接訴えかけるもので、苦しみは官能的な喜びへ昇華されていく。レオンの身体はその欲望に応じて熱を帯び、唇から漏れる湿った吐息が混じり合う恍惚の中で、瞳が蕩《とろ》けるように潤んでいく。

「……っ、ん」

唇を貪るジェラルドは、ゆっくりとレオンに腰を擦りつけた。寝間着越しに伝わる感触はすでに硬く、熱を帯びている。彼の猛った雄が、湿り始めたレオンの肉茎を擦り、さらなる興奮を誘った。

ままならない呼吸に息苦しさを感じ、抵抗するように彼の寝間着の胸元を掴んで引く。ようやく解放され、胸いっぱいに空気を吸い込むと、意識は先ほどよりも明瞭になり、ジェラルドが獰猛《どうもう》な雄の表情でこちらを見つめているのがよく見えた。

あの白い花園で、王子様を求めた可憐なお姫様が、情欲に濡れた瞳でレオンを喰らうことを考えているのだ。

（ああ……シェリー……ジェラルド）

ジェラルドの熱い息がレオンの首筋に触れた。すでにネックガードを外したそこを味わうように舐めている。

同時に、ジェラルドの右手は器用にレオンの寝間着のボタンを外していき、露わになった胸をさすった。その刺激で立ち上がった乳首を指先で捕まえて、丹念に揉みほぐしていく。

彼によって官能に躾《しつ》けられた身体は、発情期《ヒート》でなくても悦さを感じ、レオンを困らせるから厄介だ。敏感な部分を執拗に攻められると、身体中に痺れるような快感が走り、どうしようもない状態になって、ブルリと震える。

ジェラルドはレオンの耳元に唇を寄せ、耳たぶにキスをしてから、甘く囁《ささや》いた。

「あなたのここは、本当に愛らしい」

「ジェラルド……」

「ここも」

ジェラルドの指が、ズボンを押し上げているレオンの屹立を、スルリと撫でる。

そこが湿っているのは分かっていた。しかし、触れられるとそれどころではなく、ぐっしょりと濡れているようだ。

恥ずかしさに顔を赤らめていると、ジェラルドは再び囁《ささや》いた。

「——舐めてもいいか?」

レオンはジェラルドの言葉に呆然とする。動けないでいると、そのまま彼はレオンのズボンを下着ごと引き下げ、脱がしてしまった。

そして、彼はレオンの両脚を割り開いてその間にしゃがみ込み、ためらうことなく屹立を含んでしまう。

ここを口で愛撫されるのは、違法な発情促進剤を被った事故以来だった。レオンは逃げ出したい衝動に駆られるものの、ジェラルドに腰をしっかりと掴まれていて動けない。

「だめ、だ、ジェラルド……っ」

レオンが嫌なのは、彼の口で射精してしまうことだ。

事故の時も抵抗感が強く、快感がありながらも達することを我慢し、つらくなってしまった。彼を汚してしまうようで、それが嫌なのだ。

しかしジェラルドは、お構いなしに舌を這《は》わせ、唇で丁寧にレオンの先端を露出させてから、じっくりと舐め上げた。器用に動く舌による愛撫は、指で触れられるのとは全く違う。彼の荒い息が下生えを撫でるように吐き出されるのも、くすぐったく、そして羞恥を煽った。

（どうしよう、達《い》ってしまう……彼には、したこともないのに）

レオンはまだ、ジェラルドのものを口で愛したことがない。

アルファのものは大きく立派で、節くれだった血管が浮き出ているのが恐ろしく感じるのだ。レオンのものは、そこだけオメガらしい大きさで、彼の大きい口であれば、簡単に呑み込めてしまう。

レオンはジェラルドの唇に収まり、上下するように攻められる様子を見て、堪えられず腰を震わせた。

「あ……っ」

レオンは心地いい緊張から解放され、脱力した。軽く極めてしまった。

高潔な彼が、美しい過去の思い出が、レオンを呑み込もうとしている。そういった妖《あや》しい思念に取りつかれると、堰《せき》を切ったようにレオンの抑えが利かなくなった。

ジェラルドはレオンの芯から口を離し、白濁が絡みつく赤い舌をこちらに見せた後、色香漂《ただよ》う表情でそれを呑み込んだ。レオンは呆然と見つめ、そして慌てた。

「ジェラルド、口……ゆすいで」

「なぜ？　少量だったし、もっと欲しいくらいだ」

「そ……そもそも、どうして……」

「ずっと、そうしたかったから。あなたのすべてが欲しい」

ジェラルドは力の抜けたレオンをそのままに、肉茎に残る残滓を吸い上げ、舐めて綺麗にする。それだけでなく、這《は》う舌は下の陰部にも向かった。後孔はそれまでの愛撫で滴るほど濡れており、ジェラルドはそれも丁寧に舐めとっていく。

「あ……ああ……」

ジェラルドは舌を丸めるようにして後孔に差し込み、入り口を丁寧にほぐしている。

毎夜貫かれているそこは、舌のように柔らかい部分でも簡単に開いてしまう。発情期《ヒート》でなくとも雄を受け入れる身体に変わっていると、教えられているようだ。

レオンはあまり濡れない。いや、濡れなかった。

発情期《ヒート》の来ないオメガとしてはそれが普通だと思っていたし、だからこそ、潤滑剤が必要なのだと。

しかし日々丁寧に愛撫され、何度も結ばれるうちに身体は快感を覚えてしまった。キスや抱擁だけでも、期待してたくさんの蜜が溢れ出すようになってしまったのだ。

ぴちゃり、くちゅり、と鳴る水音に、自分の身体のはしたなさを感じ取り、上気する。そこは、溶けるほど蜜を溢れさせて、彼に征服されることを望んでいた。

「舐めとっても、溢れてくるな」

「も、もう大丈夫だから……恥ずかしい」

「そうだな」

ジェラルドは身体を起こし、素早く寝間着を脱ぎ、全裸になった。そして、腕に引っかけていたレオンの上着も取り去ってしまう。改めて見る、彼の鍛えられた雄としての肉体は、しなやかで美しかった。

（右肩の傷が消されて泣いていたのは、私との繋がりだったからだな……）

レオンはジェラルドの、傷を残したかった理由に思いを馳せ、それがすべて愛しくなってしまう。

今すぐに彼と繋がりたいという欲望が湧き上がり、レオンは腕を伸ばした。

「ジェラルド……欲しい」

「レオン……」

ジェラルドは滾った充溢をレオンの入り口に宛がった。

柔らかくなった部分に硬い先端が触れると、いつも恐怖に震えてしまう。それは発情していなくても感じる、アルファの圧倒的な支配に対する怯えだろうか。自分で望んだのに怖がるのは理不尽かもしれないが、両立する感情なのだから仕方ない。

ジェラルドの雄茎はレオンの内部に潜り込んでいく。

先端のみを突き刺し、そしてゆっくり腰を引くという浅い抽送。その動きで蕾が揺さぶられ、肉が捲《めく》れ上がってしまうのではないかと怖くなる。

レオンは嫌々をするように首を振った。

「ジェラルド、いやだ……こわれる……っ」

「壊れない。ふふ、腰を引くと、レオンが離したくないと引き留めてきて……愛しいな」

ジェラルドは浅い部分をじっくりと愛して、レオンの身体を溶かすように攻め立てた。しかし、レオンは深い部分の快感を知っており、その刺激が欲しくて体をくねらせる。

奥を突かれる感覚は、最初は痛かったし、つらかった。彼への愛情がなければ耐えられなかったかもしれない。それでも最近は慣れてきて、深い部分で達することもできるようになってきた。

「奥、に」

「欲しいか？」

「うん……」

了承した瞬間、ジェラルドの雄は膨張して熱を持った。隘路《あいろ》を極限まで広げ、奥へ侵入してくる。

彼の根元は太く、その圧倒的な質量を支える部分を受け入れると、無意識にジェラルドのものを締め付けてしまった。裂けてしまうのではないか、と思うほど広げられるのが怖くて、縮めようとしてしまうのだ。ジェラルドは痛みを感じるのか、苦しげに眉根を寄せた。

ジェラルドのものがすべて入りきったところで、彼は動きを止め、前傾し、レオンの頬に手を置いた。彼はじっとレオンの瞳を見つめ、少し悲しげに微笑んだ。

ジェラルドがそのような表情をする理由は分かる。彼の中のシェリーが、見つけてほしいと訴えているのだ。

（今、言うべきではない……）

レオンは喉元まで押し寄せる呼び名を抑え、ジェラルドの頭を抱きしめた。

「ジェラルド……」

「……愛している」

ジェラルドはレオンの首筋に顔を埋め、深く息を吸い込んだ。その息遣いだけで愛おしいという感情が伝わってくるようだった。言葉よりも、はるかに雄弁に。

彼はしばらくそうしていたが、やがてゆっくりと上体を起こし、レオンの腰を再び掴んだ。

「あ……」

すっかり馴染《なじ》んだ媚肉は、滑るように彼の雄を擦った。

散々いじめられて快感しか生まなくなった浅い部分も、期待し、疼いて仕方なかった奥の部分も、彼の動きに合わせて擦られ、打ちつけられる。最初は緩やかに、徐々に激しさを増しながら。

貪るような腰づかいに、レオンは呼吸さえもままならない。普段のレオンからは考えられない、情けない声で喘ぎ、嵐のような責め苦に耐えた。

「あ、あ、はげし、い」

レオンがやっとのことで声を上げても、ジェラルドは彼の言葉に応えず、ますます激しく突き上げる。

興奮しているのだろうか、アルファの、雄の匂いが濃くなって、レオンは五感すべてを支配されるように、クラクラした。

ジェラルドがレオンの匂いを好むのと同じく、レオンも彼の匂いが好きだ。あの花園の香りに似たフェロモンはもちろん、交接の際に感じる生々しい匂いも。

立ち昇る匂いに興奮し、思わず身震いすると、ジェラルドはすぐにそれに応じて、最奥を突き破らんばかりに打ちつけた。

「ひ、ぐっ……」

レオンはまるで悲鳴のような嬌声を上げた。

奥で達せるようになったのは、最近のことだ。トントンと、優しくノックされるような刺激が好きで、それ以上はまだ苦しい。

ジェラルドはここ数日、最奥をまるでその先に進むように突き上げるようになってきた。そこが行き止まりで、腹の中が持ち上げられるようにされるのは痛いと言っても止めてくれない。以前はレオンが嫌がると、延々と刺激し続けることはなかったのに。

「あっ、あぁっ……」

あのリックの復讐劇以降、ジェラルドはレオンを求める感情に遠慮がなくなった気がする。朝も晩も、まるで飢えを満たすように濃厚な交わりを求めてくるのだ。最初はこちらが心配になるほど性欲を見せなかったのに、あれは欲求を隠していたのだろうか。

そして、ジェラルドの切っ先が、レオンを割り開いた。

「いっ――――~~!!」

レオンは喉を反らして、声にならない悲鳴を上げた。執拗に突き上げられるうちに、腹の奥の深い部分が解けて開いた……としか言いようがない。ジェラルドの雄茎の先端が、レオンの未知の領域に潜り込んでいた。

「ひっ、う、あああああっ……！」

「ああ、入ってしまった」

ジェラルドはうっとりとした笑みを浮かべ、レオンの腹をそっと撫でた。

「ずっと、ここに入りたかった。あなたの、一番奥に」

「くるしい、こわい……じぇら……」

「発情期《ヒート》ではなく、あなたがあなたである時に、初めてを貰いたかった」

ジェラルドはレオンの途切れ途切れの言葉に気づかず、そのまま膝裏を抱え上げ、腰を密着させた。彼は上から押し込むようにして腰を小刻みに動かし、食い込んだ奥の入り口を揺するように刺激していく。

「あ、ぐっ、う、ううっ……」

「すごいな。吸いつくようだ。あなたの奥が、私を離さない」

レオンは何度も最奥に存在する秘部を突かれ、身悶えながら喘いだ。肉が煮え立つような熱さを感じてつらい。こんなのは知らない。怖い。苦しいはずなのに、頭がおかしくなりそうなほど感じてしまう。

（シェリー……ジェラルド……）

この身体は、アルファのものを最奥まで咥え込み、悦んでいるのだ。彼がそれを望んでくれたことは分かっているが、レオンは知らず、彼に散々オメガとして身体を開き、腰を振って快感をねだってしまった。

レオンは羞恥に涙を流す。するとジェラルドは動きを止めて前傾し、レオンの涙を唇で優しく拭ってくれた。

「すまない……。欲しいままに勝手をしてしまった」

「じぇらるど……」

「嫌、だったか？」

不安げに訊ねてくるジェラルドに、レオンはふるりと頭を横に振って否定した。

違うのだ。理想を一番見せたいと思っていた相手に、真逆の姿を見せてしまった事実に、どうしたらいいのか分からない。

（ジェラルドの抱いていた思い出を穢さなかっただろうか……）

泣き止むまで待ってくれていたジェラルドだったが、レオンが落ち着いたところで再び律動を始める。結局その後、レオンは何度果てたか分からなくなった。

◇◇◇

シェリーの秘密が明らかになってから既に十日が過ぎていた。だが、レオンはその事実をジェラルドに打ち明けられていない。

タイミングを見計らっているが、なかなか言い出せない。抱えてきた時間や感情が大きすぎて、どのような言葉で思いを伝えればいいかが分からなくなってしまう。

レオンは居間のソファーにもたれかかり、悩ましくため息をついた。

「レオン」

声をかけられて顔を向けると、入室してきたジェラルドは苦々しい表情を浮かべていた。彼は表情の変化が少ないけれど、不快さを表すのは得意なようで、今回はいつもよりも三割増しで恐ろしい。

「どうした？　ジェラルド」

「父から連絡があった」

「ご当主様から……何かあったのか？」

「〝挨拶に来い〟と」

「挨拶」

レオンはハッと気がついた。ジェラルドの家族に挨拶せずに、かなり時間が経ってしまっている。

以前、訪問について話し合った時、番契約《つがい》を結んでいなかったため、ジェラルドはレオンがクイン家に向かうことを嫌がり、発情期《ヒート》を待つことになっていた。

ジェラルドはレオンの隣にドスンと腰かけ、眉間に皺《しわ》を寄せたまま、こちらをじっと見つめる。

「アルファが大勢いるから嫌だと断ったんだが、フェロモン抑制剤を使うから心配するな、と言われた」

邸内にいるアルファたち全員に抑制剤を投与すると、当主から明言されたようだ。

それでもなお、ジェラルドは不安を感じているのだろう。クイン家は筆頭五家であり、本邸にはアルファ因子の濃いアルファが大勢いる。

（『フェロモン抑制剤』は優秀だとは思うが、鼻を近づければ香りは分かる……完全に消し去るものでもないからな）

ジェラルドの不安は理解できる。レオンも、ジェラルドが他のオメガの匂いに惹かれてしまったら嫌だと常々思っているからだ。

しかし、貴族にとって礼儀は重要なこと。もし年単位で発情期《ヒート》が来ないのなら、それだけ挨拶が遅れることになってしまう。数年後に『はじめまして』と言って挨拶に行くなんて、気まずいにもほどがある。

「ジェラルド、行こう」

「レオン……」

「挨拶は大事だ。あまり引き延ばしてはよくない」

そう言ってレオンは微笑みながら、ジェラルドの頬を両手で包んだ。レオンがじっと見つめると、ジェラルドの瞳が揺れる。

「本当に嫌だ……」

「そんな駄々をこねないでくれ」

「こねたくもなる。ただでさえ誰にもあなたを見せたくないと思っているのに」

ジェラルドは頬に当たるレオンの手に、重ねるように手を置いた。彼の拗ねた表情は、正体を知ってみればシェリーと重なる。立派な大人で鋭い顔立ちを持ちながらも、言っている内容はわがままな子供のようで可愛らしい。

（これは甘えてくれているのだろうか）

レオンは微笑ましさに口元が緩んでしまう。

ソファーから立ち上がったレオンは、隣に座っていたジェラルドの前に王子様のごとく跪《ひざまず》いた。

芝居がかった仕草でジェラルドの手を取り、輝く微笑みを向ける。

「ジェラルド。〝王様〟に、きみが私の運命の〝お姫様〟だと宣言する栄誉をくれないか？」

レオンは当主を王様に例えた。レオンが王子様として振る舞えば、ジェラルドは変わらず頰を赤らめ、恥ずかしそうに視線を逸らす。その可愛らしさに心が震えそうになるも、レオンは必死で感情を抑えた。

「……分かった」

ジェラルドは渋々ながらも了承してくれた。


クイン家の領地は王都に接しているため、転移ゲートが使えなくなった今でも、魔導車を使えば日帰りで移動できる。レオンとジェラルドはいつものようにノアが運転する魔導車で移動し、昼にはクイン家本邸に到着した。

遠くからでも目に入る本邸は、優雅な王城とは異なり、実戦に挑む砦《とりで》のような外観で、軍を統括する一族らしい堅牢《けんろう》さが窺《うかが》える。磨き上げられた石組みの柱に取り付けられた巨大な鉄柵門は、魔導車の到着と共にゆっくりと重々しく開かれていった。

門をくぐると、中は貴族の邸宅らしく上品に整えられた庭園に挟まれた車道が続いている。

魔導車から降り玄関ホールに到着すると、そこには初老の執事が立っていた。彼は深々と頭を下げてレオンたちを出迎える。タイピンから察するに、おそらく彼は執事長だろう。

「お待ち申し上げておりました。ジェラルド様。レオン様」

執事長の案内で二人は邸内の廊下を進む。途中、使用人たちがすれ違うたびに、彼らは一礼して廊下脇に身を寄せた。

ジェラルドは自然体で慣れている様子だが、レオンは緊張していた。アイディール家は侯爵家であり、歴史は古いが、使用人たちとの距離は近く、レオンにとって彼らは家族のような存在だった。しかし、クイン家の使用人たちの作法は王城のような厳格さがある。

(粗相のないようにしなければ……)

執事長は、到着した先の飴色に塗られた重厚な扉を丁寧にノックする。しばらくの間、中からの返事を待ち、その後、ゆっくりと扉を開けた。

室内は広々としていたが、シンプルな調度品でまとめられており、余計なものは一切置かれていない。窓際には執務机があり、そこには一人の青年が座っていた。年齢はまだ二十代後半ぐらいだろうか。彼は立ち上がってこちらに歩いてきて、軽くジェラルドに挨拶した後、レオンに笑顔を向けた。

「はじめまして、レオンさん。弟がお世話になっています。兄のアーノルドです」

「こちらこそはじめまして。ご挨拶が遅くなって申し訳ありません」

レオンは礼儀正しく頭を下げ、それから姿勢を正して、ジェラルドの兄であるアーノルドと向き合った。

兄弟は容姿が似ておらず、彼は以前会ったジェラルドの義母リリアンと面差しが似ていた。すっきり整えられた栗色の短髪に、涼やかなアイスブルーの瞳。スレンダーなリリアンと違って、アルファ男性なので相応に逞《たくま》しい体格をしている。身長はジェラルドよりもやや高い。クールな容貌ながら優しそうに見えるのは、表情が柔らかいからか。兄弟で系統は違うが、彼もまた美しく、魅力的な男性だった。

「かけてください。レオンさん、そんなに畏まらないで。楽にしてください」

アーノルドはレオンたちをソファーへ座るよう促した。それに従ってジェラルドと並んで座ると、アーノルドは対面に腰を下ろす。執事長が紅茶を用意し、テーブルに並べてくれた。

「……やはり似ている分、慕《した》わしく感じてしまうね」

「似ている？」

「ふふ。きみのお兄さんとは学友でね」

アーノルドは懐かしむように微笑んだ。レオンは驚きに目を丸くする。

「兄……何番目のですか？」

「ああ、兄弟が多かったんだっけね。二番目のお兄さんだよ」

「それは……ご迷惑をかけませんでしたか？」

レオンは嫌な汗をかいた。東方かぶれの次兄は、面白い男ではあるが貴族社会からは浮いている。アーノルドは苦笑しながら首を横に振った。

「迷惑なんてとんでもない。彼のおかげで丸くなったと、周囲から言われるよ。私は当主教育のせいで堅い性格をしていたから」

「そうですか。それはよかったです」

レオンはクイン家の次代であるアーノルドと円滑に話せるかどうか気を張っていたが、予想外の共通の話題が見つかり、ほっと胸を撫でおろす。

リラックスした気分でニコニコしていると、横から鋭い視線を感じた。

隣を見ると、ジェラルドが睨《にら》んでいる。やきもちを焼いた時のシェリーも似たような表情をしていて、それは非常に可愛らしかったが、今の彼がすると相当に怖かった。

「……楽しそうだな」

「もう。きみの兄上じゃないか」

誰彼にも嫉妬の感情をぶつけるなと、レオンが慌ててたしなめる。アーノルドは二人のやり取りを見てクスッと笑い、それから本題に入った。

「ジェラルド、私のほうに先に通してもらったのは、父上に会う前に伝えておきたいことがあったからだよ」

「伝えておきたいこと？」

「父上が親戚連中から、いらぬご注進をいただいているようだ」

アーノルドの言葉に、ジェラルドの眉尻が吊り上がる。

「ご注進……誰が何を言ったかは想像がつくが」

「お前も耳聡《みみざと》いな。まぁ、番《つが》う相手のこととなれば当然か」

二人の会話から、レオンにとって都合の悪い話題であることが分かった。クイン家の親戚からレオンに対する不満があるとすれば、その内容は容易に想像できる。

おそらく、発情期《ヒート》がなかなか訪れないことに関してだろう。〝欠陥品のオメガではないか〟と考える人が、既にいるのかもしれない。

「私の相手は私が決めると……そう話は通しておいたはずだが」

「知ってる。でもね、ジェラルド。そうであっても余計なことを言うやつはいるよ。しかもそれを〝親切〟と疑わず、恩を売ったとさえ思っている」

「面倒な」

アーノルドの話に、ジェラルドは舌打ちをして、ソファーに背を預けた。彼は苛立っているようだったが、レオンは彼が周囲に何を言われても自分に対する態度を変える気がないのだと知って、内心ホッとした。

（私は自分で思っていたよりも、不安だったんだな……）

しかし、安心していられる訳ではない。

ジェラルドと番《つがい》関係が結べなければ、そのおせっかいな親戚とやらが、発情できるオメガを彼に宛がうかもしれない。番《つがい》関係は一対一であり、どちらかが死ぬまで新たな契約は結べない。

つまり、誰かに奪われてしまえば終わりなのだ。

レオンとジェラルドは執務室を後にし、執事長に案内されながら廊下を進んだ。

目的地は本館から少し離れているようだ。渡り廊下を越えた先の別館の内装は落ち着いており、どこかジェラルド邸の装飾と似ているような印象を受けた。

アーノルドの話をまとめると『ジェラルドの番《つがい》に我が子を』と声高に主張しているのは、ジェラルドの叔父であり、当主の末弟らしい。彼には番《つがい》のいないオメガの子がおり、その子をジェラルドに結びつけたいという願望があるようだ。

(番《つがい》のいないオメガか……)

レオンは眉をひそめた。同じ学年のオメガとは親しく付き合っているが、クイン家の縁者がいるという話は聞いたことがない。

この国では、エデン卒業後一年以内に番《つがい》を決めなければならないため、上の学年の者たちは既に相手がいるはずだ。レオンが欠陥品と見なされたとしても、その代わりに本家の息子に未亡人を薦める可能性は低いと考えられる。

したがって、そのオメガはレオンよりも若いだろう。下の学年ならば、エデンに在籍中のため、その子が卒業するまでは時間の余裕があるだろうか。

ふと、レオンは目の前を歩くジェラルドの背中を見つめた。彼は背筋を伸ばし、颯爽と歩いている。歩き方一つ取っても、ジェラルドの立ち居振る舞いは洗練されており、アルファ特有の威厳が感じられる。か細いシェリーがここまでの男性に成長するまでには、どれだけの修練が必要だったのだろう。きっと、並大抵の努力ではなかったはずだ。

（……最近、ちょっとしたことで涙腺が緩むな）

そのうちに、目的地に到着したらしく、執事長は扉の前で歩みを止め、恭《うやうや》しくノックをした。中から許可の声が聞こえると、執事長は静かに扉を開ける。

部屋から出てきたのは、壮年の男性とレオンと同世代のオメガ男性だった。執事長の態度から察するに、彼らは先ほど話に出ていたジェラルドの叔父とその息子のようだ。

息子のほうはエデンで面識がある。一学年上に在籍していたはずだが、番契約《つがい》を済ませていないことが少し奇妙に感じられた。

（顔色が悪いな……）

オメガの男性は、レオンを見て驚き、ますます青ざめてしまった。ジェラルドを奪おうとする相手を心配するのは、人がよすぎるかもしれないが、彼の様子を見ていると、気を失いそうな感じがして怖い。思わずレオンは手を差し伸べ、彼の身体を支えた。

「大丈夫か？」

「あ……あ……」

彼は魚のように口をパクパクさせた後、本当に気を失ってしまった。

「具合が悪いのかもしれない。頼めるかな？」

レオンが執事長に尋ねると、彼は一瞬目を丸くしたが、すぐに表情を戻し「かしこまりました」と答えた。

レオンは己の腕の中でぐったりしている青年を見下ろした。オメガらしい綺麗な顔は、伏せられた長いまつ毛のせいもあってまるで人形のようだし、華奢な身体はレオンの腕にすっぽりと収まってしまう。自分にはない魅力があり、正直なところ羨ましい。

間を置かず、使用人たちが集まり、彼を運んでいった。

「息子への対応、感謝する」

背後からかけられた声に振り返ると、ジェラルドの叔父が立っており、彼は眉間に皺《しわ》を寄せながらも礼を口にした。

明らかにレオンに対して敵意を抱いていることが分かるが、それはそれ。貴族としての礼儀はきちんとしているようだ。その後、彼はすぐに踵《きびす》を返し、息子が運ばれた先へ歩いていった。

「なんだったんだ……」

突然巻き込まれた事態にポカンとしつつ、ジェラルドに視線を向けると、彼は叔父の向かった方向を睨《にら》みつけていた。


扉の向こうは応接室のようだ。おそらく、先ほどの叔父親子は先客だったのだろう。

執事長に促され、レオンたちも入室した。広い部屋は落ち着いた色調でまとめられており、立派な家具や先進的なデザインの美術品が並んでいる。

ソファーに座って待っていたのは、この国の軍部を統括するクイン家の当主であり、ジェラルドの父親だ。

彼は年齢よりも若々しく見えるが、頂点たる威厳に満ちていた。

オールバックに撫でつけられたダークブラウンの髪は艶《つや》やかで、鮮やかな緑色の目は鋭く物事を見抜く印象を与える。肌は引き締まっており、健康的な輝きを放っているが、眉間には深い皺《しわ》が刻まれていた。おそらく、軍務での苦労の跡だろう。彼はスーツを身にまとっていたが、休日に寛《くつろ》ぐために選んだ略式の服装に見えた。

レオンの顔を見ると、彼は優しい微笑みを浮かべる。レオンは急いで頭を下げたが、隣のジェラルドからは不快な雰囲気が感じられた。

「急に呼び立ててすまないね。今日は会えて嬉しいよ。座って」

当主が向かいの席を勧めたので、レオンたちは並んで腰を下ろす。執事長が飲み物を用意して退出し、部屋に三人きりになったところで、ジェラルドが口を開いた。

「挨拶という話だったたが、叔父の主張を通そうというなら、顔も見せたしこのまま帰らせてもらう」

「待ちなさい、ジェラルド。決めつけは早計だ。気持ちは分かるが」

当主は苦笑いしながら、ジェラルドを宥《なだ》めた。ジェラルドは不満げに口を閉ざしたが、その目は鋭く父親を睨《にら》みつけている。当主は一度咳《せき》払いをして、真っ直ぐにレオンを見つめながら話し始めた。

「ハロルド・エース・クインだ。クイン家の当主であり、きみの番《つがい》となる男の父親だ」

「レオン・アイディールです。着座のままの挨拶で申し訳ありません」

「よい。私が同じ目線で名乗りたかったのだから」

ハロルドは柔和《にゅうわ》に笑った。レオンは、自分の番《つがい》がジェラルドであると当主に認められた気がして、少し肩の力が抜ける。隣のジェラルドも肌を刺すほどの威圧を収めて、ソファーに深く座り直していた。

ハロルドは膝の上で手を組み、真剣な表情で、ジェラルドの叔父とその息子について語り始めた。

それは先日のダンジョンコア爆破事件との関連もあるらしい。

彼の息子は研究所で拘束されていたオメガの一人だったという。番《つがい》を作りたくないと頑なに拒否していた息子に無理強いをしなかった叔父だが、彼が事件に巻き込まれたため、一人にしておくことは危険だと感じ、急いで番《つがい》探しに動いているようだ。

(彼は今でも番《つがい》を作るのが嫌なのか？　だからあんなに顔色が悪かったのか……？)

レオンはジェラルドの横顔を見つめた。

美麗な顔立ちではあるが、表情が厳しく、苛立っているせいかまとう空気がピリピリしている。あの儚げなオメガは彼のことを、気を失うほど恐ろしく感じたのではないか。

ジェラルドはレオンの感想に気づくことなく、ハロルドの話に納得した様子で腕を組んだ。

「なるほど。ならば相手は私でなくていいだろう。軍部には、若いアルファが大勢いるのだから」

「やつは息子が可愛いらしい。若い入隊希望者たちが頼りなく見えるそうだ」

「甘やかして放っておいたくせに、子の相手を選り好みするのか」

「耳が痛いな」

ジェラルドの不快そうな様子に対し、ハロルドは眉尻を下げて笑い、それから彼は改めてレオンを見据える。

「では、息子の選んだ相手と二人きりで話してみたいのだが、どうだろう」

「え……」

レオンはハロルドの申し出を予想しておらず、驚いて思わず声を漏らしてしまった。隣に座るジェラルドを見ると、彼はその申し出に対し不機嫌そうに目を細めている。

「どうして、そのようなことを？」

「私も親だったらしい。きみと生涯を共にする相手と、きみのことを話してみたくてね」

ハロルドはそう言って、意味深げに微笑んだ。

「……執事長の目の届く範囲で話すならいいが、余計なことは言わないでもらいたい」

ジェラルドが渋々受け入れているのを見て、レオンは戸惑いつつも、ここは彼の方針に従うべきだと判断した。

ハロルドはソファーから立ち上がり、ジェラルドがそれに続くように立ち上がる。二人は何かを耳打ちし、ジェラルドは頷いて部屋を出ていってしまった。それを座ったまま見ていたレオンに、ハロルドが声をかける。

「この部屋から庭に出られるのだが、一緒に散策してみないかね」

レオンは頷き、立ち上がった。


レオンはハロルドに案内され、応接間のテラスから階段を下りて庭に出た。

そこから続く小道は柔らかな芝生で覆われており、手入れが行き届いていることが分かる歩きやすさだ。

植えられた樹木も背が低いものばかりで見晴らしもいい。庭園に植えられた花は主にバラだが種類に偏りはなく、様々な色彩に目を奪われる。ところどころにシンボルツリーのような変わった木が植えてあり、とてもユニークだ。

空は青く澄んでおり、穏やかな風が吹いていた。胸いっぱいに空気を吸い込み、吐き出すと力が抜けて、屋敷に到着して以来続いていた緊張感が和んだ気がする。

「かなり広いんですね」

「ああ。研究所から救出されたジェラルドが、リハビリのためにここを毎日歩いていた」

「ジェラルドが……」

レオンは、研究所でジェラルドが受けた仕打ちを思い、胸が苦しくなる。先日潜入したダンジョンも研究室も、閉塞感が強かった。幼い頃のジェラルドはこの景色に何を見たのだろう。楽園のように感じただろうか。しばらく歩くと造成された小さな池があり、ハロルドはそこで足を止めた。

「救出されたばかりのジェラルドと、ここで約束したんだ」

「約束、ですか？」

レオンが首を傾げると、ハロルドは池に映る自分自身を見つめながら言った。

「〝運命〟をどんな手を使っても逃さず、彼と結びつけると」

その言葉を聞いた瞬間、レオンの胸がバクンと跳ねた。それから痛いほどに早鐘を打つ。レオンは池に映るハロルドの傍らに、シェリーの姿を幻視した。


『――私は拘束中、運命に出会いました。年頃近いオメガです。彼が欲しい』


ハロルドは当時のやり取りを話してくれた。一言一句違わず、それが幼いジェラルドが口にした言葉だという。

「シェリー……」

水面に呼びかけると、池の魚が勢いよく跳ねて、初恋の彼の姿は消えてしまった。

「きみもあの子を覚えていてくれたのかね」

「大切な思い出なんです。でも彼とシェリーが結びついたのが最近のことで」

分かっていたことだったとはいえ、レオンはこれで確証を得られた。

シェリーはクイン家に保護された直後から、エデンにいるレオンを相手として望み、卒業を待っていてくれたのだ。レオンは目頭が熱くなり、涙で視界がぼやけていく。

ハロルドはそれにすぐ気がついてくれて、ハンカチを差し出してくれた。レオンは受け取り、顔を拭う。彼は、レオンが泣き止むまで黙って待ってくれた。

「ありがとうございます、教えてくださって。彼にも望んでくれて嬉しいと……伝えます」

レオンは近いうちにジェラルドをデートに誘い、いい雰囲気で告白しようと決心した。

レオンは顔を赤らめハロルドに笑顔を向けたが、彼は浮かない顔をする。そして、スーツのポケットを弄り、何かを取り出した。

「きみにこれを渡しておく」

「これは？」

ハロルドから手渡されたのは、頭に小さな青い魔石が埋め込まれた鍵だった。魔石に触れると、わずかに魔力の波動を感じたので、解除術式が刻まれたものだろう。

「鳥籠の鍵だ」

「鳥籠？」

「ジェラルドに譲った屋敷にある、オメガを閉じ込めるための部屋だ」

「え……」

レオンは息を呑んだ。

あの屋敷は元々当主のもので、そこにミラを軟禁していたと聞いている。だとすれば、そのような部屋が存在しても不思議ではないのかもしれない。

隣で紳士的に微笑むハロルドだが、彼も内に強い支配欲を秘めているのだ。

「どうしてこれを私に？」

「私はあの屋敷をジェラルドに譲る時、鳥籠を賢く利用するようにと言って、鍵を渡した。アルファは、いつでもオメガが逃げ出さないようにできる場所があるだけでも、本能を抑えられるんだ」

「そう……なんですか」

物騒な話だが、アルファ性の執着の強さはエデンで習っている。本能の制御に関して、ハロルドが言うならそうかもしれないと思うのは、ジェラルドが驚くほど紳士的で落ち着いているからだ。

それでも最近は……特にダンジョンコア爆破事件以降は執着心が増した気がする。それはレオンに対して不安を抱いているということだろうか。

考え込んでいると、ハロルドが口を開いた。

「鍵を渡した時、あの子のアルファ性は大したことがないだろうと思っていた。しかし、そうではなかった」

「え……？」

「主治医からは、研究所に拘束されていた時に受けた投薬の影響かもしれないと言われた。あの子は……後天的に、強いアルファ性を得てしまったんだ。私よりもはるかに強い」

ハロルドは、鍵を握るレオンの手を両手で包み込んだ。

「きみに万一のことがあってはいけないと思った。これは自分の身を助ける時に使いなさい」

重なる手が冷えていく。

レオンは、ハロルドの語るジェラルドの強いアルファ性が自分にどんなリスクをもたらすのか分からず、ただ戸惑うばかりだった。

Ⅶ

ジェラルドたちがクイン家への挨拶を終えた三日後、エヴァシーン・ケイター・ロアの『第一級禁忌犯』としての魔術刻印を押される刑が執行されることとなった。

貴族牢の一室は簡素ではあるが、調度品は整っている。ジェラルドは、エヴァシーンが収監されているこの貴族牢を訪れ、彼との最後の面会を行っていた。

エヴァシーンは医師としてクイン家にも出入りしていたため、ジェラルドとは顔見知りの間柄だ。しかし、ジェラルドが訪れたのは、誰も彼のもとへ面会に訪れないことに対する同情からではない。彼がレオンに対して行った行為は許しがたく、科せられた刑は当然の報いだと考えている。

それでもなお、ジェラルドはエヴァシーンに聞いておきたいことがあった。

ローテーブルを挟んで対面のソファーに座るエヴァシーンに、ジェラルドは手に持った紙を見せる。

そして、問いかけた。

「検査結果について聞いておきたい」

それは、エヴァシーンがレオンの血液を解析した検査結果の報告書だった。

様々な項目が数値として記載されているが、文章として残されたものはない。ジェラルドが知りたいと思っている情報は、エヴァシーンの頭の中にある。刑の執行前になんとしても引き出したい。

「構わないよ。僕が医師として最後にここを使う機会だろうし」

エヴァシーンは指し示すように、指先でトントンと彼自身のこめかみを叩いた。

予想していたよりもあっさりと快諾され、ジェラルドは拍子抜けしてしまう。人間性に問題があるが、それでも彼は医師であり、研究者なのだ。

エヴァシーンは、検査結果から導き出された見立てを語り始めた。

「レオンは投薬によりアルファ因子が休眠し、代わりにオメガ因子が優勢になってオメガ化したんだ。しかし、アルファとしては因子が強いほうだったらしい。休眠しているというのに、それが発情を阻害している」

「……発情促進剤を使うしかないのか？」

ジェラルドは難しい顔をして問いかけた。

レオンにできるだけ負担をかけたくないというのがジェラルドの願いだった。もし薬で発情が可能となれば、レオンはそれを受け入れるだろう。

しかし、合法の発情促進剤であっても長期間の摂取は肉体的負担があり、将来的にどのような影響を及ぼすかは分からない。

「いやぁ、無理じゃないかな。発情しきれず、熱を持ってつらくなるだけだよ」

深刻な話に対して、相変わらずヘラヘラと笑いながら答えるエヴァシーンに、ジェラルドの苛立ちは募るばかりだ。これ以上聞いても仕方がないと席を立った。

「そうか、邪魔したな」

「ああ、待ってよ。解決策がない訳じゃないよ」

エヴァシーンは引き留めるように、ジェラルドの欲しい情報があることを伝えた。

ジェラルドは一歩踏み出した足を止め、振り返る。

「あるなら早く言え」

「怖いなぁ。きみのオメガ化実験が成功したら、僕の番《つがい》に宛がわれる予定だったって聞いたけど、無理だよね」

「気持ち悪いことを言うな」

ジェラルドは肌が粟立った。思わずエヴァシーンの減らず口を封じるために強めに威圧してしまう。

五家同士であろうとも、ジェラルドのアルファ因子は異常なほど強力であり、その威圧に屈しないアルファはいない。唯一の例外は、魔力量で勝るモーリスだけだ。

エヴァシーンは顔色を失い、胸を押さえて情けない顔をした。

「威圧、きついなぁ。でも、解決策はそれだよ」

「それ？」

ジェラルドが問い返すと、エヴァシーンは苦しそうにしながらも、邪悪な笑みを浮かべた。

「レオンの中に眠るアルファ因子を威圧し、屈服させればいい」

「なっ‼」

「彼の中に眠るアルファ性を殺せばいいんだ。簡単だろう？」

エヴァシーンのもたらした情報は、毒を含んだとげのようにジェラルドの心に刺さった。

◇◇◇

クイン家への挨拶を終えてから一週間が経った。しかし、レオンの頭はハロルドからされた話でまとまらず、ジェラルドをプロポーズデートに誘えないでいる。

鳥籠の場所はハロルドから確認していた。

その場所は、なんでも番《つがい》の部屋の真上にあるそうだ。外から見ると、いつも鎧戸《よろいど》が閉まっているので、そういうことかと納得した。三階には客室と宝物庫しかないと言われていたが、そこにあるのだ。

朝食を終えた後、ジェラルドは仕事に出かけてしまった。

レオンは彼がいない間に執務室に向かい、使用人たちが行っている家事を手伝っている。

ジェラルドからは手伝う必要はないと言われているが、退屈だし、協力すれば仲良くなれるので楽しい。ジェラルド邸で働く使用人たちとは顔を合わせるたびに笑顔を交わせる関係になっている。

アイディール家でも使用人との関係は同じようだったので、こうして良好な人間関係を築けていることが嬉しいと思う。

レオンが書類をまとめ終えて休憩していると、ノアがお茶を持ってきた。礼を言って受け取ると、ノアも椅子に座り、一息ついた。

「レオン様、今日私のエデン時代の後輩が挨拶に来るんですけど……」

「そうなんだ。私も会ってみたいな」

「ええ、ぜひ。〝ティールーム〟を開きましょう」

ノアが妖《あや》しく笑う。何か内密の話があるのかもしれない。

「分かった」


そして午後になり、以前にティールームを開いた温室で待っていると、ノアに案内されて彼の後輩がやってきた。

レオンは驚いて目を瞬かせる。

それも当然だ。彼は先日クイン家本邸で会った、ジェラルドの従兄というオメガだった。あの時は出会ってすぐに倒れてしまい、じっくりと彼の姿を見られなかったけれど、なるほど。ジェラルドの叔父が息子を可愛いと思う理由が分かる。

彼はレオンの一つ上だが、とてもそうは見えず、まるでお人形のように可愛らしかった。

ハニーブロンドの細い髪は肩まで伸びており、ふわふわと揺れていて思わず触れたくなってしまう。吊り上がった緑色の目は大きくて澄んでおり、まるで子猫のよう。白い肌にピンク色の頬、そして小さな鼻とぷっくりとした唇、華奢な身体にはレースをふんだんに使った服装がよく似合っている。

彼を見ると、誰もが可愛いと思い、守ってあげたいと思うだろう。レオンもそう思った。

「すいません……っしたっ！」

「うん？」

勢いよく身体を折って挨拶をするジェラルドの従兄は、愛らしい外見に反して重厚で、まるで鬼軍曹に発声指導されたばかりの一兵卒のような声で、開口一番謝罪した。

戸惑うレオンだったが、彼の首根っこを掴んだノアが、普段よりも三段階ほど低い声で凄む。

「あぁ？　声が小さいな」

「すいませんでしたっ‼　あのバカを止められず‼」

ノアに頭を掴まれ、このままでは地面に顔を押し付けられるかもしれないと気づいたレオンは、慌てて立ち上がり、もういいと二人を止める。ノアはようやく腕を解放したが、ジェラルドの従兄はまだ謝罪を続けようとしていた。

レオンは謝罪を受け入れ、状況が理解できないので、説明してくれるよう頼んだ。

温室の席に着くと、ジェラルドの従兄はアレステアと名乗り、体を縮こませながら、ぽつぽつと語り始めた。

「俺……いや、私はどうしてもアルファに従うのが受け入れられないというか……親父、いえ、父上を思い出してしまって」

エデン時代、ノアのグループの世話になっていたアレステアは、入学時から荒れていた。彼は、権力志向が強く抑圧的な父親とは相性が悪かったそうだ。

アルファがすべてそのような性格でないことは分かっていたが、彼の父親の周囲には似たようなタイプのアルファが集まり、アレステアはアルファ嫌いを拗《こじ》らせてしまったらしい。

だから彼は番《つがい》を作らず一人で生きていこうと考えていた。

それは国の番《つがい》政策を思ったら無理なのではないか、とレオンは思ったが、なんでも、隣国ザハールでの仕事を謳う求人があったのだそうだ。アレステアはそれに応募し、連れていかれた先であの研究所の事件に巻き込まれてしまったのだという。

「エデン時代、ノア先輩のグループを守ってくださった恩は忘れていません。研究所の事件でもレオン様に助けていただきました。父上がレオン様が本邸に来るから、礼をしに行こうと言うので、ついていったら」

「話が違う、となった訳か」

「はい。本当に申し訳ありませんでした。しかもあまりのことに卒倒したところまで助けていただいて」

そこまで口にしてアレステアは頬を愛らしく染めた。本当に可愛らしい。

隣に座っているノアが、すかさずアレステアの後頭部を叩いた。痛そうな音が響いたが、アレステアは喜んで笑っているので、おそらく、彼らにとってはよくあるやり取りなのだろう。

「事情は分かった。しかし、大丈夫か？　きみの父上はジェラルドがダメなら、他の強いアルファをきみに宛がおうとするだろう？」

「そうなんですよね……。父上が紹介してくるアルファなんて、多分あいつと似たようなタイプですし」

アレステアはシュンと項垂《うなだ》れた。

この国の番《つがい》制度はフェロモンの相性だけを重視している。家の名前や地位は全く考慮されない。孤児であるリックと、筆頭五家であるマグス家出身のモーリスが番《つがい》になることが許されているのも、それが理由だ。だから、本来なら親が番《つがい》に口出しするなんておかしいのだ。

とはいえ、アレステアが番《つがい》を作らなければならない現実から逃げていたため、親が口を挟まざるを得ない状況になってしまったのだが。

「アレステア、いい加減覚悟を決めろ。お前自身が番《つがい》を作る気にならないと、何もしてやれない」

「ノアさん……」

「私は軍所属だから、番《つがい》のいないアルファも何人か知ってる。お前の性格はよく分かっているし、気の合いそうな相手を紹介するよ」

頭を掻きながら話すノアに対し、アレステアは目を潤ませて感謝の気持ちを示した。

父親が動く前に、相性のいい相手と番《つがい》の関係を成立させて逃げ切るつもりだ。あの敵意を向けてくる男がそれを知り、苦々しい顔をするのを想像すると、確かに胸がスッとする。

「頑張ってくれ」

レオンは立ち上がり、右手をアレステアに差し出した。

「はい！」

アレステアも立ち上がり、握手をするかと思いきや、彼はレオンに飛び込むように抱きついた。ノアがギョッとした顔でレオンを見たが、気にせずに彼を優しく抱き返した。アレステアの体は細く、華奢だ。オメガらしくて本当に羨ましい。

遠くから二人が抱き合う様子をじっと見つめる視線があったが、レオンはそれに気づかなかった。

夕刻にアレステアが帰宅し、レオンはいつも通り自室でジェラルドの帰りを待っている。本を読んではいるものの考え事に没頭し、文字を追う目は滑るばかりだ。

ティールームでノアが話題にしたことがもう一つあった。それはダンジョンコアに利用された過去のオメガたちの安否だ。

彼らはアレステアと同じく仕事の求人に応募し、研究所でエネルギーとして利用されることとなった。

レオンは彼らが亡くなってしまったのではないかと心配したが、そうではないらしい。

利用されたのは一年間だけで、彼らは真実、隣国ザハールに移された。ただし、職業人としてではなく、番《つがい》として。本来なら番《つがい》関係を結ぶことなく働きたかった彼らにとっては、可哀想な話だ。

ザハールは豊かな国でありながら、排他的な国家でもある。

そのザハールが他国のオメガを番《つがい》に迎えたのは、深刻なオメガ不足に陥っていたからだ。隣国はフランメル王国の過去にもあったように〝フェロモン抑制剤〟の薬害により、若いオメガが多く失われ、しかもオメガの人口回復が上手くいっていない。

研究所はそのザハールの深刻な問題につけ込み、利用後のオメガを横流ししていた。

この事件を知ったザハール側も驚いたという。最低限の国交しかなかったザハールは、正規の手段で番《つがい》を迎えたと思っていたのだ。

（とにかく、被害者が無事でよかった）

レオンは今に至るまで、たくさんのオメガが命を落としたと思い込んでいたので、その点に関してだけはホッとしてしまった。

パタンと音が鳴る。気を抜いた拍子に、本が手から滑り落ちてしまった。レオンは苦笑し、本を拾い上げて本棚に戻す。

そのタイミングで、ノックの音があった。ノアだろうかと応答すると、訪ねてきたのは珍しく家政婦長だった。ノアはジェラルドと一緒に出かけており、彼が戻るまで家政婦長が世話をしてくれるとのことだ。

（急だな。出かける予定は聞いていなかったが……何かあったのか？）

レオンは夕食を済ませ、風呂に入って就寝した。

しかし朝になり目覚めても、隣に誰かが寝ていた痕跡はなかった。レオンはシーツを撫でて使用感を確かめ、首を傾げる。

（戻っていない？）

家政婦長に尋ねると、ジェラルドとノアはクイン家本邸に戻っており、三日ほどでこちらに戻る予定だという連絡があったと教えてくれた。

事情は分からないが、それだけ一人でいる時間があるなら、ジェラルドがいない時にしかできないことをやれそうだ。

レオンは本邸でハロルドと話した時に渡された鍵を、自室に隠している。いざという時に使えるようにというなら、この鍵は鳥籠に潜ませておいたほうがいいだろう。

そう考え、レオンは鳥籠に向かうことにした。


そして、その日の夜。レオンは早速行動に移した。

レオンの就寝時刻が過ぎれば、邸内の使用人たちは各自の部屋に戻る。廊下はしんと静まり返っているので、レオンは物音を立てぬよう息を潜めて歩いた。

階段を上がり、初めて訪れた三階は、聞いていた通りフロア自体が狭いようだ。

ジェラルド邸へ初めてやってきた時に邸内を案内されたが、三階部分は口頭で説明されただけだった。鳥籠はレオンたちの部屋の真上にあたるとハロルドから聞いていたので、迷うことはない。

そこにあったのは古びてくすんだ色をした、重厚な扉だ。まるで、ここだけが別の世界として切り離されているかのように見える。

鍵を鍵穴に差し込むと、くすんだ色の扉全体に、籠目状の魔術光が勢いよく走った。

闇の中で浮き上がるその光に、古びた扉がただ古いだけではないことがはっきりと分かる。

「こんな鍵のシステム、初めて見るな……」

軍事を司《つかさど》るクイン家の当主が、番《つがい》を閉じ込めるために用意した部屋だ。おそらく他にない仕掛けが施された特注品に違いない。

「パスコード……」

扉は物理的な鍵だけでなく、パスコードを求めてきた。研究所を封鎖する際に、リックが張った結界と同様、思念によって開くものだ。ぼんやりと三文字必要なことが分かる。ジェラルドについて考えを巡らせれば、彼が設定するであろう三文字の言葉がストンと落ちてきた。

レオンはゴクリと喉を鳴らし、心の中でそれを呼んだ。

(〝レオン〟)

静かな闇にカチリと無機質な音が響き、同時に扉が音もなく開いた。

(開いた……!)

思わずレオンは心の中で喜びの声を上げた。

中に滑り込み、扉を静かに閉める。

廊下では消していた『灯光《ライト》』を発動して手元に小さな明かりを灯し、暗い室内に手をかざした。

どうやら、レオンたちそれぞれの私室と番《つがい》の寝室の壁を取り払ったほどの広い空間が広がっている。この場所は、部屋というよりもむしろホールのような感じだ。

ぐるりと光を向ければ、壁一面を埋め尽くす、様々なサイズの油彩画が飾られているのが見えた。

(私、だ……)

それらの絵はすべてレオンが描かれていた。

エデン入学の頃から成長する様子が順番に並んでいる。中には襟を開けたり素足を見せたりと、肌を露わにしたものもあった。

美しい絵ではあるが、描かれた対象がレオンだけでこの枚数が存在するのが不気味で、背筋に寒気が走った。

大型の本棚には、レオンのエデン入学から卒業までのエデン画報が欠番なく置かれており、おそらく予備まで含めて整然と並んでいる。そして、見覚えがあるクロッキー帳も収納されていた。

「なんだ、これ」

クロッキー帳はレオンの姿を描いたものだ。エミールに見せてもらったものもあるが、それ以外の冊数のほうが圧倒的に多い。ページをめくると、まるで映像を見ているような、生き生きとしたレオンの日常があった。

しかし、それらはモデルになった記憶がない、いつ描かれていたか分からないものだ。

思わず、今も見られているのではないかと想像し、全身に冷や汗が滲《にじ》む。

「私はエミールに監視されていたのか……？」

エミールは元軍属で、ジェラルドが絵師として紹介してくれた男だ。軍での所属は分からないが、間諜《かんちょう》であればレオンが気配を察知できなかったのも納得できる。彼はベータなので、フェロモンを発することもない。

「あ……」

呆然としていると、周囲の暗さに慣れた目が、鎧戸《よろいど》で閉じられた窓の細部まで見えるようになっていた。窓は余さず太く頑丈そうな鉄柵がはまっている。

鳥籠と聞くと愛らしいが、ここは牢獄だ。

レオンが室内の異様さに冷や汗をかいていると、背後で物音がした。振り返ると長身の黒い影が立っている。

まだ、帰ってくるはずはない。夜も遅いのに。

「レオン。ここはあなたが入るべき場所じゃない」

そこにいたのはジェラルドだった。

彼は慌てて帰宅したのか、呼吸は荒く、普段整えている髪も乱れている。下ろされた前髪で顔は隠れており、その奥に怒りの感情が見え隠れしていた。

レオンは震えてしまったが、それはわずかに覗《のぞ》いた爛々《らんらん》と光る眼が恐ろしく感じたからだろうか。それとも、異様なシチュエーションに、ここにいるはずのない相手がいるからだろうか。

彼から放たれる圧は重苦しく、レオンを内側から締め上げるかのようだ。

(三日後に帰宅するという話だったのに、なぜ)

ジェラルドがゆっくりと近づいてくる。レオンは思わず後ずさるが、すぐに背中に壁を感じた。逃げ場はない。

ジェラルドはレオンの頬に手を伸ばし、そして優しく触れる。彼の指先は冷たく湿っていた。せり上がる声を押し殺すと、喉がヒクリと揺れる。レオンの頬にあった彼の手が滑りながらゆっくりと移動し、親指で唇を封じた。ジェラルドはレオンの耳元で言い聞かせるように囁《ささや》く。

「静かに。ネックガードは外せるだろう？」

レオンは何度も首を縦に振って応えた。

彼の手が口元から離れると、ネックガードに魔力が満ちる。レオンも同様に魔力を注ぎ、パスコードを念じると、留め具が外れて首筋が空気に晒された。

ネックガードが床に落ちる重い音が、これから始まる何かの合図となったのだろうか。

ジェラルドはレオンの後頭部に手を回して、引き寄せた。

触れられた瞬間、肌は粟立って身震いしたが、それは決して恐怖によるものだけではなく、ジェラルドの手つきに官能と誘惑を感じたからに他ならない。

「怖いのか？　あの時、薄汚く血まみれだった私に、あなたは勇敢に近づいて助けてくれたのに」

ジェラルドはレオンの首筋にキスを落とし、強く吸い付いた。

その瞬間、レオンの身体はビクリと跳ね上がる。痛みと共に、大きな怪物に噛みつかれたかのような、あり得ない幻想が視界を塗りつぶした。

一瞬の出来事を確かめるために何度も瞬きをしたが、そこにいるのは最愛のジェラルドだ。

レオンは彼と真摯に対話するため、肩を押して距離を取った。

レオンはジェラルドに挑戦的な眼差しを送る。

そして叫んだ。

「怖くは、ない。怖いはずないだろう――シェリー!!」


なぜだか瞬間、その名を呼ぶべきだと強く感じた。

この暗い鳥籠の中で、闇をまとった男は、ジェラルドの中で抑え込んでいたアルファ性の根幹なのではないか。

そして、その中心にいるのはシェリーなのだ。

ジェラルドは驚いたように目を見開いたが、すぐに細め、それから妖《あや》しく口角を上げた。

まるで獲物を前にした肉食獣のよう。向けられる圧力は強く、レオンの本能は今、彼に対して警鐘を鳴らしているが、それでもなお、彼の内面に踏み込みたいと強く思った。

「ずっと、待たせてごめん。きみに気づいてあげられず申し訳なかった。不誠実な私を、何も言わず支えてくれてありがとう。私は、本当のきみが――」

――本当のジェラルドが知りたい。

(あ……)

レオンがそう強く願った瞬間、心臓がバクンと跳ねた。

身体中がドクドクと脈打ち、目頭が熱くなっていく。

頭の中で何かが入れ替わるような感覚が広がり、まるで世界が別の次元に変わってしまうかのようだった。

それまで距離を置いていたジェラルドが突然近づき、手を差し伸べる。レオンはその手をしっかりと握りしめ、ガクガクと震える身体を支えた。

「発情したのか」

ジェラルドの言葉を聞いて初めて、レオンは自分が発情していることを自覚した。先ほどまで恐怖に震えていたはずなのに、今は全く違う感情に支配されている。

目の前にいる男《アルファ》を欲しているのだ。

レオンはジェラルドの背中に腕を回し、彼の胸に顔を擦りつけ、そして荒い呼吸を繰り返しながら言葉を紡いだ。

「私、ちゃんと……オメガだった」

「そうだ」

「ジェラルドは、私のことを……好き？」

「そうだ」

「それなら、いい」

そうだ、いいのだ、とレオンは微笑んだ。

これは本能だろうか。番《つが》いたいと願うアルファから、愛されて囲い込まれることに、頭の芯から溶けるほどの幸福感が沸き上がってくる。

レオンは心の中で、これまでの思いを巡らせる。

ジェラルドを愛する理由や、言葉では言い尽くせない強い感情、そして思い出の中で一番遠くにいるゴーストのような少女に対する淡い感情を。

そして、ふと思い出した。

ジェラルド邸に最初に訪れた時、彼の私室の壁には写真や絵が飾られていなかったことを。

一方、レオンの私室の壁はとても賑やかだ。大切な人たちとの思い出の写真をたくさん飾っている。それはレオンの内面を反映したものでもある。

もし、彼の本能を抑制するための鳥籠が、同じような性質で運用されているのだとしたら、今、レオンは彼の心の中を覗《のぞ》き見ているのかもしれない。

（私が知っているジェラルドは、常に頼りになる紳士だ。可愛らしい一面もあり、やきもち焼きで……）

たとえ多くの言葉で説明しようとしても、それは彼がレオンに見せたいと思った一面に過ぎない。きっと秘められた部分も多いのだろう。

今この瞬間、発情したのは、ジェラルドのことをもっと知りたいと願ったからかもしれない。

レオンはうなじを撫でた。この傷一つない滑らかな肌を彼に捧げよう。

「番《つがい》に……してくれ」

レオンが懇願すると、ジェラルドはゆっくりと瞬きをして、それから頬を撫でてくれた。愛情深く、労わるように。

いつの間にか彼から感じた圧力は消えていた。

ジェラルドに抱き上げられたレオンは、どこかへ運ばれていく。いつもの寝室に連れていかれるのかと思ったが、進む先は鳥籠の奥だ。

そこには扉があり、開くと窓のない部屋が現れた。空気は籠《こも》っていないので、なんらかの換気システムが備わっているのか。

部屋のほとんどを占めるほどの大きなベッドにレオンは寝かされた。

（この部屋はなんなのだろう……知りたいことが、たくさんあるのに……）

レオンの落ち着かなく動く手がシーツを掻く。サラリとした触感は心地よく、洗いたての香りが漂《ただよ》ってくる。

まさか今日発情するとは思っていなかったのに、この部屋が寝台を利用できるほど整えられていることに驚いた。

そして、ふと考える。このシーツはいつ発情期《ヒート》が訪れてもいいように、定期的に取り替えられていたのではないだろうか。

レオンはジェラルドがテキパキと支度を調《ととの》える様子に視線を送った。

ジェラルドは着衣を手早く脱ぎ捨て、次にレオンの服も一枚ずつ脱がせていく。その指先が肌に触れるたびに、心地よい刺激が生まれる。

初めて唇同士でキスをした時に感じた多幸感を、久々に思い出してしまった。すっかり触れ合いに慣れてしまったけれど、今は発情した分、鋭敏にそれを感じるのだ。

（この……幸せが普通に思う位、触れ合っていたんだな）

そして、何も身に着けていない状態で横になったレオンの上に、ジェラルドは跨《また》がり、そのまま覆い被さってきた。

「ここなら外には声が響かない。どれほど獣のような声を出しても、誰にも聞こえないから、あなたの尊厳は保たれる」

ジェラルドは落ち着いた口調で、この部屋に連れてきた意味を説明した。レオンは彼が自分の疑問を察してくれたことに安堵する。

顔を上げると、彼の深い、オニキスを思わせる瞳と視線が交錯した。

「母上はいつも、泣いていたから」

ジェラルドは呟くように言った。

彼の複雑な表情から、幼少期の彼が経験した苦悩や悲しみを垣間見たような気がして、心が痛んだ。その思いにたまらず、レオンはジェラルドの首の後ろに両手を回し、抱きしめる。

「きみに泣かされるなら、いい」

レオンが彼の耳元で囁《ささや》くように答えると、ジェラルドは一瞬の間、動きを止めた。

しかし、すぐに彼は唇を重ねてくる。そのキスは切なさと喜びが交じり合ったものであり、心を満たすものだった。

ジェラルドもそうなのだろう。

最近の彼は、まるで渇ききり、飢《かつ》えた獣のように荒々しいキスをしていたが、今は違う。ようやく辿り着けた泉の水を大切に飲むように、レオンの口内を優しく愛撫しながら啜《すす》っている。

「ん……ん……ふっ」

互いに漏れる吐息は甘い。レオンはその混ざり合う吐息に、蕩《とろ》けるような快感を覚え、うっとりと瞳を潤ませた。発情誘発剤が起こす熱とは違う、熱い昂り。これが発情期《ヒート》なのだと、レオンは歓喜に震えた。

「はっ、はっ……」

唇が離れ、わずかに唾液が糸を引く。濡れた唇を舐めるジェラルドの仕草は淫靡で美しい。

「レオン、威圧で怯えさせてすまなかった……」

「い、あつ？」

「大丈夫。ちゃんと番《つがい》になれるから……」

「うん」

レオンは番《つがい》になれるのだと嬉しくなって、表情を緩ませた。発情期《ヒート》の高まったフェロモンにより、徐々に理性を奪われ、頭が回りにくくなっている。

「可愛い……レオン」

「私は、可愛くは……」

「可愛い。あなたが分かっていないだけだ。これから教えてあげるから」

ジェラルドは円を描くようにレオンの胸を撫で、その手のひらで、レオンの胸先を何度も擦っていく。固く主張する乳首はそのたびに押しつぶされ、快感が走り、身悶えた。

（ああ……もっと強い快感が欲しい……）

レオンは尖りを摘まれ、吸われる快感を、すでに覚え込まされている。オメガとして、性感を欲しがる姿をシェリーに見られたのだ……という事実にショックを受けていた理性的な部分は今や薄れ、ただただ、もっと気持ちいい刺激が欲しかった。

「ジェラルド……っ、つまんで」

「どこを？」

「……っ。むね、の、先を」

レオンは薄れつつある理性の中でも、恥ずかしくなってしまい、〝乳首〟と口にすることができなかった。上気した頬がますます熱くなるのを感じる。

「そういう恥ずかしがりなところが、たまらなく愛らしい」

ジェラルドは口角を歪《いびつ》に上げ、指先でレオンの乳首に触れた。

「あっ……！」

ツンと突かれただけで、レオンの背はビクリと跳ねあがる。発情しきった甘い嬌声が、まるで他人のもののように漏れ出していた。

「あんなに初々しかった乳首が、こんなに膨らんで、赤く色づいて。乳輪は薄桃色だから余計に目立ってそそられる」

ジェラルドは指先でレオンの乳首を優しく撫で回しながら、あけすけな言葉を囁《ささや》いた。レオンは驚き、続いて羞恥に思考が焼かれてしまう。

（いじわるだ……）

こんな意地悪な一面をジェラルドが隠していたなんて。普段は紳士的で、閨事《ねやごと》の時にもレオンを羞恥に追い込むようなことは言わなかったのに。

しかし、その隠していた部分を見せてくれた喜びもある。そして、レオンは言葉で攻められるのは恥ずかしいものの、存外嫌ではないことに気がついてしまった。

「あ……っ、ジェラルド……！」

ジェラルドの指先がレオンの乳首を摘まみ、揉んで、引っ張るように刺激する。発情期《ヒート》で敏感になっているせいもあるかもしれないが、ジェラルドに自身のいやらしい部分を知られていると考えただけで、たまらなく気持ちいい。

後孔が時折、粘着質な音を立てているのは、レオンが自然に腰を揺らしているからだ。我慢が利かないので、身体中が刺激を求めて動いてしまう。

「欲しがりだな。おもらしをしたように濡れている」

ジェラルドはさらに言葉で煽り、それからレオンの脚を大きく開いて、陰部を直に確認した。視線が突き刺さるようで本当に恥ずかしい。

「ああ、オメガとして美しく成熟して。あなたの秘所を見せてあげたい。私を簡単に受け入れられるよう、私の形に変わっている。そこが、孕《はら》ませてほしいと、こんなに……」

「いや、だっ……ひらかないでくれ……！」

レオンは尻のあわいを開かれ、思わず抵抗の声を上げた。

オメガの後孔は発情状態になると、アルファの猛った男性器を受け入れるため、柔らかくなるとエデンで習った。レオンは発情していないにもかかわらず、毎日のようにジェラルドの性器を受け入れていたため、開きやすくなっているのだ。

そこが柔らかくなったというなら。

「なんて、美しい」

「あ……あ……」

ジェラルドの目に、何がどこまで晒されているのかは分からない。

しかし、発情期《ヒート》で淫らになりきったそこを、奥の奥まで覗《のぞ》かれてしまっている……という思念に取りつかれたレオンは羞恥を越えた、ゾクゾクとした快感に震えた。

「いつも加減せざるを得なかったが、これでいつまでもレオンと繋がれる。あなたをすべて私のものに……」

ジェラルドはゆっくりと身体を起こし、獰猛《どうもう》に唇を舐めた。凶暴な、獣の仕草だ。その爛々《らんらん》と輝く眼光に、そして視線を落とせば目に入る、肉の凶器に息を呑む。

これが、発情期《ヒート》のオメガに相対するアルファ。

ジェラルドの猛々しいそこは、いつも以上に反り返り、レオンを貪ろうと張り詰めていた。

（いつも加減していた？）

レオンはこれまで、普通のオメガであれば翌日動けなくなるほどの激しい交わりを求められていた。あれが加減だというのなら、これから始まるのは一体どれほどのものなのか。

発情中は交接を続けることになるとは知っているが、その具体的な知識はぼんやりとしていた。

「レオン、レオン。ずっと繋がっていよう。食事も水も、私が与えるから、私のことだけを考えていて。私以外を見ないで」

ジェラルドの歌うような囁《ささや》きが、甘美な響きを持ってレオンの耳をくすぐる。その声は、発情に染まったレオンの頭にまるで楽園の旋律のように入り込んできた。

その瞬間、ジェラルドの手がレオンの腰を掴んだ。後孔に押し付けられる、滑らかで硬い熱。柔らかく溶けた肉孔は、押し込まれるまま彼の雄を受け入れ、ぬめる蜜をまとわせながら、巨大な質量を包み込んでいく。

日頃、最終的には気持ちよくなれるが、痛みはどうしても伴っていた。

しかし今はどうだろう。ジェラルドの塊が隘路《あいろ》を進むたびに、レオンの内壁は快感に満ちて、肉の悦びに震えていた。

「あ……あ——!!　ジェラルドっ……ジェラルド……！」

レオンは耐えきれず、ジェラルドの名を叫んだ。

受け止めきれない、強すぎる快感。本来なら初交接を発情期《ヒート》に迎えることがほとんどのオメガだ。レオンは性感を長期にわたりじっくりと育てられ、平時でも快感を得られる身体に変わっていた。

その状態で発情期《ヒート》の交接を迎えたらどうなるか。

津波のように押し寄せる官能に、レオンは涙を浮かべ、嫌々と首を振る。

ジェラルドがそれで止まるはずもなく、容赦なく最奥まで収められた。互いの腰が密着し、ジェラルドは熱っぽいため息を漏らした。

「レオンの中が悦んでいるのが分かる。私も嬉しい」

「あ、あっ……ジェラルド……」

「ずっと欲しかった……。初めて出会った時に、心を奪われてから、ずっと」

レオンの胸がドキリと高鳴った。二人の間に漂《ただよ》う空気が、一気に過去へ引き戻される。

思い出の花園の香りに似たフェロモンが、その幻想を助長した。

「離れていた間も、熱を慰めるのはレオンだけだった。あなたの姿を思い、幾度果てたことか」

ジェラルドの性にまつわる告白にレオンはくすぐったさを感じた。

アルファは総じて性欲が強い。ジェラルドも例外ではなく、欲求は強かったのだ。

ジェラルドのアルファ性が非常に強いという話はハロルドの弁だが、そうであるなら相当な我慢を強いていたのだろう。それは、レオンの身体を慮《おもんぱか》ってのこともあるだろうが、きっとそれだけではない。

不安げに揺れる彼の瞳が物語っている。

「ジェラルド。私はきみのものになる。だから、きてくれていい」

今の身体の状態では、レオンは見苦しい姿を見せるかもしれない。

しかし、それでもよかった。

ジェラルドの不安がどこにあるのかは後々聞くとして、今は彼を安心させるのが先決だ。

「レオン……」

ジェラルドは切なげにレオンの名を呼び、ゆっくりと腰を引いた。

肉筒が馴染《なじ》んだところで腰を引かれるのは刺激が強い。いつもは苦しさや、抜け出てしまう寂しさを感じるところだが、今与えられたのは強烈な快感だった。

引かれた分だけのストロークを戻すように、ジェラルドの雄がレオンの最奥を突き上げる。

「あ、あ――――っっ！」

「レオン……レオン、レオン」

ジェラルドはレオンの名を繰り返しながら、力強く腰を振り始めた。彼の律動に合わせて、レオンの身体全体が揺さぶられる。

粘っこい水音はなんとも淫ら。それだけ十分な愛蜜が溢れているのだ。

（奥……こんなに気持ちいいなんて……）

普段は苦しさが勝っていた最奥も、発情により成熟した性感帯へと変わっていた。突かれるたびに官能は増し、レオンはすぐにでも絶頂しそうな興奮を覚える。

しかし、ジェラルドがそのたびに腰を止めるので、達することはできない。

達《い》きたいのに、達《い》けない。この焦らしは確実に意図されたものだ。

「あ、ああっ、ジェラルド、いじわるを、しないでくれ……イかせてくれ……っ」

その懇願を聞くや否や、ジェラルドは一際強く最奥を突き上げた。

その衝撃か、堰《せ》き止められていたものが噴き出したのか、くたりとしていたレオンの肉茎の先端から白濁が重く漏れ出してきた。

射精とも言えない漏出は、もたらされる快感も重く、深く、そして長く続くものだった。

「あ、ちがっ……ちがう……」

「いつもの射精と違う？」

「あぁ……」

「可愛い……いつもは勃つのに、柔らかいままで……。オメガだから、ここを使う必要がないからだろうか」

ジェラルドはレオンの漏らした少量の精液を、大切そうに指ですくい取り、それをベロリと舐めとった。

「いつもよりすごく濃くて甘い……」

頬を赤く染め、うっとりと目元を緩ませたジェラルド。その愛しげな声音での辱《はずかし》めは、レオンの理性を確実に削り取っていくのだった。

◇◇◇

ジェラルドは、艶《あで》やかにオメガとして開花したレオンの姿に、満足げに微笑んだ。その本能を露わにした笑みは動かない表情のおかげで、レオンには気づかれないだろう。

レオンを実験体として付け狙っていたエヴァシーンは排除し、リックもレオンへの恋心を諦めてくれた。

叔父は威圧で脅しておいたし、アレステアにはノアとともに選んだ、性格が温厚なアルファを宛がった。

今頃、アレステアは叔父を出し抜くために発情誘発剤を服用し、そのアルファと番《つが》っているはずだ。

（レオンが無事でよかった）

ジェラルドは、アレステアの相手が早々に見つかったのもあり、予定より早く自邸に戻ってきた。

そこで、モーリスに改造してもらった鳥籠の扉が開かれたという通知が通信具に入ったのだ。

慌てて鳥籠へ向かうと、そこにはクロッキー帳を手にして呆然とするレオンの姿があった。

もし嫌悪されてしまったら……という恐怖が胸中に渦巻き、耐えきれずにジェラルドは決してレオンに向けるまいとしていた威圧を放ってしまった。

奇しくも、エヴァシーンから聞いたレオンを発情させる方法を実行した形になる。

ジェラルドは、レオンに威圧を向けるなど到底できることではないと思っていたのに。

（母は父の威圧を何度も浴びて、心を壊してしまった）

最近になって父に懺悔《ざんげ》され、知ったことだ。

母は鳥籠に閉じ込められ、父の寵愛を受けることとなった。それは苛烈であり、激しいものだったという。

その末に腹に宿った赤子を母は憎み、排除しようと試みた。だから父は、ジェラルドの命を守るために定期的に母を威圧し、危険な行動を防いでいたのだ。

幼い頃、邸《やしき》にやってきた父はジェラルドに見向きもしなかった。それはジェラルドに対し、父として接する所を母に見られまいとしていたから。母は父の子を産んだ事実に耐え切れず、錯乱する懸念があったのだそうだ。

それに加えて、複雑な出生環境にしてしまった負い目もあり、幼いジェラルドの視線から逃げていたとも告白された。

もう大人であるし、アルファの本能も理解できるため、父を責めることはしなかった。

ジェラルドにも、愛するオメガを束縛し、自分だけを見てほしいという欲求がある。

(威圧されても、レオンの瞳は強い輝きを失わなかった……本当によかった。彼は、彼のままだ)

シェリーと、あの頃の名を呼んでくれた彼の美しさに、ジェラルドは震えた。

ついに、運命と結び合えるのだ。

「ジェラルド……」

「ああ、すまない。レオン、体勢を変えよう。うつ伏せになって、お尻を高く上げて……あなたの愛らしい部分がよく見えるように」

わずかな時間ではあるが、意識が逸れていた。ジェラルドはレオンと過ごせる初めての発情期《ヒート》を一分一秒無駄にしたくない。

一旦、性器を抜いて、レオンの腰を持ち上げた。

番《つが》うならばうなじを噛む必要があり、後背位でなければならない。それでも最初、向かい合って繋がったのは、彼の顔が見たかったからだ。凛々しく清廉な彼が、性欲のままに表情を崩すのは、最高に興奮してしまった。

「……すごいな」

レオンの引き締まった白い尻は、無残なほどいやらしい様相を呈している。

いつもは慎ましやかな後孔も、ジェラルドの雄の太さを知らしめるかのように、ぽっかりと開いていた。その下にはふっくらとした桃色の睾丸があり、奥には力なく垂れる小ぶりな肉茎が覗《のぞ》いている。

(この可愛らしい性器が二度と勃たなければいいのに)

ジェラルドはすべてのオメガに対して嫉妬している。

オメガ同士で性欲が湧くことはほぼないというのが定説ではあるが、レオンは元アルファ。エヴァシーンの検査結果でもアルファ性が休眠しているだけと聞いて、納得した。

彼の周囲にいるオメガたちは、レオンをオメガとして見ていない。

もしエデンでレオンが誰かと性的接触をするようなことがあったなら、相手を消し去りたいと思うほど、ジェラルドは独占欲を拗《こじ》らせていた。

(オメガに触れさせたくない。アルファにも、ベータにも)

恥ずかしいのか、逃げようとするレオンの腰を、ジェラルドはしっかりと掴み直し、再びその雄茎を宛がってゆっくりと沈めていく。

狭い隘路《あいろ》は柔らかく雄を包み込み、レオンのフェロモンをたっぷりと含んだ愛蜜を塗《まぶ》してくれる。

興奮を誘う、ぬるついた感触に、ジェラルドは思わずほうと息を漏らした。

「あなたを喰らいつくしたい」

ジェラルドが心のままに呟くと、レオンはビクリと身を震わせる。瞬間、肉筒がきゅっと締まり、ジェラルドの雄を強く締めつけた。

達しそうになるほどの強烈な刺激に、ジェラルドは動きを止めて耐える。

発情期《ヒート》の初めての射精は、レオンの最奥の秘所をこじ開け、そこに注ぎ込むと決めていた。ここしばらく、その場所が開きやすくなるように躾《しつ》けてきたのだ。

その甲斐あってか、レオンは最奥を突かれればジェラルドの意図を理解し、受け入れてくれる。

普段なら奥への挿入はレオンにとってつらいものでしかないだろうが、彼はその場所を許し、さらには快感まで拾ってくれるようになった。

苦しいと泣きながらも、ジェラルドを奥の奥まですべて受け入れ、絶頂を繰り返す彼が、心底愛おしい。

艶《あで》やかな姿をもっと見たいと、受け入れられたいと、ジェラルドの与えることしか感じられなくなればいいと、嫉妬からくる飢えを満たしたくて、気を失うまで貪る日もあった。

そのたびにジェラルドは、負担をかけてしまったことを後悔するのだが、それでも翌朝、レオンはジェラルドに優しく微笑みかけてくれるのだ。

「じぇら、るど……」

レオンはたどたどしくジェラルドの名前を呼んだ。

彼の稚《いとけな》く感じる頼りなさに、ジェラルドはたまらなく雄を滾《たぎ》らせてしまう。レオンは内部をさらに押し広げられているのか、また、か細く「ああ……」と喘いだ。

「レオン、愛している」

ジェラルドがレオンの不安を拭い去るように声をかけると、苦しそうだった彼の身体から力が抜けていった。

受け入れられたのだという多幸感でいっぱいになる。レオンの最奥に切っ先をねじ込み、あの魅惑の場所を穿ち、攻め立てる許しを得たのだ。

（あの日出会った王子様を、私のオメガを――）

どこまでも犯していいなんて！――そういった本音がドロリと胸を満たした。

眼前にはレオンの白く滑らかな背中、浮き出る背骨、天使の羽が生え出しそうな美しい肩甲骨。そして、艶《つや》やかな首筋。

そのどれもがジェラルドを魅了し、触れたくてたまらない。

ジェラルドは唇を寄せてレオンの背を舐め、味わいながら、ゆっくりと腰を動かし、彼の最奥の閉じ口をこねくり回す。

もっと、もっとレオンが欲しい。彼にすべてを与えたい。

うなじを噛まれることで成立する番《つがい》契約。その時オメガが感じる痛みは外傷であり、相当なものだ。

しかし、それを和らげるために、オメガがこの時期に受ける痛覚は快感へと変わる。本能のままに振る舞うアルファと交わるオメガにとって、それは生物の本能が引き起こす当然の反応なのかもしれない。

だが、それはジェラルドにとって禁断の知識だった。

ここを噛むのだと予告するようにうなじに歯を当てると、レオンは怯えたように震える。

可哀想に、いつも以上の寵愛は正気を保っていたら恐ろしさが残るものとなるだろう。それでも噛むまでは正気でいてほしい。

ジェラルドがレオンのアルファだと、彼の記憶に、意識に、肉体に、すべてに刻み込みたい。

ジェラルドはレオンのうなじに舌を這《は》わせ、腰を揺らしながら、彼の腹を片手で優しく撫でた。

事件に悩まされて少し痩せたレオンの腹は、触れると内側で動くジェラルドの性器が感じられるのではないか、と思うほど薄くなっている。

腹を撫でられるとくすぐったいのか、レオンは身を捩らせた。しかし、それは妙に官能的で、ジェラルドの情欲に火をつける。もしかして、くすぐったいのではなく、これも性感に繋がっているのだろうか。

ジェラルドはその答えに思い至ると、さらに念入りにレオンの腹を撫で回した。

「ひっ……、や、ぁ、や……じぇら、るど……」

「気持ちよさそうだ」

「あ、あぁ……あっ、あ……」

内側から外側から絶えず快楽を与えられるレオンは、言葉にならない喘ぎ声を漏らしながら何度も痙攣《けいれん》し、軽く達した。

そのたびに、彼の柔らかいままの肉茎からはわずかに白濁が漏れ、ジェラルドの手に蜜でないぬかるみがつく。

レオンの萎えたままの、雄として機能していない肉茎に満足しながらも、ジェラルドはうなじを噛む姿勢が彼の顔を隠してしまうのが残念でならない。

漏らしながらどんな表情で達しているのか。いつも以上に甘く溶けたオメガらしい表情をしているだろうに。

「あ、ぐっ――!!」

レオンは押し殺したような声を上げた。

ジェラルドの切っ先が、ぬるりと呑み込まれたように一段奥に侵入し、最奥の入り口にきゅっと締め付けられる。ようやくレオンの最奥が開かれたのだ。

「あ、あ、はいっ……た、おく、や、やだ、いやだ」

「ああ、受け入れてくれて嬉しい。ここにたくさん出してあげるから」

「あ、あ――!!」

レオンは耐えられないというように首を横に振っている。よほど刺激が強いのだろう。

しかし、ジェラルドがそこで止める訳もない。レオンを完全にオメガへと変えたいのだから、発情期《ヒート》の最奥で、快感を味わい続けてもらわなければならない。そこへ、ジェラルドの精を膨れるほど注ぎ込み、塗りこめて、ジェラルドの匂いで満たさなければ。

アルファとしての本能が興奮に震え、滾《たぎ》る欲望は膨れ上がった。

ジェラルドは、快感に力が抜けたレオンの腰をしっかりと掴み、打ちつけていく。

レオンの悦がりどころはすべて把握している。どんなリズムで刺激すれば達するのかも。後背位で顔が見えずとも、『いやいや』と言い、首を振っていても、どうしたらレオンが気持ちよくなるのか、彼自身よりも知っている。

毎晩のように抱き続けてきたのだから。

「ひっ……ひ、ん……あ、や、あっ、あっ……」

レオンの最奥部の慎ましやかな肉孔が、ジェラルドの雄のくびれに絡みつく。肉襞を前後し、揺さぶると、驚くほど愛蜜が溢れ、かき混ぜられたそれが泡立って漏れてきた。

卑猥な光景に、ジェラルドはたまらない興奮を覚える。

「分かるか？　レオン。私が今、どれだけ喜んでいるか」

「あ、あぁ……」

「レオン、愛している」

「あぁ……」

「愛している」

愛している。

何度繰り返せば、ジェラルドの内に秘めた愛情がすべてレオンに届くだろう。

ジェラルドはレオンに怯えられたくないと、綺麗な部分しか彼に見せてこなかった。彼の中にいるシェリーはきっと、汚れなき少女なのだ。

しかし、実際のジェラルドは、ドロドロに煮詰めたような情欲を秘めており、彼を抱く時の内面は汚らわしい。アルファ性由来の肉欲は強く、彼をいやらしく躾《しつ》けたいという欲望に駆られてしまう。

そういった危険な部分を隠してしまうなら、ジェラルドの半分は見せられないことになる。

寂しさを感じた瞬間、レオンから溢れるフェロモンが強まり、あの花畑の香りがジェラルドの鼻を優しく撫でた。

目を閉じれば、幼い頃の王子様の姿が浮かんでくる。

そして幻の彼は微笑みながら優しくジェラルドに接してくれるのだ。

回想は驚くべき速さで時間を巻き戻し、辿り着いたのは、彼が自身を顧みずに必死にジェラルドを救おうとしてくれた時の光景だった。

（レオン、レオン、レオン）

ジェラルドは心の中で彼の名前を何度も呼びながら、激しく腰を振りたくる。媚肉が雄茎を絞り上げるたびに、まるでジェラルドの理性を一片、また一片と引き裂いていくかのようだった。

打ちつけるたびに跳ね上がる愛しい人の声は、次第に獣じみたものへと変わり、同じように理性の糸が弱まっているのだと感じた。

「レオン……私、は」

ジェラルドは目の前で誘うように揺れるレオンのうなじに視線を奪われる。

突然、意識がぶれるように揺れ、それから視界が開けたようにクリアになり、うなじに噛みつかなければならないと本能で〝理解〟した。

そこは楽園への扉だ。

今扉を開かなければ……早く鍵を開けなければ……。早く、そう、早く……。

「ぅあぁぁっ……!!」

レオンが一際大きな嬌声を上げて、身体をグンと仰け反らせた。

それと同時にジェラルドはレオンに圧《の》しかかり、彼のうなじに深々と歯を突き立てる。犬歯ではない、普通の歯だというのに〝牙〟のように鋭く肌を突き破り、ジェラルドの口内にはレオンの血の味が広がった。

その瞬間の興奮はすさまじく、ジェラルドの内なるアルファ性が解き放たれ、悦楽の頂点に達する。レオンの中に溢れんばかりの白濁を放ち、ジェラルドは荒い息をつきながらその体勢のまま彼を抱きしめ、絶頂の余韻に身を委ねた。

そうして、ジェラルドはレオンと深く結びついたのだ。

◇◇◇

レオンは気がつくと、真っ白な空間にいた。

どちらが上で、下なのか……そう考えた瞬間、足元には白い花畑が広がり、頭上には澄み渡る青空が広がった。空間の端のほうはまだ白いので、これは夢かもしれない。

歩き出すと、いつもよりも歩みは遅く、目線も低い。

驚いて手を見れば小さく、体中に触れてその大きさを確認すると、自分の姿が幼くなっていることに気がついた。

これは二次性徴前の自分だろうか。青空の下、花畑に立っていると、エデン入学前の頃を思い出さずにはいられなかった。

(花畑の中心にはベンチがあって、そこにいつもシェリーがいて……)

そう考えた瞬間、花畑の中心にペンキの剥げた白いベンチが目に入った。

目を凝らして見ると、そこには長い黒髪を持つ懐かしい少女がちょこんと座っている。

「シェリー……」

レオンが思わずその名を口にすると、シェリーは顔を上げて目を見開き、こちらに駆け寄ってきた。レオンが受け止めるように両腕を広げると、シェリーは飛び込んできたので、そのまま抱きしめる。

「レオン」

シェリーは流暢にレオンの名を呼んだ。レオンははてと首を傾げる。

彼女、いや、彼はこの頃、薬の副作用で上手く発音できなかったはずなのに。

「ジェラルド?」

レオンがそう呼びかけると、ジェラルドはレオンを見上げ、そして顔を赤らめた。

見た目はシェリーなのに、中身はジェラルドのようだ。やはり二人が同一人物だと分かって、夢にも影響が出ているのだろう。

「レオンはやはり、この姿のほうが好きだろうか。なんだか嬉しそうだ」

ジェラルドは複雑そうな表情をしている。やきもち焼きの彼は、過去の自分にも妬いてしまうのだろうか。

微笑ましさに思わず吹き出すと、ジェラルドは不機嫌そうに頬を膨らませた。

普段のジェラルドならしない感情表現の仕草だ。夢の中だからこそ、二人が混在しているのかもしれない。

「笑ってごめん、ジェラルド。私が愛しているのはきみだけだよ」

「本当に？」

「疑り深いね。エミールが描いたミラさんの絵を見た時、最初は大人になったシェリーだと思ったんだ。その時はただ友人に会えた懐かしさしかなかったよ」

レオンは抱きしめていた腕を解き、ジェラルドの頭を優しく撫でた。

ジェラルドは頬を赤らめ、視線をうろうろと彷徨《さまよ》わせる。そして、小さな声で言った。

「シェリーより、私のほうを好きになってくれたのだろうか」

「当たり前だろう。でなければ、あ、あんなに……好きにさせない」

レオンも顔を赤くして、うろたえながら返事をする。

この夢の直前、最後の記憶は発情期《ヒート》の溶け合うような交接だった。ジェラルドに対し『無理だ止めて』と口では言ったものの、心は受け入れ、喜んでいたのだ。

レオンが意識を失うまで、彼の雄は最奥を思うまま貪り続けていた。

ジェラルドは柔らかく目を細め、レオンの手を取り、両手で包み込んだ。

「そうか。嬉しい。ずっとレオンを私のものにしたかったから。この頃から、ずっと」

「この頃？」

レオンがその言葉に引っかかり尋ねると、ジェラルドは妖《あや》しく口端を上げた。

「シェリーと呼んでくれた時から、あなたを抱きたかった」

シェリーの声で囁《ささや》かれる、淫靡な告白。ジェラルドは、持ち上げたレオンの手の甲に唇を寄せ、そっとキスをした。

「ジェラルド……」

「この頃は、上手く話せなかったから、都合がよかった。……幼子でいられた。もし口が回るなら、愛を告げて、あなたを押し倒していたかもしれない」

夢だというのに、ジェラルドの言葉は真に迫るような力があった。

彼はレオンの手を引き、ペンキの剥げた白いベンチへエスコートする。レオンはそれに従い、二人でそこへ腰かけた。

あの頃の定位置だ。見上げる空の高さも懐かしい。

「ジェラルド。置いていってしまってごめん。エデンの迎えが来て、裏庭に寄れなかったんだ」

レオンはシェリーにオメガ判定が出たことも、エデンに入ることも告げられなかった。

きっとここで、来なくなったレオンに対し不審に思っただろう。心配をかけたり、会いに来ないとガッカリさせたりしたかもしれない。

レオンはずっとそのことを謝りたかった。

「レオンからはいい匂いがするから、オメガなのではと思っていた。だから長く来ない日が続いて、エデン入りしたと察したよ」

「……長くとは、どれほど」

「ひと月程度だ。気にしなくていい」

さらりと答えるジェラルドに、レオンは胸が締め付けられる。そのひと月の間、シェリーは人気のない裏庭で、ただ一人この青空を見上げていたのか。

レオンは目元が熱くなり、鼻の奥もツンと痛んだ。

「ダンスを誘う約束も守ってくれてありがとう。あの時、訝《いぶか》しんで申し訳なかった。きっと、嫌な気持ちにさせただろう……」

「仕方ない。見た目がこんなに違うのだから。それに、これはいい機会だと思った。アルファのジェラルドとして、レオンに好きになってもらいたかった」

「ジェラルド……あぁ……」

レオンはぽろぽろと涙を流しながら笑った。

夢だから、レオンにとって都合よくジェラルドは許してくれるのだろうか。胸に溜まっていた感情を彼はすべて流してくれる。

「私の夢だとはいえ、こんなに許されていいのだろうか」

「……そうだな。夢だからこそ、私も許しを乞うていいだろうか、レオン」

「なんでも言ってくれ」

レオンが力強く言うと、ジェラルドは視線を泳がせる。なんだろうとレオンが首を傾げると、彼は気まずげに口を開いた。

「〝鳥籠〟に入ってすぐのところに、レオンの絵があっただろう。あなたがエデンにいた時、私のアルファ性を慰めるのに、その……必要で」

「慰める……」

「すまない。欲求が強いほうなんだ。嫌われたくなくて、隠していた」

ジェラルドの告白にレオンは発情期《ヒート》の交接中に彼が零した言葉を思い出した。

『――離れていた間も、熱を慰めるのはレオンだけだった。あなたの姿を思い、幾度果てたことか』

ジェラルドの性欲の強さは日頃の交わりで分かっていたし、発情中はそれ以上のものを求められてしまったので、納得する。

それに加えて、安心してしまった。

ジェラルドはレオン以外の誰にも興味がないのだ。捨てられるのではないかと考えていた自分が、馬鹿らしく思えるほどに。

「そんな秘しておきたい場所に、無断で入って申し訳なかった。気にしていないし、むしろ、嬉しいというか……」

「嬉しいのか？」

「私でないと反応しないなんて、嬉しいに決まっているだろう。……あれ、でも、クロッキー帳は私が婚約者になってからだな」

「ああ。エミールがきみのクロッキーを描いたと見せてくれたんだ。喜んだら、頻繁に描いてくれるようになった。彼は私を孫のように可愛がってくれるから」

「そうだったのか」

レオンはクロッキーを最初に見た時の恐ろしい想像が、視点を変えれば微笑ましい事象だったのだと理解した。それでも、無断で描かれるのは嫌なので、今度からは声をかけてから描いてくれと、エミールに伝えておこう。

「しかし、ここは不思議な場所だな。普段の夢なら、もっと色々見えるのに」

レオンはあたりを見回し、話題を変えるようになんとなく呟いた。

普段の夢であれば幼年学校の校舎の裏側や、植え込み、隣接する森や、王城の屋根が見える。白い花畑と青い空。そこに、ベンチが一つぽつんと置かれた情景はあまりにもシンプルだ。

「私の心象風景かもしれない」

「ジェラルドの？」

「あなたの瞳のように美しい青空と、あなたと花冠を編んだ花畑と、あなたと並んで座ったベンチだ。私が夢に楽園を見る時、いつも現れるのはこういう風景だ」

ジェラルドの答えに、レオンは切なくなった。レオンに置いていかれたシェリーは、ずっとこの寂しい楽園で座ったままになっていたのだ。

（……そうだ）

今なら、あの幼い日に望んだことを叶えられるのではないだろうか。

レオンが花園以外の場所に誘っても、頑なに拒絶していたシェリー。それは、ジェラルドが母の入院に影響が出てはいけないと考えてのことだと知った。

あの頃、レオンはボロボロのシェリーを、花園に閉じこもる彼女を、楽しい世界へ連れ出したかったのだ。

お姫様の絵本だってそうだ。

彼女が少しでも夢中になれる世界を見せて、楽しませたかった。笑ってほしかった。幸せになってほしかったのだ。

レオンはベンチから立ち上がり、ジェラルドのほうを向いた。

彼も、遅れて立ち上がり、レオンを見上げる。

「ずっとここから、きみを連れ出したかった。ここも思い出深くて綺麗だけど、外にも綺麗なものはたくさんあるんだ」

レオンは、世界の端の真っ白な部分に、この世で一番楽しいことがあるかのように、明るく誘いをかけた。

「一緒にいろんなものを見よう。私は美味しいものが好きだから、旅行して、美食を楽しむのもいいな。この楽園を、ジェラルドの世界を広げてあげる」

あの頃、裏庭の外に誘っても曇るだけだった大きな黒曜石の瞳が、美しく輝いてレオンを映す。

誘うように手を差し伸べると、ジェラルドはその手に手を重ねた。

「行こう！」

瞬間、世界の端が輝き、視界を白く塗りつぶした。出口のように一点の光が見えて、二人はそこに吸い込まれる。

レオンの意識はそこで途切れた。


レオンが目覚めると、そこは鳥籠のベッドの上で、後ろからジェラルドに抱きしめられていた。

先ほどまでの白い世界は、やはり夢だったのだろう。発情中の意識が途切れた間に見る夢があるのか、と身をもって知った知見に感心する。

「ん……」

むずむずする疼きに身を捩ると、下半身に違和感があった。

レオンの後孔にはジェラルドの雄茎が根元まではまっている。ずっと繋がっていようと言われたが、まさかその通りになっているとは。

「ジェラルド、起きて……」

レオンは、身体に回った逞《たくま》しい腕を軽く叩いてジェラルドを起こそうとする。

すると、背中から「んん……」と彼の寝ぼけたような声が返ってきて、さらには腰を揺らされた。

「あっ、あっ、ダメだ。起きてくれ……！」

レオンは悲痛な声で懇願した。発情期《ヒート》の最中、どれだけ注がれたのか。下半身から鳴る音は、耳を塞ぎたくなるほど卑猥に粘ついていた。

「……レオン？」

「動けないから、下を……抜いてくれないか？」

「どうして？　一緒に行こうって、言ってくれたのに……美味しいもの、を」

ジェラルドはまだ半覚醒状態なのか、ふわふわとした口調だ。しかし、彼の言葉は先ほど見た夢と地続きのようにレオンの耳へと響いてくる。

まさか、と思う。

（あの夢は、互いに繋がっていたのだろうか）

レオンの胸は高鳴った。それが本当なら、レオンはあの花畑からシェリーを連れ出せたのかもしれない。

興奮ですっかり目が覚めたレオンは起き上がりたくなり、身体に回された彼の腕を、えいと力を入れて解いた。

そして、ゆっくりと腰を持ち上げる。

ジェラルドの雄茎は柔らかくなっていたが、それでもなお大きく、抜け出ていく刺激にレオンはゾクゾクとした官能を覚えた。

「ん……」

後孔は閉じきらず、そこから垂れた多量の白濁が内腿《うちもも》を汚していく。どれだけ放ったのか、想像すると恐ろしいくらいだ。

「いい光景だな」

ジェラルドはようやく目を覚ましたようで、レオンが白濁を零す様子をじっと見ていた。

（……寝ぼけた振りをしていたんじゃないだろうな）

ジェラルドはレオンを抱き枕にしたまま、二度寝を目論《もくろ》んでいたのではないだろうか。

レオンは目を細め、指でジェラルドの額をはじいた。彼はびっくりした顔でレオンを見ている。

「起きていたなら、抜いてくれたらよかっただろう」

「無理だ。ずっとあなたと繋がっていたいのに」

「たくさんしたじゃないか……たぶん」

たくさんしたと胸を張って言えないのは、レオンの記憶がうなじを噛まれた時点で途絶えているからだ。うなじに触れると、皮膚がぼこぼこと盛り上がった噛み跡が残っていた。

ずっと欲しいと思っていた、消えることのない繋がりだ。

「番《つがい》になれたな」

「ああ。あなたは私のオメガだ。レオン」

ジェラルドはそう言って身体を起こし、レオンを優しく抱き寄せた。レオンは彼の逞《たくま》しい胸にもたれかかる。

レオンは発情が起こらない不安をずっと抱えていた。エデンを卒業して運よくアルファに見初められたとしても、いずれ〝出来損ないのオメガ〟だとなじられるかもしれないと。

しかし、出会ったジェラルドは優しく紳士的で、決して発情を急かすことはなかった。

彼はレオンの気持ちに寄り添い、ただ愛してくれた。

初恋のきみであり、愛するアルファ。なんと幸せなことだろう。

「ジェラルド、デートしよう」

「……急にどうした？」

「ずっと考えていたんだ。素敵な場所で、シェリーだと気づけなかったことを謝りたいって。先ほど謝罪は受け入れてもらえたから、順番は逆になるが、次は素敵な場所巡りをしよう。旅行もいい。美味しいものを食べよう」

レオンがまくしたてるように言うと、ジェラルドも白い世界の夢がただの夢でないことに気がついたようだ。驚きで見開かれた目が、次第に優しい光を帯びていった。

「休暇を取っておく」


デートに旅に。

二人の世界を広げる道行きに、レオンがジェラルドから愛され尽くしたのは言うまでもない。

幼年学校の裏庭には白い花の咲き乱れた花園が広がり、その中央には真新しいベンチが置かれている。あの朽ちたベンチとは異なり、ペンキも美しく塗られていて真っ白だ。

レオンはその舞台に立ち、目の前で跪《ひざまず》く黒髪黒目の紳士を見つめている。

彼はこちらを真っ直ぐに見つめ、口を開いた。

「踊ってください、私のお姫様」

甘い微笑みを浮かべながら、紳士はレオンの手を取る。その仕草は様になっていて本当にカッコいい。

「はい、私のお……」

そこまで口にしたところで、目の前の王子様は、黒髪黒目の不愛想な男――大きなお姫様に軽々と持ち上げられ、レオンの前からどかされてしまった。

小さな王子様は手足をジタバタさせて抵抗するが、大きなお姫様はとても強いので敵う訳がないのだ。

「何するんですか、父上。いいところだったのに」

「いいところじゃない、レナード。ほら、休憩時間は終わりだ。参加したいと言ったのはお前だろう。さっさと行け」

ジェラルドに追い払われると、小さな王子様ことレナードはご機嫌ナナメと言わんばかりに口を尖らせ、その後べーっと舌を出した後、軽やかな足取りで駆け出していった。

レナードは私たち二人の可愛い息子だ。彼の顔はジェラルド……いや、シェリーにそっくりだが、印象はあまり被らない。おそらく表情が豊かなせいだろう。

今日は幼年学校の体験入学会が催されている。

レナードは両親の馴れ初めを聞いて、幼年学校に強い興味を示し、最少学年である五歳から入学したいと希望してきた。だから彼をこのイベントに参加させることにしたのだ。

ただ、子供が早くに自立してしまうのは寂しいという気持ちもあり、レオンとしてはもう少し遅い年齢での入学でも構わないと思っている。たとえ生意気盛りでも。

「誰に似たんだ、あいつは……」

「ふふ、きみにそっくりじゃないか。性格は私かな。あそこまで天真爛漫《てんしんらんまん》ではなかったと思うけど、やんちゃだったよ」

「天真爛漫《てんしんらんまん》か」

ジェラルドは渋い顔をしているが、面倒見のいい優しい父親になっている。

かつてレナードが生まれる前、ジェラルドは自らの恵まれない生育環境から、親として息子をきちんと可愛がれるだろうかと心配していたけれど、それは杞憂に終わった。

彼は親から与えられたかったことを思い返しながら、真摯にレナードと向かい合ってくれた。

レナードはジェラルドに対し、年齢相応に反抗するけれど、それは絶対的な愛情に裏付けられた信頼があってこそ。素直に表現しないが、レナードはジェラルドが大好きなのだ。

レオンはもちろん、周囲の人々もまたレナードを可愛がっている。彼はそんな愛される環境にいるから、曇りない性格に育っているのかもしれない。

レオンはジェラルドに視線を向けた。彼がこの場を離れていたのは、急な通信を受けたからだ。連絡してきたのはアレステアで、どうやら私用らしい。

「アレステアの用件はなんだったんだ？」

「大した用じゃない。幼年学校の資料を貰ってこいと。あなたがこの年から子供を学校に入れるなら、自分もそうしたいそうだ」

「そうか。一緒に通えるなら心強いな」

アレステアはジェラルドとノアから性格の合う、さらにはフェロモンの相性がいいアルファを紹介してもらって、即日番《つがい》になったという。

偶然にも彼が番《つがい》契約を結んだ日がレオンと近く、さらにはほとんど同じタイミングで妊娠が発覚し、出産もほぼ変わらない時期となった。

親戚でもあり、子ども同士の誕生日も近いことから、アレステアはよくジェラルド邸を訪れる。ノアも一緒に遊ぶことが多く、三人でお茶会をするのはとても楽しい。

ジェラルドは手にした通信具をもう一度確認していた。

レオンは、それが昨日まで使っていたものとは形状が異なることに気づく。

「ジェラルドのエーテリオン、新しいやつなんだな」

「ああ。モーリスから昨日貰った試作品だ。リックとの共同開発らしい」

ジェラルドは手に持っていた通信具をレオンに手渡した。

正式名称〝エーテリオン〟と名付けられたこの通信具は、板状の魔導具であり、以前のペンダント型よりも高機能になっている。メッセージだけでなく通話まで可能にしたそれは、すでに軍事用途だけでなく一般の人々にも普及していた。

レオンは、渡されたエーテリオンを上に下にと鑑賞する。

「すごいな。リックたちは。魔導具を子供のようなものと言っていたが、大家族だ」

「エーテリオンでも勲章授与の話がきたらしいからな。あいつは『貰ったばかりだから、目立つしいらない』と受章を断ったそうだが」

ジェラルドは途中、モーリスの言葉を口真似してみせて、それから苦笑した。レオンもつられて微笑み、そしてふと真顔に戻る。

リックはあれからモーリスとの間に子供ができていない。

リックの内側にある魔力生成器官はモーリスの臓器の一部であり、自己修復が働くため無事だった。しかし、器である魔臓のほうにヒビが入ってしまったそうだ。

その結果、生成された魔力が漏れ続けて溜まらず、二人の魔力バランスが崩れてしまったという。

モーリスは相変わらず『子供なんていらない』と言っているらしいが、リックは以前とは違い、彼の本当の気持ちを理解している。そのため、言葉が持つ意味の変化を切なくも嬉しく感じると話してくれた。

その代わりに、彼らの〝子供〟と言える作品が次々と生まれている。

転移ゲートシステムは二年かけて術式が構築され、それから一年かけて国中のシステムが書き換えられた。省エネ、省コストとなった新システムは国によって歓迎され、昨年、二人はそれぞれ勲章まで授与されたのだ。

レオンは手の内にある、新しく生まれた彼らの〝子供〟に、改めて感慨深い思いを抱いた。

「レオン」

ジェラルドに名を呼ばれて顔を上げると、彼はベンチに座っていた。

レオンは誘われるまま彼のもとへ行き、その隣に腰かける。大人になった二人が座るには、幼年学校のベンチは小さい。

「きみと並ぶと、さすがに狭いな」

「そうだな。あの頃は意識していなかったが、まさか子供用サイズだったとは」

二人は苦笑いを交わした。

子供の頃に見えていた世界は、今の目線で見ると同じ風景でも異なって映る。小さな箱庭は、やはり小さな世界だったのだという実感が、切なくも寂しい。しかしそれは悪い感情ではなく、宝箱にしまった愛しい輝きを懐かしむようなものだ。

ベンチに座ると目に入る、遠く王城の屋根を眺めながら、レオンはジェラルドと再会した春のダンスパーティーを思い出した。

「そういえば、もうすぐ春のダンスパーティーだな」

「そうだな。また場内の警備で忙しくなる季節だ。そういえば、レオンの参加回は大変だった」

「私の？」

レオンは首を傾げた。

優男ことオーウェン・ガードナーの事件のことだろうか。確かに大変な出来事だったが、事件が大きくなる前にレオンが制圧したため、トラブルは最小限に留められたはずだ。

不思議そうにするレオンに、ジェラルドは複雑な表情で語り始めた。

「あの頃、私は近衛《このえ》騎士としては新人で、日中の警備任務は外回りだったんだ。レオンにはベータのファンも多くいて、大勢の入り待ちに対応しなければならなかった。私がどれだけ複雑な気持ちで任務に就いていたか、想像できるか？」

思い出し怒りだろうか。早口で語るジェラルドの言葉には、仕事の面倒さだけでなく、嫉妬の感情も大いに含まれているようだった。

そして、さらに続ける。

「しかも対応が長引いて、パーティーには遅刻してしまった。その上、会場にいたレオンは最初から不機嫌で……」

「それは……すまない」

レオンの知らないところで、ジェラルドは秘かに苦労していたようだ。

しかし、ジェラルドがパーティー会場に遅れて現れた理由がレオンのファンにあったとは。数年越しに知った事実を、少し面白いと感じてしまったことは彼には内緒にしておこう。

「そうか。ではやり直そう」

レオンはそう言ってベンチから立ち上がった。ジェラルドはレオンを見上げ、目を瞬かせる。

「レオン？」

「私が王子様でいいだろうか」

「当然だ。王子様はあなただ」

ジェラルドも立ち上がった。彼はレオンの前に跪《ひざまず》いて、いくらか上手くなった微笑みを浮かべる。

「踊ってください、私の王子様」

あの物語の少女のようなセリフを口にしてダンスに誘うのは、再会した時よりも男ぶりが増した美しい番《つがい》だ。レオンは彼の手を取り、微笑みながら受諾の返事をする。

「踊りましょう、私のお姫様」

久しぶりにレオンのリードで踏むステップは、音楽がなくても優雅だった。風の音がバックミュージックとなり、二人は優雅に回る、回る。

「レオン」

「なんだい？」

「あなたこそが私の〝楽園《エデン》〟だ」

突然ジェラルドから告げられたロマンチックな言葉に、レオンの頬は熱を帯びた。

「どうしたんだい急に。照れるじゃないか」

「……あなたがエデンに入り、ここに来なくなった時。あなたにもう会えないんだと理解した瞬間、魔法が解けたんだ」

茶化すレオンとは対照的に、ジェラルドの表情は真剣そのものだった。そしてその話が真面目なものであることを悟り、レオンは彼の紡ぐ言葉に耳を傾ける。

風の音がする中でも、ジェラルドの声はかき消されることなく、はっきりとレオンの耳に届いた。

「ここはただのどこにでもある花の群生地で、ベンチだってボロボロ。いつも光り輝いていた舞台は、実際は裏庭なので日も翳《かげ》っていた」

二人は優雅にターンし、そしてまたターンを繰り返す。

「でも今は、何を見ても美しい。あなたと共に行けるのなら、どこでも」

ジェラルドはそう言って幸せそうに目を細めた。

笑ってほしい。

幸せになってほしい。

そう思っていた最愛の人が、今それを目に見える形で伝えてくれている。

レオンとジェラルドは正式に番《つがい》となり、様々な場所に赴いた。二人で過ごす経験はどれも新鮮で、確かに彼の中の世界は広がったのだ。

(ジェラルドの部屋にも写真が増えたしな)

クライマックスを迎え、本来なら一礼して離れるところだが、それでも二人は手を握ったまま寄り添い、見つめ合う。

ジェラルドの切なくも愛情に満ちた視線がレオンに向けられ、レオンもそれを受け入れる。

そして彼は胸に響く言葉を贈ってくれた。

「あなたがすべてを〝楽園《エデン》〟に変える。私の――」


〝エデンの王子様〟


その瞬間、二人は抱き合い、どちらからともなく口づけを交わした。

深く、深く結びつくように。

風は白い花びらを巻き上げ、甘やかな香りで二人を包んだのだ。

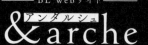

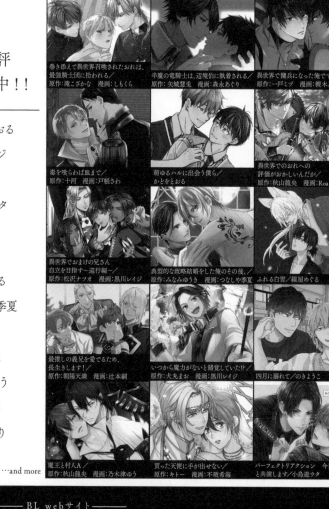

この作品に対する皆様のご意見・ご感想をお待ちしております。

おハガキ・お手紙は以下の宛先にお送りください。

【宛先】

〒150-6019 東京都渋谷区恵比寿 4-20-3 恵比寿ｶﾞｰﾃﾞﾝﾌﾟﾚｲｽﾀﾜｰ 19F
（株）アルファポリス　書籍感想係

メールフォームでのご意見・ご感想は右のＱＲコードから、
あるいは以下のワードで検索をかけてください。

アルファポリス　書籍の感想　検索

ご感想はこちらから

本書は、「アルファポリス」(https://www.alphapolis.co.jp/) に掲載されていたものを、
改題、改稿のうえ、書籍化したものです。

出来損《できそこ》ないのオメガは貴公子《きこうし》アルファに愛《あい》され尽《つ》くす
エデンの王子様《おうじさま》

冬之ゆたんぽ（ふゆの ゆたんぽ）

2024年 10月 20日初版発行

編集ー山田伊亮・堀内杏都・大木 瞳
編集長ー倉持真理
発行者ー梶本雄介
発行所ー株式会社アルファポリス
〒150-6019 東京都渋谷区恵比寿4-20-3 恵比寿ｶﾞｰﾃﾞﾝﾌﾟﾚｲｽﾀﾜｰ19F
TEL 03-6277-1601（営業） 03-6277-1602（編集）
URL https://www.alphapolis.co.jp/
発売元ー株式会社星雲社（共同出版社・流通責任出版社）
〒112-0005 東京都文京区水道1-3-30
TEL 03-3868-3275
装丁・本文イラストー冬之ゆたんぽ
装丁デザインーAFTERGLOW
（レーベルフォーマットデザインー円と球）
印刷ー中央精版印刷株式会社

価格はカバーに表示されてあります。

落丁乱丁の場合はアルファポリスまでご連絡ください。

送料は小社負担でお取り替えします。


ISBN978-4-434-34650-7 C0093